Otto Retzla

Vorschule zu Homer

SALZWASSER
VERLAG

Otto Retzlaff

Vorschule zu Homer

1. Auflage | ISBN: 978-3-75251-179-6

Erscheinungsort: Frankfurt am Main, Deutschland

Erscheinungsjahr: 2020

Salzwasser Verlag GmbH, Deutschland.

Nachdruck des Originals von 1868.

Vorschule zu Homer.

I.

Homerische Antiquitäten
in Form eines Vokabulariums.

II.

Abriß der Homerischen Mythologie und Geographie.

Von

Dr. Otto Retzlaff,
Oberlehrer an dem Altstädtischen Gymnasium zu Königsberg in Preußen.

Mit 2 Tafeln Abbildungen.

Berlin, 1868.
Verlag von Th. Chr. Fr. Enslin
(Adolph Enslin.)

Vorwort.

Der Verfasser des vorliegenden Werkchens hofft in demselben manchem seiner Collegen ein erwünschtes Hilfsmittel für die Lectüre des Homer in den oberen Gymnasialklassen in die Hand zu geben. Dasselbe macht keine weiteren Ansprüche, als ein Leitfaden zu sein, der einem gedrängten Vortrage der homerischen Antiquitäten und der Mythologie zu Grunde gelegt werden kann, und der nebenbei dem Schüler durch systematisches Memoriren der Vokabeln möglichst schnell zur Kenntniß der homerischen Sprache, die zum großen Theil von der attischen, ihm vor dem Beginn der Homerlectüre allein bekannten, wesentlich verschieden ist, verhelfen und ihm so das mühsame, nur zu oft die Lust an dem Dichter verleidende Aufschlagen in einem dickleibigen Lexikon ersparen, mindestens bedeutend abkürzen soll. Daß eine Einführung des Schülers in die homerischen Alterthümer durch gelegentliche, zusammenhängende, kleine Vorträge des Lehrers über einzelne Abschnitte derselben, neben der Bekanntschaft mit den Realien der homerischen Gedichte, die der Schüler durch die langsam fortschreitende Lectüre des Dichters selbst gewinnt, für das leichtere und bessere Verständniß des Dichters von dem ersprießlichsten Erfolge sei, davon hat der Verfasser durch vieljährige Erfahrung sich überzeugt. Er fand wenigstens bei derartigen Excursen, die er, nicht regelmäßig, mit der Lectüre zu verbinden pflegte, in seinen Schülern stets ein dankbares Auditorium, das sich lebhaft für die Sache interessirte und nebenbei, im Spiele fast, eine reiche copia vocabulorum in das Gedächtniß aufnahm, die es in der Folge bei der Präparation verwerthen konnte. Ein sehr fühlbarer Uebelstand dabei war, abgesehen von dem Zeitverluste, die Unzuverlässigkeit der schriftlichen Notizen, die sich die Schüler bei dieser Gelegenheit zu machen pflegten. Um diesem Mangel abzuhelfen, beabsichtigte der Verfasser schon lange, ein kurzes Verzeichniß der homerischen Substantiva, nach dem Stoffe geordnet, drucken zu lassen und dieses den Vorträgen zu Grunde zu legen. Als ihm endlich die Muße zu Theil wurde, die ihm gestattete, zu der Ausführung des lange gehegten Plans zu schreiten, zeigte sich bald das Bedürfniß einer Erweiterung der ursprünglich sehr knapp begränzten Anlage. Um dem Schüler ein einigermaaßen anschauliches Bild zu geben, durften die Epitheta, wenigstens die significanten, nicht fehlen. Die oft gemachte Wahrnehmung, daß es unseren Schülern leider an mythologischen Kenntnissen zu fehlen pflegt (wol eine Folge der Beschränkung des historischen Unterrichts auf den untersten Unterrichtsstufen), bewog den Verfasser, an das Vokabularium noch einen kurzen Abriß der homerischen Mythologie anzureihen, der zugleich durch kurze Erwähnung des von Homer Verschwiegenen Anhalt zu einer Repetition der gesammten Mythologie bieten könnte; ihm schließt sich aus ähnlichem Grunde ein Abriß der homerischen Länder- und Völkerkunde an, der ein vollständiges Verzeichniß aller von dem Dichter erwähnten Oertlichkeiten und Völker enthält und durch Befestigung und Erweiterung der geographischen Kenntnisse der Schüler auch für den historischen Unterricht nicht ohne Nutzen sein dürfte.

Von den bereits vorhandenen Vorschulen zu Homer unterscheidet sich die vorliegende einmal dadurch, daß sie mit möglichster Kürze möglichste Vollständigkeit zu vereinigen strebt. Für die Vollzähligkeit der gegebenen Nomina substantiva, so weit sie unter die einzelnen Rubriken sich bringen ließen, glaubt der Verfasser, der sich vielfach mit den homerischen Synonymen beschäftigt hat, im Allgemeinen einstehen zu können. Von den Epithetis sind die stehenden sämmtlich, von den übrigen alle diejenigen aufgenommen, die für die Charakteristik des betreffenden Nomens von Wichtigkeit zu sein schienen. Von den Verben sind von Cap. VIII. an nur die wichtigsten, fast nur primitiva und termini technici aufgeführt, da die Bedeutung der abgeleiteten, mit Hilfe der gegebenen Substantiva, von dem reiferen Schüler mit Leichtigkeit gefunden werden kann. Was zweitens die Kürze der Darstellung betrifft, so hätte vielleicht Mancher eine, wenn auch gedrängte, so doch zusammenhängende Darstellung der Vokabularform vorgezogen. Bei dem Zwecke indessen, den der Verfasser bei Abfassung des Buches vor Augen hatte, erschien gerade diese Form wegen der übersichtlichen Anordnung des Stoffes, die nicht wenig zur Unterstützung des Gedächtnisses beiträgt, als die zweckmäßigere. Auch ein äußerer Grund, die Rücksicht auf möglichste Billigkeit des Buches, damit es in der That ein Schulbuch, d. h. ein von den Schülern wirklich benutztes werden könnte, bewog den Verfasser zu der Wahl dieser knappen Darstellung, bei der natürlich dem Lehrer die Hauptarbeit überlassen bleibt. Seine Aufgabe ist es, das Skelett zu bekleiden und zu beleben! Die den einzelnen Capiteln beigegebenen Hauptstellen bieten ihm dann Gelegenheit, das mit den Schülern Besprochene sofort zu verwerthen und durch den Dichter selbst bestätigen zu lassen. Erörterungen von Fragen, wie die über die Entstehung und die Einheit der homerischen Gedichte, wie sie in manchen der vorhandenen Vorschulen vornehmlich oder auch wohl ausschließlich behandelt werden, liegen über den Gesichtskreis der Schule hinaus und bleiben am Besten der Universität überlassen. — Der Verfasser hat sich endlich bemüht, den Resultaten der in neuerer Zeit vielfach gerade auf die homerische Worterklärung gerichteten Untersuchungen von Döderlein, Nägelsbach, Curtius, Göbel, Ameis, Düntzer u. A. weitere Verbreitung zu verschaffen, indem er da, wo er nach reiflicher Ueberlegung der neueren Interpretation beistimmen zu müssen glaubte, dieser, gegenüber den abweichenden, traditionellen Deutungen, wie sie in den älteren Vorschulen sich noch vielfach finden, den Vorzug gab. Daß der Verfasser bei abweichenden Ansichten nicht alle Deutungsversuche, sondern nur die ihm plausibelsten aufgenommen hat, wird man in einem Vokabularium gewiß billigen. Die der Schrift beigefügten Beilagen werden, wie ich hoffe, Manchem erwünscht sein, namentlich das Verzeichniß der Homonyma, die, soviel ich weiß, bis jetzt noch nicht in dieser Weise zusammengestellt sind, ebenso wie die beiden Tafeln Abbildungen, die vielleicht in ihren Details manchen Widerspruch erfahren könnten, jedoch, wie ich glaube, geeignet sind, dem Schüler im Allgemeinen ein richtiges Bild von den homerischen Waffen, dem Fuhrwerk, dem Hause und dem Schiffe zu geben. Schließlich glaubt der Verfasser von den mannigfachen Hilfsmitteln, die er benutzt hat, vor allen das treffliche homerische Spezialkexikon von C. E. Seiler nennen zu müssen, das ihm bei der Zusammenstellung des Stoffes die wesentlichsten Dienste geleistet hat. Für die Epitheta ist das Verzeichniß derselben von Ernst Schultze (Progr. v. Magdeburg 1851) zu Grunde gelegt worden. Die verhältnißmäßig nicht zahlreichen Druckfehler, die sich trotz aller auf die Correctur verwandten Mühe eingeschlichen haben, bittet der Verfasser zum Theil wenigstens mit seiner Entfernung von dem Druckort zu entschuldigen.

Möge das Büchlein, das nicht so ganz *ἀνιδρωτί*, wie es auf den ersten Blick scheinen könnte, zu Stande gekommen ist, sich als praktisch bewähren!

Königsberg in Preußen im Juni 1868.

Inhalts-Verzeichniß.

I. Abschnitt.

II. Abschnitt.

III. Abschnitt.

Anhang.

Cap. I.

Himmel. — Luft. — Himmels- und Lufterscheinungen. — Gestirne. — Licht. — Feuer. — Zeiteintheilung.

ὁ οὐρανός der Himmel
Epitheta: ἀστερόεις sternenreich
εὐρύς weit
χάλκεος ehern
πολύχαλκος erzreich
σιδήρεος eisern
μέγας groß

ἡ αἰθήρ, έρος die obere, reine Himmelsluft, der Aether
ἄσπετος unaussprechlich groß
ἀτρύγετος öde (A. wogend)
νήνεμος windstill
δῖα göttlich

ἡ αἴθρη der Himmelsglanz
ἀνέφελος wolkenlos

ὁ αἶθρος) der Morgenfrost

ἡ ἀήρ b. Hom. nur in d. cass. obl.
ἠέρος etc. 1) die untere, dickere Luftschicht, die Atmosphäre, 2) der Nebel, das Dunkel
ἐρεβεννή dunkel
βαθεῖα }
πολλή } dicht
Dat. ἦρι im Morgennebel d. i. früh
adj. ἠέριος in der Frühe

ἡ νεφέλη der Nebel, die Wolke
κυανέη schwarzblau
πορφυρέη purpurn
πυκινή dicht

τὸ νέφος das Gewölk, der Nebel
μέλαν schwarz
pl. σκιόεντα schattig

ἡ ὀμίχλη der Nebel

*ἡ αὔρη der kühle Luftzug, die Brise

ἡ πνοιή das Wehen, der Wind
ἀλεγεινή widerwärtig
λιγυρή hell pfeifend

ὁ ἄνεμος der Wind
βύκτης heulend
λιγύς hell pfeifend
*εἰλυφόων wirbelnd
ζαής heftig wehend
δυσαής widrig wehend
ζαχρηής heftig andringend
ἀργαλέος }
χαλεπός } schwer

ὁ βορέης der NNO-Wind
αἰθρηγενής }
*αἰθρηγενέτης } im Aether erzeugt
ὀπωρινός herbstlich
κραιπνός reißend
ἀκραής stark wehend
μέγας groß, stark
καλός schön

ὁ νότος der Südwestwind
ἀργεστής reißend

ὁ εὖρος der Südostwind

ὁ ζέφυρος }
*ἡ ζεφυρίη sc. πνοιή } der Westwind

---

*) Die mit einem * bezeichneten Nom. sind Ἀπ. εἰρημένα.

αἰὲν ἔφυδρος stets Regen bringend
λάβρος heftig
θύων, ἐπαιγίζων } einherstürmend
κεκληγώς sausend
κελαδεινός, κελάδων } brausend
ἀκραής -δυςαής -μέγας

ὁ ἀήτης der Weher, der Wind
δεινός fruchtbar
λιγὺ πνείων pfeifend, scharf wehend

ἡ ἄελλα der Wind, Sturm
ὑπεραής hoch erbrausend
χειμερίη winterlich

ἡ θύελλα der Sturm, die Windsbraut
κραιπνή reißend
χαλεπή — δεινή

ἡ λαῖλαψ, πος der Regensturm, Orkan
βαθεῖα voll, heftig
θεσπεσίη gewaltig
κελαινή schwarz
ἐρεμνή — πολλή — μεγάλη.

ἡ στροφάλιγξ, ιγγος der Wirbelwind

ὁ χειμών, ῶνος das Winterwetter, der Sturm
δυςθαλπής übel erwärmend
ἔκπαγλος erstarrend

τὸ χεῖμα die Winterkälte

ἡ χιών, όνος der Schnee
ψυχρή kalt

ὁ νιφετός das Schneegestöber

ἡ νιφάς, άδος die Schneeflocke, pl. das Schneegestöber
χειμέριαι winterlich
ψυχραί kalt
θαμειαί, ταρφεῖαι } dicht

ἡ χάλαζα der Hagel

*ἡ πάχνη, *ἡ στίβη } der Reif

ὁ κρύσταλλος das Eis

ἡ ἐέρση der Thau

ἡ νοτίη die Nässe, pl. der Regen

*ὁ ὑετός pluvia, der Regen

ὁ ὄμβρος imber, der Platzregen
ἀθέσφατος, ἄσπετος } unsäglich, unermeßlich
πολύς —

ἡ ῥαθάμιγξ, ιγγος, *ἡ ψιάς, άδος } der Tropfen

ἡ ἶρις, ιδος der Regenbogen
πορφυρέη purpurn

ἡ ἀστεροπή fulmen, der Wetterstrahl

ἡ στεροπή fulgur, der Blitz

ὁ κεραυνός der Donnerkeil
ἀργής, ῆτος glänzend weiß
ψολόεις rauchend

ἡ βροντή der Donner
βροντᾶν donnern
ἀστράπτειν blitzen
ὕειν regnen
νίφειν schneien

ὁ ἠέλιος (att. ἥλιος) die Sonne (Epith. Cap. XXIV)

*ἀντολαί (f. ἀνατ.) der Aufgang

ὁ ἠλέκτωρ die strahlende Sonne

ἡ σελήνη, ἡ μήνη } der Mond

σελ. πλήθουσα d. Vollmond

ὁ ἀστήρ, έρος der Stern
λαμπρός glänzend

τὸ ἄστρον das Sternbild

τὰ τείρεα die Sternbilder als Himmelszeichen

ὁ ἑωςφόρος der Morgenstern

ὁ ἕσπερος der Abendstern

ὁ ὀπωρινὸς ἀστήρ } der Hundsstern
κύων Ὠρίωνος }
(der N. Σείριος erst b. Hesiod)
ὁ Ὠρίων Orion
ὁ Βοώτης eig. der Rinderhirt (sp. Ἀρκτοῦρος)
αἱ Πληιάδες die Plejaden oder das Siebengestirn
αἱ Ὑάδες die Hyaden (suculae)
ἡ ἄρκτος } der Bär oder Wagen
ἡ ἄμαξα }

τὸ φάος, εος (att. φῶς) das Licht
τὸ φόως
ἡ ἀκτίς, ῖνος der Strahl
ἡ αὐγή } der Lichtglanz
τὸ σέλας, αος }
ἡ αἴγλη der Glanz, Schimmer
ἡ ἀυτμή u. } d. sengende Gluthhauch, die Lohe
ὁ ἀυτμήν, ένος }
*εὔπρηστος heftig angefacht
ἀμέγαρτος entsetzlich
τὸ πῦρ, ός das Feuer
αἰθόμενον } brennend, flammend
καιόμενον }
φλεγέθον }
κήλεον }
λαμπετόων leuchtend
φαεινόν glänzend
ἀκάματον unermüdlich
δήιον feindlich
ὀλοόν verderblich
ἀίδηλον vernichtend
μαλερόν heftig
θεσπιδαές gottentzündet
ἡ φλόξ, φλογός die Flamme
παμφανόωσα hellleuchtend
ἄσβεστος unauslöschlich
δεινή furchtbar
*τὸ φλέγμα die Feuersgluth
*τὸ καῦμα die Sonnenhitze

*ὁ σπινθήρ, ῆρος der Funke (σπέρμα πυρός O. 5. 490)
ὁ καπνός der Rauch
αἴθοψ röthlich schimmernd
κακός schädlich O. 13. 435
ἡ κνίση der Fettdampf
ἡδεῖα süß
*ἡ σποδός } die Asche
ἡ τέφρη }
ἡ σποδιή der Aschenhaufen
μέλαινα schwarz
*ἡ ἀνθρακιή der Kohlenhaufen

ὁ χρόνος die Zeit
(δηρός lange dauernd)
ὁ λυκάβας, αντος die Lichtbahn, das Jahr
τὸ ἔτος } das Jahr
ὁ ἐνιαυτός }
τελεσφόρος Vollendung herbeiführend
ἡ ὥρη die Zeit, die rechte Zeit, die Jahreszeit
1) ὥρη εἰαρινή } der Frühling
τὸ ἔαρ }
2) τὸ θέρος der Sommer
ἡ ὀπώρη der Spätsommer
τεθαλυῖα ὀπ. d. reifende Fruchtzeit
3) ὥρη χειμερίη } der Winter
τὸ χεῖμα }
ὁ χειμών }
ὁ μείς att. μήν, μηνός der Monat (τοῦ μὲν φθίνοντος μηνός, τοῦ δ' ἱσταμένοιο O. 14. 162)
τὸ ἦμαρ, ατος } der Tag
ἡ ἡμέρη }
ἱερὸν ἦμαρ der heilige Tag
ἡ ἠώς, οῦς (att. ἕως) die Morgenröthe, der Morgen
Epith. s. Cap. XXIV.
ἡ ἠοίη sc. ὥρη der Morgen

μέσον ἦμαρ der Mittag
*ὁ δείπνηστος die Essenszeit
ἡ δείλη } der späte Nachmittag, Abend
δείελον ἦμαρ }
ὁ ἕσπερος der Abend
τὰ ἕσπερα die Abendstunden
ὁ βουλυτός die Zeit des Ausspannens der Rinder, die Abendstunde (bei Homer nur in βουλυτόνδε)
ἠοῖος 1) am Morgen, matutinus 2) östlich, orientalis
ἠέριος in der Frühe
ἠμάτιος 1) diurnus 2) quotidianus
ἔνδιος am Mittage
ἑσπέριος 1) am Abend 2) westlich
*ἡ ἀμφιλύκη das Zwielicht, die Morgendämmerung
τὸ κνέφας, αος die Abenddämmerung
ἱερόν heilig
ὁ ζόφος das Abenddunkel
ἠερόεις nebelig
πρὸς ζόφον gegen Westen
πρὸς ἠῶ τ' ἠέλιόν τε gegen Osten
(oder οἱ μὲν δυσομένου Ὑπερίονος οἱ δ' ἀνιόντος O. 1. 24)
ἡ περάτη der äußerste Horizont im Westen O. 23. 243
ὁ σκότος das Dunkel
στυγερός verhaßt
ἡ ἀχλύς, ύος das Dunkel, insbes. die Todesnacht
θεσπεσίη gottgesendet
κακή unheilvoll
ἡ νύξ, νυκτός die Nacht
δμήτειρα θεῶν καὶ ἀνδρῶν die Götter und Menschen bezwingt
ἀμβροσίη } unsterblich, göttlich, als Gabe der Götter
ἄμβροτος }
*ἀβρότη }
κελαινή } schwarz
μέλαινα }
ὀρφναίη finster
*σκοτομήνιος mondscheinlos
δνοφερή } dunkel
ἐρεμνή }
θοή schnell hereinbrechend
νυκτὸς ἀμολγῷ zur Stunde des Melkens d. i. im ersten oder letzten Drittel der N. (nach A: im Dunkel der N.)
Eintheilung der N. *Il.* X. 253.

Cap. II.

Wasser. — Meer. — See. — Fluß. — Bach. — Quelle.

Τὸ ὕδωρ, ατος das Wasser
ἀγλαόν glänzend, klar
λευκόν weiß schimmernd
μέλαν schwarz
δνοφερόν dunkel
ὑγρόν fließend
ψυχρόν kühl
λιαρόν lau
γλυκερόν süß
pl. *ἀενάοντα aquae perennes, stets fließend
ἁλμυρὸν ὕδωρ das Salzwasser, die See

ἡ ἅλμη das Seewasser
πικρή bitter
ἡ ὑγρή } das Meer als das
ἡ θάλασσα } nasse, flüssige Weltelement.
ἀτρύγετος öde (oder wogend)
πολιή grau
γλαυκή glänzend, glitzernd
ἀθέσφατος unaussprechlich groß
εὐρύπορος weit befahren
ἠχήεσσα tönend, brausend
πολύφλοισβος stark wogend
ὑγρὰ κέλευθα die nassen Bahnen, das Meer
ἡ ἅλς, ἁλός die Salzfluth, das Meer
δῖα heilig
πορφυρέη purpurn
μαρμαρέη schimmernd
πολυβενθής sehr tief
βαθεῖα tief
ἀτρύγετος — πολιή —
ὁ πόντος die tiefe, hohe See
οἶνοψ weinfarbig
ἰοειδής } violenfarbig
ἰόεις }
ἠεροειδής nebelig
ἰχθυόεις fischreich
ἀπείριτος } gränzenlos, unendlich
ἀπείρων }
εὐρύς breit, weit
μεγακήτης großschlundig
πολύκλυστος stark anspülend
κυμαίνων wogend
ἀτρύγετος s. ob.
τὸ πέλαγος das weite, offene Meer
δεινόν furchtbar, gewaltig
μέγα groß
ἡ λίμνη die ruhige See.
ἡ γαλήνη die Meeresstille
νηνεμίη windlos
*ἡ πλημυρίς, ίδος die Fluth

τὸ λαῖτμα }
τὸ οἶδμα } der Wogenschwall
ὁ κλύδων }
ἡ ῥηγμίν, ῖνος die Brandung
βαθεῖα tief
ὁ θίς, θινός der Wellenschlag am Ufer (A.: der Strand)
φυκιόεις voll Seetang
ἡ φρίξ, φρικός das Gekräusel des Meeres
τὸ κῦμα die Welle, Woge
πορφύρεον purpurn
κελαινόν } schwarz
μέλαν }
*φαληριόων weiß aufschäumend
πελώριον riesig
δεινόν gewaltig
λάβρον reißend
κυρτόν gewölbt
κατηρεφές überhangend
πηγόν gedrungen, stark
*τρόφι } wohlgenährt, geschwellt
τροφόεν }
ἀνεμοτρεφές vom Winde genährt
κυλίνδον rollend
ῥόθιον rauschend
παλιρρόθιον zurückrauschend
ἐπεσσύμενον heranstürmend
ἐρευγόμενον aufgischend
κυκώμενον kochend, tosend
ἀργαλέον schwer
τὸ βένθος } die Tiefe
*ὁ βυσσός }
ὁ πορθμός die Meerenge, der Sund
ὁ κόλπος der Meerbusen
ἡ λίμνη der See, Teich
τὸ ἕλος der Sumpf
ὁ ποταμός der Fluß
ἱερός } heilig
δῖος }
λάβρος reißend

ὠκύρροος schnell strömend
καλλίροος, ἐυρρεής, ἐύρροος } schön fließend
εὐρὺ ῥέων breit strömend
βαθύρροος tief strömend
δινήεις strudelreich
βαθυδίνης, βαθυδινήεις } tief strudelnd
ἀργυροδίνης silberstrudelnd
διιπετής himmelentströmend
ἁλιμυρήεις in's Meer rauschend
κελάδων brausend
ἐρίδουπος laut tosend

ὁ ῥόος, ἡ ῥοή } die Strömung, die Fluth pl. die Wellen

τὰ ῥέεθρα (att. ῥεῖθρα) die Wellen des Flusses

ἡ προχοή die Mündung

ὁ χειμάρρους torrens der Gießbach

ὁ ἔναυλος, ἡ χαράδρη } der Wildbach, auch das Bett desselben

ἡ κρήνη die Quelle, der Brunnen
μελάνυδρος mit schwarzem Wasser
καλλιρέεθρος, καλλίροος } schön fließend

ὁ κρουνός der Quell, Born
καλλίροος

*ἡ πῖδαξ, ακος die Quelle

ἡ πηγή die Quelle als Ursprung eines Flusses (*Il.* 22. 147)

*τὸ φρεῖαρ (att. φρέαρ) der künstliche Brunnen

ἡ τάφρος, ἡ κάπετος, ὁ οὐρός } der Graben

*ὁ χνόος, ὁ ἀφρός, ἡ ἄχνη } der Schaum

Cap. III.

Erde. — Land. — Ufer. — Berg. — Thal. — Wald. — Wiese. — Straße.

ὁ χῶρος, ἡ χώρη } der Raum, Platz, die Gegend, d. Landstrich

ἡ αἶα, ἡ γαῖα, ἡ γῆ } die Erde, das Land
ἀπείρων, ἀπειρεσίη } gränzenlos
πολυφόρβη Viele ernährend
φυσίζοος Leben erzeugend
μέλαινα schwarz
κωφή unempfindlich (*Il.* 24. 54)
ἐρεμνή dunkel

ἡ χθών, χθονος der Erdboden
δῖα göttlich
εὐρεῖα weit
εὐρυόδεια weit umwandert
πουλυβότειρα Viele ernährend
μέλαινα schwarz

τὸ οὖδας der Erdboden
ἄσπετον unsäglich groß

ἡ ἄρουρα eig. Ackerland, Land, Erde
ζείδωρος Getreide spendend (ἄχθος ἀρούρης *Il.* 18. 104)

ἡ ἤπειρος das Festland
ἐριβῶλαξ starkschollig
μέλαινα schwarz

ἡ χέρσος das trockene Land, das Festland

ἡ νῆσος die Insel
ἀμφιρύτη rings umströmt
εὐδείελος weithin sichtbar
*πλωτή umschiffbar (A. schwimmend)

ἡ ἀκτή das schroffe Meeresufer
ὑψηλή hoch
προὔχουσα hervorragend
ἀπορρώξ, ῶγος (praeruptus) schroff
τρηχεῖα rauh
προβλής, ῆτος vorspringend
ἐρίδουπος laut dröhnend

ὁ αἰγιαλός litus, der Ufersaum
κοῖλος ausgehöhlt, buchtig
πολυηχής laut tönend, wiederhallend
μέγας — εὐρύς —

ἡ ἠιών, όνος der sandige Strand, die Düne
βαθεῖα geräumig
μεγάλη groß
παραπλήξ, ῆγος von der Seite bespült
προὔχουσα hervorragend

ἡ ὄχθη das Flußufer, ripa

τὸ χεῖλος der Rand eines Grabens

τὸ ὄρος der Berg, das Gebirge
αἰπύ jäh, steil
ὑψηλόν hoch
περίμηκες sehr lang, sehr hoch
μακρόν hoch
περιφαινόμενον ringsum sichtbar
παιπαλόεν vielfach gewunden, zackig, klippenreich
καταειμένον ὕλῃ mit Wald bekleidet
ἀκριτόφυλλον dicht belaubt
ἀζαλέον dürr, mit dürrem Gehölz bewachsen (?)
σκιόεν schattig
νιφόεν schneereich
οἰοπόλον einsam, öde

*ἡ ὑπώρεια der Fuß des Berges

ἡ πέτρη der Felsen
αἰγίλιψ steil, unzugänglich
ἠλίβατος steil ansteigend
λίθαξ steinig
λίς
λισσή } glatt
ἐπηρεφής überhangend
ὑψηλή — αἰπεῖα — ἠεροειδής nebelig — περιμήκης — προβλής cf. oben

ὁ σκόπελος
ἡ σκοπιή
ἡ περιωπή } die Warte, d. Bergspitze, Höhe

ἡ σπιλάς, άδος die Felsklippe im Meere, das Riff

ἡ ἄκρη
τὸ ἄκρον } die Bergspitze, das Vorgebirge

ἡ ἄκρις, ιος die Bergspitze

ὁ πρών, ῶνος die Anhöhe, das Vorgebirge

*ὁ πρόβολος der Ufervorsprung

τὸ ῥίον die Felsspitze, das Vorgebirge

ὁ πάγος die Steinklippe, das Riff

ἡ κορυφή der Berggipfel

ἡ στεφάνη der Rand (eines Felsens)

ὁ κρημνός der steile Abhang, Absturz

ἡ κλιτύς, ύος die Neigung, der Abhang

ὁ λόφος
ἡ κολώνη } der Hügel
αἰπεῖα steil
περίδρομος umgehbar

ὁ γουνός der Bühl, Hügel

ὁ θρωσμός die Anhöhe

θρ. πεδίοιο die Hochebene
ἡ ὀφρύς, ύος (supercilium), die bewaldete Höhe
ὁ κνημός die Waldschlucht
ἡ βῆσσα die Schlucht
  ἱερή heilig
ἡ νάπη das Waldthal
τὸ ἄγκος die Bergschlucht, das Felsenthal
*ἡ μισγάγκεια }
ὁ ἔναυλος } die Schlucht als Flußbett d. Gießbäche, d. Rinnsal
ἡ χαράδρη }
τὸ βέρεθρον der Schlund, Abgrund
*ὁ χηραμός die Kluft
*ἡ ῥωχμός der Riß, der Spalt, die Kluft
τό σπέος die Höhle
  ~~γλαφυρόν ausgehöhlt, gewölbt~~
  κατηρεφές überwölbt
  ἀργύφεον silberglänzend
  ἠεροειδές nebelig, dämmernd
  εὐρύ- ὑψηλόν- μέγα- κοῖλον-
τὸ ἄντρον die Grotte
  ἐπήρατον lieblich
  θεσπέσιον göttlich, herrlich
  ἠεροειδές-
ἡ χειή das Loch, die Höhle (der Natter)

τὸ πεδίον die Ebene, das Blachfeld
  εὐρύ breit, weit
  σπιδές ausgedehnt
  λεῖον flach
τὸ ἰσόπεδον der ebene Grund
ὁ λειμών, ῶνος die Wiese
  ἀνθεμόεις blumenreich
  μαλακός weich, sanft
  ὑδρηλός wässerig, feucht

ἡ εἰαμενή die Niederung, Aue
τὸ πῖσος die Aue, die Marsch

ἡ ὕλη sylva, der Wald
  *ἄξυλος holzreich
  δάσκιος dichtschattig
  πολυανθής vielblühend
  βαθεῖα }
  πυκινή } dicht
  τηλεθόωσα blühend, grünend
τὸ ἄλσος der Hain (eines Gottes)
  σκιερόν schattig
  δενδρῆεν baumreich
*τὸ νέμος nemus, der Hain
ἡ ξύλοχος die Holzung
*ὁ δρίος [δρυμά } d. Gehölz
ὁ δρυμός nur im pl. τὰ }
ὁ θάμνος das Gebüsch
τὸ τάρφος das Dickicht
ἡ ῥώψ, ῥωπός das Gebüsch, Reisig
τὸ ῥωπήιον das Gesträuch

ἡ ὁδός die Landstraße
  παιπαλόεσσα sich schlängelnd
  λείη eben
  κοίλη ὁδ. Hohlweg
  λαοφόρος ὁδ. die Heeresstraße
  στεινωπός ὁδ. der Engpaß
ἡ κέλευθος }
pl. -οι u. α } die Bahn, der Weg
  ὑγρὰ κέλευθα die nassen Pfade d. i. das Meer
ὁ πόρος die Wasserstraße, die Furth
*ἡ ἁμαξιτός der Wagenweg, Fahrweg
ἡ ἀγυιά die Straße in der Stadt, die Gasse
  ἐυκτιμένη wohl bebaut
ἡ λαύρη das Gäßchen
ὁ πάτος der Pfad

ἡ ἀταρπός ⎫ der Fußsteig, semita, der Holzweg, Bergpfad, callis
ἡ ἀταρπιτός ⎬
u. ἀτραπιτός ⎭

τρηχεῖα rauh
παιπαλόεσσα gewunden
διηνεκής continuus, fortlaufend

Cap. IV.

Die Mineralien.

ἡ γαῖα die Erde (*Il.* 24. 54)
κωφή gefühllos
ἡ κόνις ⎫ der Staub
ἡ κονίη ⎭
αἰθαλόεσσα rußfarbig, schwarz
ὁ κονίσαλος der Staub, Staubwirbel
*ἡ ψάμμος der Sand
ἡ ψάμαθος dto. bes. Seesand
ἡ ἄμαθος der Sand auf dem Felde
ἡ ἄσις, ιος der Sand im Flusse
ἡ ἰλύς, ύος ⎫ der Schlamm
*ὁ ἀφυσγετός ⎭
*τὸ χέραδος das Steingeröll
ὁ u. ἡ λίθος der Stein (Baustein, Feldstein, Felsen)
στερεή hart
τρηχύς rauh
ὀκριόεις spitzig
ξεστός behauen
(κατῶρυξ, χος eingegraben)
(ὄβριμος gewaltig)
ὁ λᾶας (att. λᾶς) g. λᾶος der Stein, Felsblock
ὀξύς spitz
ῥυτός herbeigeschleift
κατῶρυξ.
ὁ πέτρος das Felsstück
μάρμαρος schimmernd
μυλοειδής groß wie ein Mühlstein
ὀκριόεις.
*ὁ ὀλοοίτροχος runder Felsblock (Rollstein)
ὁ μάρμαρος der (schimmernde) Felsblock (Marmor?)
ὀκριόεις.
ἡ λιθάς, άδος der Stein
τὸ χερμάδιον der Feldstein
ἀνδραχθές einen Mann belastend
ἡ λάιγξ, ιγγος der Kiesel am Seestrande
ἡ ψηφίς, ῖδος das Steinchen

ὁ χρυσός das Gold
ἐρίτιμος ⎫ hochgeschätzt, kostbar
τιμήεις ⎭
εὐεργής gut verarbeitet
πολυδαίδαλος kunstvoll verarbeitet
ὁ ἄργυρος das Silber
ὁ χαλκός das Kupfer
ἐρυθρός roth
αἶθοψ roth schimmernd
ἦνοψ ⎫ blendend, blinkend
νῶροψ ⎭
φαεινός strahlend
ἀτειρής unverwüstlich
εὐήνωρ den Mann ehrend od. stärkend
ὁ σίδηρος das Eisen
αἴθων brandroth
πολιός weißlichgrau
ἰόεις violenfarbig

πολύκμητος mühsam bereitet
ὁ κύανος der Stahl
μέλας schwarz
ὁ κασσίτερος das Zinn
ἑανός geschmeidig
ὁ μόλιβος (att. μόλυβδος) das Blei
τὸ ἤλεκτρον auch ὁ, ἡ, -ος — das Elektron, eine Metallmischung v. Gold u. Silber

ἡ μίλτος der Mennig (nur in dem adj. μιλτοπάρῃος rothbäckig)

τὸ θέειον od. θήιον (att. θεῖον) der Schwefel
κακῶν ἄκος malorum medicina
ὁ ἅλς, ἁλός das Salz
θεῖος göttlich, heilig
(οὐδ' ἅλα δοίης Od. 17. 455)
τὸ ἤλεκτρον der Bernstein

Cap. V.

Die Pflanzen.

Τὸ φυτόν die Pflanze
τὸ δένδρεον (att. δένδρον) der Baum
ὑψιπέτηλον hochbelaubt
τηλεθόων grünend
μακρόν lang, hoch
τὸ δόρυ, δούρατος u. δουρός der Baumstamm
*ὁ φλοιός die Rinde
ἡ ῥίζα die Wurzel
*ὁ ὄρπηξ der Zweig
ὁ ὄζος, *ὁ πτόρθος — der Sprößling, Zweig, Ast
ὁ μόσχος der Zweig, die Ruthe
ὁ λύγος die Gerte
τὸ ἔρνος der Sprößling
(τὸ θάλος dto. aber nur tropisch)
τὸ φύλλον, τὸ πέταλον — das Blatt
τέρεν zart

ἡ κόμη das Laub
ὁ ὀπός der Saft
ὁ καρπός die Frucht
τὸ ξύλον das Holz
ἡ τομή der Baumstumpf
ὁ φιτρός, *ὁ κορμός — der Baumklotz, Kloben
ἡ σχίζη das Holzscheit
τὸ ἄνθος die Blume, Blüthe
τέρεν zart
*ὁ ἄσταχυς, υος, *ὁ στάχυς, υος — die Aehre
*ὁ ἀνθέριξ, ικος die Hachel an der Aehre, die Aehre
ἡ καλάμη der Halm, die Stoppel
*ὁ λοπός die Schale (der Zwiebel)
ἡ ποίη das Gras
νεοθηλής frisch sprossend
ὁ σχοῖνος, *τὸ θρύον — die Binse

*ἡ ῥίψ, ῥιπός das Schilf
ὁ δόναξ, ακος } das Rohr
ὁ ὄροφος }
λαχνήεις wollig
*ὁ δονακεύς das Röhricht
*ῥοδανός schwankend
*τὸ φῦκος fucus, das Seegras, Tang
τὸ κύπειρον das Cypergras
ἡ ἄγρωστις, ιος das Feldgras
μελιηδής honigsüß
ὁ λωτός 1) der Steinklee, 2) der Lotosbaum
τὸ λίνον die Leinpflanze (b. Hom. nur von den daraus bereiteten Gegenständen)
τὸ σέλινον der Eppich
ὁ ἀσφόδελος der Asphodill, eine lilienartige Pflanze (nur in dem adj. ἀσφοδελός)
ἡ μήκων, ωνος der Mohn
*ἡ κώδεια der Mohnkopf
*ὁ κρόκος der Saffran
τὸ ῥόδον die Rose (nur in den adj. ῥοδόεις und ῥοδοδάκτυλος)
τὸ λείριον die Lilie (nur in λειριόεις lilienweiß, zart)
*ὁ ὑάκινθος die Hyacinthe (Iris germanica oder Delphinium Ajacis)
ἡ μυρσίνη die Myrthe (nur in μυρσινοειδής)
*τὸ ἴον das Veilchen, die Viole
ἡ βύβλος die Papyrusstaude (nch A. Hanf oder Bast (nur in βύβλινος)
ἡ ἄκανθα die Distel
ἡ αἱμασιά der Dornbusch
*ἡ βάτος der Brombeerstrauch, Dornstrauch
ἡ ἄχερδος der Hagedorn (A. d. wilde Birnbaum)
ἡ μυρίκη die Tamariske
ἡ πύξος der Buchsbaum (nur in πύξινος Il. 24. 269)
ἡ ἰτέη die Weide
ἡ οἰσύα die Weide (nur in dem adj. οἰσύινος)
ἰτ. ὠλεσίκαρπος die Frucht (vor der Reife) verlierend
ἡ φηγός die Speiseeiche, quercus esculus
περικαλλής wunderschön
ἡ βάλανος die Eichel
ἡ δρῦς, δρυός die Steineiche, quercus ilex
(παλαίφατος uralt)
ὑψίκομος hochbelaubt
ὑψικάρηνος hochwipfelig
*ἡ ἄκυλος die Eichel
ἡ ἀχερωίς, ίδος die Silberpappel, populus alba
ἡ αἴγειρος populus nigra, die Schwarzpappel
λείη glatt
μακρή hoch, lang
μακεδνή schlank
ὑδατοτρεφής vom Wasser genährt
ἡ πλατάνιστος die Platane
καλή schön
ἡ πεύκη die Fichte, Weißtanne
ἡ ἐλάτη die Kiefer, Rothtanne, pinus abies
οὐρανομήκης himmelhoch
περιμήκετος sehr lang
ἡ πίτυς, υος die Lärche
βλωθρή hochragend

(*ἡ πίσσα das Pech)
*ὁ φοῖνιξ, ικος die Dattelpalme
ἡ κλήθρη die Erle, Eller
ἡ πτελέη die Ulme, Rüster
εὐφυής schön gewachsen
ἡ κράνεια der Kornelkirschenbaum, Hartriegel, cornus
τανύφλοιος mit zäher Rinde
ἡ μελίη die Esche
ὁ ἐρινεός der wilde Feigenbaum, caprificus
*ἡ συκέη der veredelte Feigenbaum
τὸ σῦκον die Feige
*ἡ φυλίη der wilde Oelbaum (A.: der Wegedorn, Rhamnus)
ἡ ἐλαίη der veredelte Oelbaum
ἱερή d. heilige, gottgesegnete
τανύφυλλος mit zähen Blättern (A. langblätterig)
ἀγλαόκαρπος mit glänzenden Früchten
τηλεθόωσα üppig grünend
*ἡ κυπάρισσος die Cypresse
εὐώδης schön duftend
*ἡ κέδρος die Ceder
εὐκέατος leicht zu spalten
*τὸ θύον die Pyramidencypresse, citrus (?)
*ἡ δάφνη der Lorbeerbaum
ἡ ὄγχνη 1) der Birnbaum, 2) die Birne

ἡ μηλέη der Apfelbaum
τὸ μῆλον der Apfel
ἡ ῥοιά 1) der Granatbaum, 2) der Granatapfel
ἡ ἡμερίς, ίδος der veredelte Weinstock
ἡ ἄμπελος der Weinstock, die Rebe
ἡ σταφυλή, ἡ βότρυς, υος } die Traube
ἡ ὄμφαξ, ακος die unreife Traube, Herling

ὁ πυρός der Weizen
μελιηδής honigsüß
μελίφρων herzerquickend
ἡ κριθή, τὸ κρῖ } die Gerste
*εὐρυφυές breit wachsend
λευκόν weiß
ἡ ὄλυρα triticum zea, Host (nch A.: Einkorn od. Emmerskorn)
ἡ ζειά Dinkel oder Spelt
*ὁ κύαμος die Saubohne
μελανόχρως schwarzhäutig
*ὁ ἐρέβινθος die Kichererbse, cicer
τὸ κρόμυον die Zwiebel, der Gartenlauch, allium cepa
τὸ μῶλυ nch Ein. allium nigrum, Knoblauch (?)

Cap. VI.

Die Thiere (ἑρπετά Alles was wandelt).

I. Säugethiere.

A. Das Wild.

Ὁ θήρ, θηρός / τὸ θηρίον / ὁ φήρ (aeol.) — das wilde Thier

τὸ πέλωρ / τὸ πέλωρον — das Unthier, Ungethüm

*τὸ κνώδαλον das schädliche Thier

τὸ τέκνον / τὸ τέκος — das Junge

*ὁ σκύμνος d. Junge (des Löwen)

ὁ σκύλαξ d. Junge (des Hundes)

*τὸ βρέφος das ungeborene Junge

ὁ λέων, λέοντος / ὁ λίς — der Löwe

- αἴθων brandroth (A.: feurig)
- ἠϋγένειος starkbärtig
- χαροπός freudig blickend, mit funkelndem Blick (A.: grünäugig)
- κρατερός stark
- σμερδαλέος furchtbar, grauenvoll
- σίντης räuberisch
- ὀλοόφρων auf Verderben sinnend
- ὠμοφάγος blutdürstig
- ὀρεσίτροφος auf den Bergen ernährt

ὁ ἡ πόρδαλις, ιος / od. πάρδαλις — der Panther, Parder

ὁ ἡ ἄρκτος der Bär

ὁ θώς, θωός der Schakal

- δαφοινός braunroth
- ὠμοφάγος s. o.

ὁ λύκος der Wolf

- πολιός grau
- κρατερῶνυξ, υχος starkklauig
- ὀρέστερος im Gebirge hausend
- σίντης. ὠμοφάγος.

ὁ κάπρος / σῦς κάπριος / σῦς κάπρος — der Eber, Keuler

ἡ σῦς u. / σῦς ἄγριος — das Wildschwein, die Bache

- ἀκάμας unermüdlich
- ἀργιόδους weißzahnig
- ληιβότειρα saatabweidend
- ὀλοόφρων.

ὁ ἡ ἔλαφος der Hirsch

- κεραός gehörnt
- ὑψικέρως mit hohem Geweih
- φυζακινή flüchtig
- ταχεῖα / ὠκεῖα — schnell
- ἀγροτέρη im Freien lebend

ὁ νεβρός / *ὁ ἐλλός — das Hirschkalb

*ἡ κεμάς, άδος der zweijährige Hirsch, der Spießer (A.: Reh)

*ἡ πρόξ, προκός das Reh

ἡ αἶξ ἄγριος die wilde Ziege, Gemse

- ἴξαλος schnell springend (A.: stößig)

ἰονθάς, άδος zottig, haarig
ὀρεσκῷος in den Bergen lagernd
ὁ λαγωός (att. λαγώς) der Hase
ὁ ἡ πτώξ, πτωκός eig. der Ducker d. i. der Hase

(ἡ κτίς = ἰκτίς, ίδος das Wiesel od. der Iltis, nur in dem adj. κτιδέη)

B. Die Hausthiere.

ὁ ἡ ἵππος das Pferd, Roß
ταχύς, ὠκύς } schnell
ποδώκης, ὠκύπους } schnellfüßig
πόδας αἰόλος, ἀερσίπους } leichtfüßig
ὠκυπέτης schnell dahinfliegend
εὐσκαρθμος leicht dahinspringend
χαλκόπους erzfüßig
κεντρηνεκής vom Stachel gesporut
μῶνυξ, υχος eilhufig (A.: einhufig)
καρτερῶνυξ starkhufig
ὑψηχής mit erhobenem Kopfe wiehernd
καλλίθριξ, εὔθριξ, τριχος } schön gemähnt
κυανοχαίτης mit schwarzer Mähne
αἴθων brandroth (oder feurig)
ξανθός falb
ἐριαύχην, ενος starknackig
πηγός gedrungen, kräftig, starkknochig
φυσιόων schnaubend
χρυσάμπυξ, υκος mit goldenem Stirnband
ἐρυσάρματες ἵπποι wagenziehend
στατός eingestallt

ὁ κέλης ἵππος das Rennpferd des Kunstreiters

ὁ ἡ πῶλος das Füllen, Fohlen
ἀταλή jugendlich, munter

Berühmte Rosse sind:

1) Die Rosse der Eos: Λάμπος (leuchtend) und Φαέθων (strahlend) O. 23. 246.
2) Die Rosse des Achill: Ξάνθος, (d. Falbe), Βαλίος (d. Schecke) u. Πήδασος (Springer) Il. 16. 149. 19. 400, von denen die beiden ersten v. Zephyros u. der Harpyie Podarge gezeugt u. unsterblich sind.
3) Die Rosse des Hector: Ξάνθος, Πόδαργος (Schnellfuß), Αἴθων (Brandfuchs) u. Λάμπος. Il. 8. 185.
4) Die Stute des Agamemnon: Αἴθη. Il. 23. 295.
5) Das Pferd des Menelaos: Πόδαργος. Il. 23. 295.
6) Das Roß des Adrastos: Ἀρείων Il. 23. 246.
7) Das Gestüt des Troerfürsten Erichthonios, aus 3000 Stuten bestehend. Il. 20. 221 u. die 12 Wunderrosse ib. 225—29.
8) Die Rosse des Anchises u. Aeneas, die von den edlen Hengsten stammten, welche Zeus dem Tros als Entgelt für den geraubten Ganymedes schenkte. Il. 5. 265 ff.

ὁ ἡ βοῦς, βοός das Rind
ἕλιξ, ικος im Gange sich windend
εἰλίπους, ποδος schleppfüßig, schwer wandelnd
ὀρθόκραιρος mit aufrecht stehenden Hörnern
εὐρυμέτωπος breitstirnig
οἶνοψ dunkelroth (weinfarbig)
αἴθων brandroth
ἀργός nitidus, glänzend, feist
πίων fett

ἐρίμυκος laut brüllend
ἄγραυλος auf dem Felde lagernd
ἀγελαῖος zur Heerde gehörig
ἐννέωρος hervorragend, ausgezeichnet
ἀργαλέος schwer zu treiben
ἤκεστος ungestachelt, ungebraucht
*ἦλιξ ausgewachsen

ταῦρος βοῦς | der Stier
βοῦς ἄρσην |
ὁ ταῦρος |

*ἐρύγμηλος laut brüllend
κυάνεος blauschwarz
παμμέλας ganz schwarz
ζατρεφής wohlgenährt, feist
μεγάθυμος muthig
αἴθων s. ob.

ἡ πόρις, ιος | das Kalb, die Färse
ἡ πόρτις, ιος |
*ἡ πόρταξ, ακος |

ὁ ἡ ὄις, ὄιος, οἰός das Schaf
ἄργυφος silberweiß
ἀργεννός weiß schimmernd
δασύμαλλος dichtwollig
λάσιος rauh, wollig
εἰροπόκος wollschürig, wollig
ὑπόρρηνος ein Junges unter sich habend, säugend

τὸ εἴριον, ἔριον | die Wolle
τὸ εἶρος |

ἰοδνεφές violendunkel

*ὁ λάχνος die Wolle
ὁ ἄωτος die Flocke
τὸ κῶας das Vließ
ὁ μαλλός das Vließ (nur in πηγεσίμαλλος mit dickem Vließ)
*οἱ πρόγονοι die zuerst geborenen Schafe, Frühlinge
*αἱ μέτασσαι die nach diesen geborenen, mittleren Schafe
*αἱ ἕρσαι die zuletzt geborenen, Spätlinge

ὁ ἀρνειός | der Schafbock, Widder
ὁ κριός |
ὁ κτίλος |

ἀρν. πηγεσίμαλλος dichtwollig

ὁ ἔριφος das Böcklein, Zicklein
ὁ (ἄρην), ἀρνός der Widder, das Lamm
τὸ ἔμβρυον das neugeborene, saugende Lamm
τὸ μῆλον ein Stück Kleinvieh, Schaf oder Ziege, gew. im plur.
τὰ μῆλα das Kleinvieh
ἴφια kräftig (nur b. dies. W.)
κλυτά preiswürdig
ταναύποδα die Füße streckend (A.: langbeinig)
πίονα- ἄργυφα- καλλίτριχα s. ob.

*ὁ τράγος der Ziegenbock

ὁ ἡ αἴξ, αἰγός | die Ziege, Geis
*ἡ χίμαιρα |

εὐτρεφής | wohlgenährt
ζατρεφής |

μηκάς, άδος meckernd
πίων fett

ὁ ἡ ὗς, ὑός | das Schwein
σῦς, συός |

ἀργιόδους- πίων s. ob.
θαλέθοντες ἀλοιφῇ strotzend von Fett

ὁ σίαλος das Mastschwein

ἁπαλοτρεφής | wohlgenährt, feist
ζατρεφής |

*ὁ χοῖρος das Ferkel
*ὁ ὄνος der Esel
νωθής träge, faul

ὁ ἡ ἡμίονος | der Maulesel, das Maulthier
ὁ οὐρεύς |

ἐντεσιεργός im Geschirr arbeitend
ταλαεργός arbeitduldend, lastbar
κρατερῶνυξ starkhufig
ἀγρότερος im Freien lebend

ὁ ἡ κύων der Hund

ἀδδεής furchtlos, unverschämt
ἀργίπους schnellfüßig
(λυσσητήρ rasend, toll)
ἀργός, ταχύς flink, schnell
ἀργιόδους weißzähnig
καρχαρόδους scharfzähnig
ὑλακόμωρος stets bellend, belfernd
ὠμηστής blutdürstig

κύων τραπεζεύς d. Tisch-, Stubenhund

κ. πυλαωρός der Hofhund

κ. θηρευτής, κ. εἰδὼς θήρης d. Jagdhund

Berühmt ist Ἄργος (Hurtig), der treue Hund des Odysseus O. 17. 292

C. Seethiere.

τὸ κῆτος das große Seethier

εἰνάλιον im Meere lebend
μέγα —

ὁ δελφίς, ῖνος der Delphin

μεγακήτης großschlundig
πέλωρ μέγα τε δεινόν τε

ἡ φώκη, auch ὁ κύων der Seehund, die Robbe

ἁλιοτρεφής im Meere aufgewachsen
μέλαινα schwarz
νέποδες schwimmfüßig

D. Andere Säugethiere.

ἡ νυκτερίς, ίδος die Fledermaus

Fraglich ist, ob Hom. den Elephanten kennt, ὁ ἐλέφας ist bei ihm stets das Elfenbein.

II. Vögel.

ὁ ἡ ὄρνις, ιθος, *τὸ ὄρνεον der Vogel

τανυσίπτερος die Flügel ausbreitend
πετεηνός geflügelt

ὁ οἰωνός der Raubvogel

τανυπτέρυξ breitgeflügelt
ταχύς schnell
ὠμηστής rohes Fleisch fressend, gefräßig

τὰ πετεηνά, τὰ ποτητά das Geflügel, die Vögel

ἡ πτέρυξ, υγος der Flügel

τὸ πτερόν die Schwungfeder, der Flügel

ἡ ποτή der Flug

ὁ ὄνυξ, υχος die Kralle (d. Adlers)

τὸ χεῖλος der Schnabel (in ἀγκυλοχείλης)

τὸ τέκνον, ὁ νεοσσός das Junge

νήπια (τέκνα) die unmündigen Il. 2. 311
*ἀπτῆνες (νεοσσοί) unbefiedert

ἡ αὖλις das Nachtlager der Vögel
πέτεσθαι, ποτᾶσθαι fliegen

ὁ αἰετός (att. ἀετός) der Adler
αἴθων braunroth
ὑψιπέτης / ὑψιπετήεις } hochfliegend
μόρφνος schwarz (A.: rapax räuberisch od. schnell)
ἀγκυλοχείλης krummschnabelig
τελειότατος πετεηνῶν der vollkommenste der (Weissage-) Vögel
Διὸς ταχὺς ἄγγελος.
*ὁ πέρκνος eine besondere Adlerart
ἡ φήνη der Seeadler, ossifraga
ὁ ἴρηξ, ηκος (att. ἱέραξ) der Habicht
ὁ κίρκος, auch / ἴρηξ κίρκος } die Gabelweihe
ἐλαφρότατος πετεηνῶν der flinkste der Vögel
ὤκιστος πετ. der flinkste der Vögel
ὠκύπτερος schnell beschwingt
Ἀπόλλωνος ταχὺς ἄγγελος
*ἴρηξ φασσοφόνος der Taubenfalke
*ἡ ἅρπη der Falke
τανυπτέρυξ, υγος breitgeflügelt
λιγύφωνος laut kreischend
ἡ γύψ, γυπός der Geier
ὁ αἰγυπιός der Geier
γαμψῶνυξ krummkrallig
ἀγκυλοχείλης s. o.
*ὁ κύμινδις / *ἡ χαλκίς } d. Nachthabicht, accipiter nocturnus
*ὁ σκώψ, σκωπός die Eule, Kauz (A.: Ohreule)
ἡ γλαύξ, γλαυκός die Eule (nur in γλαυκῶπις)
ἡ πέλεια / ἡ πελειάς, άδος } die wilde Taube
τρήρων bebend, schüchtern
ἡ φάσσα die Holztaube (nur in φασσοφόνος)
ὁ κόραξ der Rabe (nur in κόρακος πέτρη Rabenfels-O. 13. 408)
ὁ κολοιός die Dohle, graculus
ἡ χελιδών, όνος die Schwalbe
ἡ ἀηδών, όνος die Nachtigall
χλωρηίς, ίδος grünlichgelb, falb (A.: im Grünen lebend)
*ἡ κίχλη der Krammetsvogel, die Drossel
τανυσίπτερος flügelausbreitend
ὁ ψάρ, ψαρός / ὁ ψήρ, ψηρός } der Staar
ὁ ἡ στρουθός der Sperling
ἡ γέρανος der Kranich
ὁ ἐρωδιός der Reiher
ὁ κύκνος der Schwan
δουλιχόδειρος langhälsig
ὁ ἡ χήν, χηνός die Gans
ἀργή glänzendweiß
πέλωρος sehr groß
ἥμερος zahm
ἡ ἀλκυών, όνος der Meereisvogel Il. 9. 563 (A. nehmen es als N. pr., aber die Sage v. Alkyone u. Keyx ist Homer fremd)
ὁ λάρος die Seemöve, larus
*ἡ κήξ, κηκός das Seehuhn od. die Seemöve
εἰναλίη auf dem Meere lebend
ἡ αἴθυια das Wasserhuhn, fulica mergus
ἡ κορώνη εἰναλίη die Seekrähe, der Kormoran (?)

*τανύγλωσσος zungestreckend

(Ἀλεκτρυών der Hahn nur N. pr. Einige erklären ἠλέκτωρ Il. 6. 513 durch „Hahn")

Zweifelhaft sind:

ὁ ἀρνευτήρ der Taucher und

ἡ ἀνόπαια nach Aristarch eine Adlerart; nch A. adj. Od. 1. 320

III. Amphibien.

ὁ δράκων, οντος die Schlange

δαφοινός dunkelroth

φοινήεις blutroth

κυάνεος schwarzblau

ὀρέστερος auf dem Berge hausend

σμερδαλέος grauenvoll

ὁ ὄφις, ιος die Schlange

αἰόλος sich ringelnd

ὁ ὕδρος die Wasserschlange

ὀλοόφρων Verderben sinnend

IV. Fische.

ὁ ἰχθύς, ύος der Fisch

ἱερός schnell, flink

ὠμηστής rohes (Fleisch) fressend, gefräßig

οἱ ὀλίγοι die kleinen

ὁ ἔγχελυς, υος der Aal

V. Insekten.

*ὁ ἴψ, ἰπός der Holzbohrkäfer, ptinus pertinax

*ὁ τέττιξ, ιγος die Cicade oder Baumgrille

*ἡ ἀκρίς, ίδος die Heuschrecke

ἡ μέλισσα die Biene

ἀδιναί dicht geschaart

τὸ μέλι, ιτος der Honig

γλυκερόν süß

χλωρόν gelb

ὁ κηρός das Wachs

μελιηδής honigsüß

ὁ σφήξ, σφηκός die Wespe

μέσον αἰόλος in der Mitte beweglich

εἰνόδιος (att. ἐν.) auf dem Wege

*ὁ οἶστρος die Bremse

αἰόλος beweglich

ἡ μυῖα die Fliege

ἀδιναί s. ob.

ἡ κυνάμυια die Hundsfliege, bei Hom. nur als Schimpfwort „unverschämte Fliege; bei Sp. eine besondere Spezies

*ὁ κυνοραιστής die Hundslaus, acarus ricinus

ἡ ἀράχνη die Spinne wird nicht erwähnt, wohl aber τὸ ἀράχνιον das Spinngewebe

---

VI. Würmer. — Mollusken.

*ὁ σκώληξ, ηκος der Regenwurm

ἡ εὐλή die Made

*ὁ πουλύπους, ποδος (att. πολ.) der Vielfuß, Meerpolyp oder Tintenfisch

*ὁ κοτυληδών, όνος die Saugwarze des Polypen

*τὸ τῆθος die Auster

Zweifelhaft ist, ob Hom. die Purpurschnecke kannte (ἡ πορφύρα — er hat nur d. adj. πορφύρεος)

Bezeichnungen für Thierstimmen:

ὁ μυκηθμός das Gebrüll der Rinder

μυκᾶσθαι brüllen, mugire

*ἡ βληχή das Blöken der Schafe

μηκᾶσθαι 1) blöken, 2) quäken, klagen, schreien von verfolgten Hirschen, Hasen u. vom verwundeten Pferde, Eber und Hirsch; niemals vom Menschen.

ὁ κνυζηθμός das Knurren des Hundes

*ὁ ὑλαγμός das Gebell

ὑλακτεῖν bellen

*χρεμετίζειν wiehern

τρίζειν zwitschern

Cap. VII.

Der Mensch.

A. Der menschliche Körper und seine Theile.

Ὁ ἄνθρωπος der Mensch

αὐδήεις, εντος mit Rede begabt

μέροψ, οπος vergänglich, hinfällig

πολυσπερής weit zerstreut

ἐπιχθόνιος, χαμαὶ ἐρχόμενος } irdisch

θνητός, καταθνητός } sterblich

ὁ ἀνήρ der Mann, d. Mensch, bes. im pl. ἄνδρες die Menschen

ἀλφησταί erfinderisch, betriebsam, n. A.: broteſſend, also = ἀ. ἐπὶ χθονὶ σῖτον ἔδοντες Od. 9. 90; 10. 101

ὁ θνητός, ὁ βροτός } der Sterbliche, der Mensch

βρ. θνητός sterblich
ὀιζυρός bedauernswerth
δειλός elend, unglücklich
γαίης καρπὸν ἔδοντες die Frucht der Erde genießend
ἐπὶ χθονὶ σῖτον ἔδοντες- ἐπιχθόνιοι s. ob.

ἡ γυνή die Frau

θηλυτέρη zart

τό δέμας eig. der Bau, der (lebende) Körper
τὸ σῶμα der Leichnam
ἡ φυή der Wuchs
τὸ εἶδος das Aussehen, species
ἡ μορφή die Gestalt, die Schönheit

τὰ μέλεα | τὰ ῥέθεα | τὰ γυῖα } die Glieder

μέλεα γναμπτά biegsam, geschmeidig
γυῖα ἀγλαά | φαίδιμα } stattlich
ἐλαφρά leicht
φίλα lieb
ἔμπεδα fest, stark

τὸ ἅψος das Gelenk

ὁ χρώς, χρωτός u. χροός | *ἡ χροιή } d. Haut, aber auch Leib, Körper

χρώς λευκός weiß
τέρην zart
κάλλιμος | καλός } schön
ἱμερόεις reizend
λειριόεις lilienweiß

ἡ ῥινός | τὸ δέρμα } die Haut

ἡ σάρξ, σαρκός das Fleisch
τὸ ὀστέον der Knochen
ἡ κεφαλή der Kopf

τὸ κάρη ep. st. κάρα g. κάρητος u. καρήατος | τὸ *ΚΡΑΣ* g. κρατός | τὸ κάρηνον } d. Haupt

τὸ κὰρ nur in d. Verb. ἐπὶ κάρ kopfüber

*τὸ κρανίον der Schädel, Scheitel
*ὁ βρεχμός das Vorderhaupt

ὁ κρόταφος | ἡ κόρση } die Schläfe

ἡ κόμη das Haupthaar
pl. κόμαι οὖλαι dichtes Haar
ἡ χαίτη das fliegende, wallende Haar

θαλερή | τηλεθόωσα } üppig

ἡ λάχνη das wollige Haar
ἡ θρίξ, τριχός das Haar

ὁ ἴουλος | ἡ λάχνη } das Milchhaar, der Flaum

ἡ ὑπήνη der Bart (nur in ὑπηνήτης bärtig)
ἡ γενειάς, άδος der Kinnbart, das Barthaar

τὸ πρόσωπον | τὰ πρόσωπα | ἡ ὤψ, ωπός nur εἰς | τὸ ὑπώπιον [ὦπα } das Gesicht

τὸ μέτωπον | τὸ μετώπιον } die Stirn

τὸ ἐπισκύνιον die Stirnhaut über der Augenhöhle, supercilium
ἡ ὀφρύς, ύος die Augenbraue
τὸ βλέφαρον das Augenlid
ὁ ὀφθαλμός das Auge
τὼ ὄσσε die beiden Augen

φαεινώ glänzend
τὰ ὄμματα die Augen
καλά schön
μαρμαίροντα blitzend, funkelnd
τὰ φάεα lumina, die Augen
καλά.
ἡ γλήνη der Augapfel, die Pupille
ἡ ὀπωπή das Sehen, die Sehkraft
ἡ παρειά
τὸ παρήιον } die Wange, Backe
ἡ ῥίς, ῥινός die Nase
αἱ ῥῖνες die Nasenlöcher
ἡ ὀδμή der Geruch, Duft
τὸ οὖς, ὠτός u.
οὖας, οὔατος } das Ohr
*ὁ λοβός das Ohrläppchen
ἡ ἀκουή das Hören
τὸ στόμα der äußere Mund
ἡ μάσταξ, ακος der innere Mund
τὸ χεῖλος die Lippe
ὁ ὀδούς, όντος der Zahn
λευκός weiß
ἕρκος ὀδόντων das Gehäge der Zähne
ἡ γλῶσσα die Zunge
ἡ ὑπερῴη der Gaumen
*ἡ γῆρυς
ἡ φθογγή
ἡ ὄψ, ὀπός } die Stimme
ἡ αὐδή
ἡ φωνή } die Sprache
τὸ ἔπος
ὁ μῦθος } das Wort
ὁ λόγος nur an 2 St.
ἡ ὄψ das Wort, der Ausspruch
ὁ αἶνος die Lobrede

ἡ γένυς, υος
ὁ γναθμός (pros. γνάθος) } der Kinnbacken
γεν. γναμπτή gebogen
τὸ γένειον
ὁ ἀνθερεών, ῶνος } das Kinn
ὁ αὐχήν, ένος
ὁ λόφος
ἡ δειρή } der Hals, Nacken
αὐχὴν στιβαρός gedrungen
παχύς fleischig
ἁπαλός zart
*τὸ ἰνίον das Hinterhaupt, Genick
ὁ ἀστράγαλος der Halswirbel, das Genick
ὁ λαιμός
ἡ φάρυγξ, υγγος u. υγος
ὁ στόμαχος } die Kehle, die Gurgel, der Schlund
*ὁ ἀσφάραγος die Luftröhre, Kehle
ἡ λαυκανίη die Speiseröhre, Kehle
ὁ ὦμος die Schulter
στιβαρός gedrungen
φαίδιμος stattlich
εὐρύς breit
ἡ κληίς, ῖδος das Schlüsselbein
τὸ στῆθος die Brust
τὸ στέρνον der Brustkasten
ὁ κόλπος der Busen
ὁ μαζός die Brustwarze
αἱ πλευραί
τὰ πλευρά } die Rippen
ἡ ἰξύς, ύος
ἡ λαπάρη
ὁ κενεών, ῶνος
ἡ ζώνη } die Weichen
ἡ πρότμησις der Einschnitt über den Hüften (die Taille)

ἡ γαστήρ, έρος der Leib, bes. der Unterleib
ἡ νηδύς, ύος die Bauchhöhle
ὁ ὀμφαλός der Nabel
τὰ μήδεα, *τὰ αἰδοῖα, ἡ αἰδώς } die Schamtheile, die Scham
ὁ βουβών, ῶνος die Drüsen neben der Scham, Schamgegend
ὁ νῶτος, τὸ νῶτον, gew. τὰ νῶτα } der Rücken
τὸ μετάφρενον der obere Theil des Rückens
*ἡ ῥάχις, ιος, *ἡ ἄκνηστις, ιος } der Rückgrat
*ὁ σφονδύλιος (att. -ος) der Wirbelknochen des Rückgrats
τὸ ἰσχίον das Hüftgelenk, die Hüfte, Lende
ἡ κοτύλη die Hüftpfanne
*τὸ σκέλος der Schenkel, d. Bein
πρυμνὸν σκ. der Oberschenkel
ὁ μηρός der Oberschenkel

εὐφυής wohlgebildet, stattlich
παχύς dick
θαλερός kräftig
καλός- μέγας

ἡ ἐπιγουνίς, ίδος der Oberschenkel, die Lende
ὁ γλουτός der Hinterbacken, pl. das Gesäß
τὸ γόνυ, γούνατος, γουνός } das Knie

pl. λαιψηρά hurtig
φίλα lieb

*ἡ ἰγνύη, *ἡ κώληψ } die Kniekehle
ἡ κνήμη der Unterschenkel d. i. Schienbein u. Wade
τὸ σφυρόν der Knöchel
*ἡ πτέρνα die Ferse

adv. λάξ mit der Ferse

ὁ πούς, ποδός der Fuß

λιπαρός glänzend
ἁπαλός zart
διερός regsam
κραιπνός, καρπάλιμος, λαιψηρός } hurtig, flink
*ἄωρος beweglich oder unförmlich O. 12. 89

ὁ ταρσός das Fußblatt
ὁ βραχίων, ονος der Arm
πρυμνός βρ. der Oberarm
ὁ πῆχυς, εος der Unterarm, Arm

λευκός weiß

αἱ ἀγκοῖναι, αἱ ἀγκαλίδες } d. (gebogenen) Arme (nur in ἐν ἀγκ.)
ὁ ἀγκών, ῶνος, ἡ ὠλένη (in λευκώλενος) } der Ellenbogen
ἡ χείρ, χειρός die Hand

παχεῖα fleischig
βαρεῖα schwer
στιβαρή gedrungen, stark
ἐλαφρή leicht
ἁπαλή zart
φίλη lieb

ἡ σκαιή die linke Hand
ἡ δεξιτερή die rechte Hand
ἡ παλάμη die flache Hand, die Hand
*τὸ θέναρ, αρος die flache Hand
ὁ ἀγοστός die gekrümmte Hand (A.: d. Ellenbogen)
ἡ πυγμή die Faust (b. Hom. nur Faustkampf)

πύξ mit der Faust
ὁ καρπός die Handwurzel
ὁ δάκτυλος der Finger (nur in ῥοδοδάκτυλος)

Innere Theile:

ὁ μυελός das Mark
ὁ ἐγκέφαλος das Gehirn
ὁ μυών, ῶνος der Muskelknoten
ἡ ἴς, ἰνός die Sehne, Muskel, der Nerv
*τὸ νεῦρον die Sehne, Flechse
ὁ τένων, οντος die Nackenmuskel
τὰ ἔντερα, αἱ χολάδες – die Gedärme
τὰ ἔγκατα, τὰ νήδυια – die Eingeweide
αἱ φρένες, αἱ πραπίδες – das Zwerchfell, praecordia
φρ. ἀμφιμέλαιναι rings umdunkelt
τὸ δέρτρον das Darmfell, die Netzhaut
ὁ δημός die Fetthaut, das Fett (*Il.* 8. 380; 11. 818)
τὸ ἦτορ 1) die Lunge, 2) das Herz
ἡ κραδίη, ἡ καρδίη, τὸ κῆρ, ος – das Herz
ἀδινόν dicht
λάσιον rauh, zottig
ὁ πνεύμων, ονος die Lunge
ἡ πνοιή, ἡ ψυχή – der Hauch, Athem
τὸ ἧπαρ, ατος die Leber
ὁ νεφρός die Niere (nur in ἐπινεφρίδιος)
ὁ χόλος die Galle

ἡ γαστήρ, ἡ νηδύς – der Magen
ἡ κύστις, ιος die Blase
*ἡ φλέψ, βός die Ader
τὸ αἷμα das Blut
πορφύρεον purpurn
φοίνιον dunkelroth
κελαινόν, κελαινεφές, μέλαν – schwarz
θερμόν heiß
λιαρόν warm
παχύ dick
(ὁ βρότος cruor, das aus der Wunde fließende Blut
τὸ λύθρον geronnenes mit Staub vermischtes Blut)
*ὁ ἀφλοισμός der Schaum, Geifer
ὁ ἱδρώς, ῶτος der Schweiß
τὸ δάκρυ, τὸ δάκρυον – die Thräne
θαλερόν reichlich
τέρεν zart, sanft
πικρόν bitter
ἐλεεινόν mitleidig
θερμόν heiß

Bezeichnungen von Theilen des thierischen Körpers:

τὸ κέρας, αος das Horn
ἡ ἔθειρα das Haar in der Mähne und dem Schweife des Pferdes
ἡ λοφιή der borstige Kamm des Ebers
ἡ κορυφή der Scheitel d. Pferdes
αἱ γαμφηλαί die Kinnbacken
ἡ ὁπλή der Huf
τὸ οὖθαρ, ατος das Euter
ἡ οὐρή der Schwanz, Schweif

τὸ μηρίον der Schenkelknochen

τὸ πῖαρ, ἡ ἀλοιφή — das Fett

θαλερή, τεθαλυῖα — üppig, reichlich

B. Zustände und Eigenschaften des Körpers.

ὁ βίος, ὁ βίοτος, *ἡ βιοτή — die Lebenskraft, das Leben

ὁ θυμός, ἡ ψυχή — anima, Seele, Leben

θ. μελιηδής süß
φίλος.

ὁ ἡ αἰών, ῶνος die Lebenszeit
γλυκύς süß
φίλη.

ὁ θάνατος der Tod
(Epith. s. Cap. XXII)

ὁ μόρος, ἡ μοῖρα, ὁ πότμος, ἡ κήρ, ός — das Todesloos

ὁ φόνος caedes, der Mord

ὁ ὕπνος der Schlaf
νήδυμος süß (A.: fest)
ἀμβρόσιος ambrosisch
ἀπήμων erquickend
λιαρός mild
γλυκερός, γλυκύς, ἡδύς — süß
λυσιμελής die Glieder lösend
λύων μελεδήματα θυμοῦ der Sorgenbrecher
μελιηδής honigsüß
μελίφρων herzerquickend
χάλκεος ehern
πανδαμάτωρ Alle bezwingend
νήγρετος nicht zu erwecken, fest

ὁ κοῖτος die Ruhe

τὸ κῶμα der feste Schlaf

ὁ ὄνειρος der Traum

τὸ ὄναρ das nichtige Traumbild

τὸ ὕπαρ die wirkliche Erscheinung, Wirklichkeit

ὁ κάματος die Ermüdung

ἡ ὀλιγηπελίη die Ohnmacht

ἡ ὀδύνη, τὸ ἄλγος — der Schmerz

ἡ νοῦσος (att. νόσ.) die Krankheit

τὸ ἆσθμα das Keuchen, die Beklemmung
ἀργαλέον schwer

ὁ γέλως, ωτος u. γέλος — das Lachen

ὁ κλαυθμός das Weinen

ὁ λιμός, ἡ πείνη — der Hunger

*ἡ βούβρωστις, ιος der Heißhunger

ἡ δίψα der Durst

τὸ μέγεθος die Größe

τὸ μῆκος die Länge

τὸ κάλλος, τὸ εἶδος, ἡ ἀγλαΐη — die Schönheit

ἡ ταχυτής, ῆτος die Schnelligkeit

*ἡ ποδωκείη die Schnellfüßigkeit

*ἡ βραδυτής die Langsamkeit

*ὁ ὦχρος die Bläſſe

*τὸ ἴθμα der Gang

ἡ βίη
ἡ ἴς, ἰνός
ἡ δύναμις, ιος
*ἡ κῖκυς, υος
τὸ σθένος
τὸ μένος
} die Kraft

ἡ ἥβη die Jugendkraft

ἡ ἀδροτής, ῆτος die Manneskraft (al. ἀνδροτής)

ἡ ἀλκή
τὸ κάρτος
τὸ κράτος
ἡ ῥηξηνορίη
} die Stärke

C. Der Geist und seine Functionen.

ὁ θυμός animus, der Geist

ἡ φρήν, φρενός
αἱ φρένες
αἱ πραπίδες
} mens, der Verstand

φρ. πευκάλιμαι verständig
ἐῖσαι mens aequa
πρ. ἰδυῖαι kundig

ὁ νόος ratio, die Vernunft, der Gedanke, die Gesinnung

τὸ νόημα der Gedanke

τὸ μῆδος
ἡ βουλή
} der Rathschluß, consilium

ἡ μῆτις, ιος die Einsicht

*ἡ μνημοσύνη
*ἡ μνῆστις
} die Erinnerung

ἡ λήθη
*ἡ ἔκλησις
} das Vergessen

ὁ θυμός das Verlangen

ἡ ἰότης, ητος der Willen

τὸ ἐέλδωρ der Wunsch

ὁ ἵμερος
ὁ πόθος
ἡ ποθή
} das Verlangen, die Sehnsucht

ὁ ἔρος die Begierde

τὸ ἄδος
ὁ κόρος
} der Ueberdruß

ὁ θυμός das Gemüth

ἡ κραδίη
τὸ ἦτορ
τὸ κῆρ
} das Herz als Sitz der Gefühle, das Gemüth

ὁ ἔρως, ωτος die Liebe

ἡ φιλότης, ητος die Freundschaft, die Liebe

ἡ φιλοφροσύνη das Wohlwollen

ὁ κότος der Haß

τὸ ἔχθος die Feindschaft

ὁ θυμός
ὁ χόλος
} der Zorn

ἡ μῆνις
ὁ μηνιθμός
} der Groll

τὸ μένος der Grimm

ἡ ἡσυχίη die Gemüthsruhe

τὸ θαῦμα die Bewunderung

ἡ ἄγη die Scheu, das Erstaunen

τὸ σέβας das freudige Erstaunen, die Ueberraschung

τὸ τάφος
τὸ θάμβος
} d. Staunen, stupor

ἡ αἰδώς, όος die Scham

ἡ νέμεσις die Scheu

ἡ ἐλπίς, ίδος
ἡ ἐλπωρή
} die Hoffnung

ἡ θαλπωρή die Beruhigung, der Trost

ἡ κατηφείη / *ἡ κατηφών, όνος — die Niederschlagenheit

τὸ χάρμα / ἡ γηθοσύνη — die Freude

τὸ ἦδος / ἡ τερπωλή — das Vergnügen

ὁ κηληθμός das Entzücken

ἡ εὐφροσύνη der Frohsinn

ἡ ἀνίη der Aerger

τὸ πένθος die Trauer

τὸ ἄχος / τὸ ἄλγος — das Leid, Seelenschmerz

τὸ κῆδος / τὸ μελέδημα / *ἡ μελεδώνη — die Sorge

ὁ θυμός / τὸ μένος — der Muth

τὸ θάρσος / τὸ θράσος — die Kühnheit

τὸ δέος u. δεῖος / τὸ δεῖμα / ὁ φόβος — die Furcht

ὁ τρόμος das Beben, die Angst

τὸ τάρβος / ἡ ταρβοσύνη — der Schrecken

ὁ οἶκτος / *ὁ ἔλεος / ἡ ἐλεητύς — das Mitleid

ἡ λύσσα die Wuth, Raserei

D. Menschliche Vorzüge und Fehler

ἡ ἀρετή die Tüchtigkeit

ἡ εὐεργεσίη das Guthandeln

ἡ κακότης, ητος die Schlechtigkeit

ἡ κακοεργίη das Schlechthandeln

ἡ ἠνορέη / ἡ ἀγηνορίη — die Mannhaftigkeit, Tapferkeit

ἡ ἀναλκείη / ἡ κακότης — die Feigheit

ἡ σπουδή / ἡ προθυμίη — der Eifer

*ἡ ἀεργίη die Unthätigkeit, der Müssiggang

ἡ νωχελίη / ὁ ὄκνος — die Trägheit

ἡ μεθημοσύνη / ἡ χαλιφροσύνη — die Nachlässigkeit

ἡ ὁμοφροσύνη die Eintracht

ἡ ἔρις, ιδος / τὸ νεῖκος — die Zwietracht

ἡ ἀληθείη die Wahrheit

τὸ ψεῦδος / ἡ ἀπάτη — die Lüge, der Betrug

ὁ δόλος / ἡ δολοφροσύνη — die Hinterlist

ἡ κερδοσύνη / ἡ κλεπτοσύνη — d. Schlauheit

ἡ πινυτή / ἡ ἐπιφροσύνη / ἡ μῆτις — die Klugheit

ἡ νηπιέη die Thorheit

ἡ αἰδώς die Scham

ἡ ἀναιδείη die Schamlosigkeit

ἡ σαοφροσύνη die Besonnenheit

ἡ ἐπίσχεσις die Enthaltsamkeit

ἡ εὐνομίη die Gesetzlichkeit

ἡ ἀφραδίη, ἡ ἀφροσύνη, ἡ ἀτασθαλίη } die Unbesonnenheit

ἡ νεοίη die Jugendhitze

ἡ ἀεσιφροσύνη, ἡ ἄτη } die Verblendung

ἡ ὕβρις, ἡ ὑπερβασίη, ἡ ὑπεροπλίη } der Uebermuth

ἡ σοφίη die Geschicklichkeit

ἡ φρόνις, ιος, ἡ ἰδρείη } die Einsicht, Kenntniß, scientia

ἡ ἀιδρείη, ἡ ἀδαημονίη } die Unkenntniß

ἡ εὐκλείη, τὸ κλέος, τὸ κῦδος, τὸ εὖχος } der Ruhm

τὸ αἶσχος, ἡ λώβη, τὸ ἔλεγχος, ἡ ἐλεγχείη, ἡ ἀτιμίη } die Schande

ἡ ἀγανοφροσύνη, ἡ ἐνηείη } die Milde

*ἡ ἐπητύς comitas, die Freundlichkeit

ἡ οἰκωφελίη der häusliche Sinn

*ἡ μαχλοσύνη die Ueppigkeit

E. Menschliche Zustände.

ὁ ὄλβος, ἡ θαλίη } das Glück

ὁ πλοῦτος, ὁ ἄφενος } der Reichthum

ἡ πενίη, ἡ ἀχρημοσύνη } die Armuth

ὁ πόνος die Noth

τὸ πῆμα das Leid

ἡ δύη das Unglück

ἡ ὀιζύς, ύος der Jammer

ὁ ὄλεθρος, ὁ οἶτος } der Untergang, das Verderben

Cap. VIII.

Verwandtschaftsnamen. — Lebensalter. — Ehe. — Besitz.

Τὸ γένος das Geschlecht, der Stamm, die Familie

τὸ αἷμα die Blutsverwandtschaft

ὁ γνωτός der Blutsverwandte

ὁ πηός der Verschwägerte, affinis

*ὁ χηρωστής der Seitenverwandte

οἱ πατέρες die Vorfahren

οἱ ὀψίγονοι die Nachkommen

οἱ τοκῆες (S. -εύς) die Eltern

*ὁ μητροπάτωρ der Großvater mütterlicher Seite

ὁ πατήρ, πατρός der Vater, in

der Anrede auch *πάππα, ἄττα, τέττα* Väterchen

φίλος lieb
ἤπιος freundlich

ἡ *μήτηρ, μητρός* die Mutter, in der Anrede auch *μαῖα* Mütterchen

πότνια würdig
αἰδοίη ehrbar
κεδνή sorglich
φίλη lieb

ἡ *μητρυιή* die Stiefmutter

τὸ *τέκνον*, τὸ *τέκος* } das Kind

ὁ *γόνος*, ὁ *ὄζος*, ὁ *θάλος*, ὁ *ἔκγονος*, ἡ *γενέθλη*, τὸ *γένος* } der Erzeugte, Abkömmling, Sprößling

ἡ *γενεή*, ὁ *τόκος* } die Nachkommenschaft

ἡ *γενετή* die Geburt

ἡ *πάτρη* die Abstammung

ὁ *παῖς, παιδός*, ὁ *υἱός* } der Sohn

γνήσιος genuinus, vollbürtig, rechtmäßig
νόθος unehelich, unebenbürtig

ἡ *παῖς*, ἡ *θυγάτηρ, τέρος* u. *τρός*, ἡ *κούρη* } die Tochter

ὁ *υἱωνός* der Enkel

ὁ *ἀδελφεός* (-ειός) (att. -ός) } der Bruder

ὁ *αὐτοκασίγνητος* der leibliche Bruder

ἡ *κασιγνήτη* die Schwester

ὁ *μήτρως, ωος* der Oheim, avunculus

ὁ *ἀνεψιός* Geschwistersohn, Vetter

ὁ *ἑκυρός*, ὁ *πενθερός* } der Schwiegervater, socer

ἡ *ἑκυρή* die Schwiegermutter, socrus

ὁ *γαμβρός* 1) der Schwiegersohn, gener, 2) d. Schwager (Mann der Schwester)

ἡ *νυός* 1) die Schwiegertochter, nurus, 2) die Schwägerin

ὁ *δαήρ, έρος* levir, der Schwager (Bruder des Mannes)

ἡ *γαλόως, οω* die Schwägerin, glos (Schwester des Mannes)

ἡ *εἰνάτηρ, ερος* die Schwägerin (Frau des Bruders)

Lebensalter:

ὁ ἡ *παῖς* das Kind, der Knabe, das Mädchen

νήπιος, *νηπίαχος* } unmündig, infans
νέος jung
ἀφαυρός schwach
ὀλίγος klein
ἄφρων unverständig
τηλύγετος spät geboren, heißgeliebt, verzärtelt
ἀγαπητός, *φίλος* } geliebt
ἀταλάφρων heiteren Sinnes
τηλεθάων blühend
πρωθήβης in der Blüthe der Jugend

ὁ *κοῦρος*, ὁ *κούρης, ητος* an 2 St. } der Knabe, der Jüngling, puer u. adolescens

ὁ ἠΐθεος } d. mannbare Jüngling,
ὁ αἰζηός } der junge Mann, juvenis

θαλερός } blühend
θαλέθων }

οἱ νέοι die Jünglinge

ἡ κούρη das Mädchen, d. Jungfrau

ἡ παρθένος }
ἡ παρθενική } die Jungfrau
ἡ νεῆνις, ιδος }

π. ἀταλή jugendlich, zart
αἰδοίη sittsam
ἀδμής, ῆτος unvermählt
ἀλφεσίβοιαι Rinder einbringend

ὁ ἀνήρ, ἀνέρος u. ἀνδρός }
ὁ φώς, φωτός } der Mann

νεηνίης jugendlich
ἰσόθεος gottgleich

ἡ γυνή, γυναικός die Frau, mulier, femina

ὁ γέρων, οντος der Greis

ἡ γρηΰς (att. γραῦς) }
ἡ γραῖα } d. Greisin

ἡ ἡλικίη das Lebensalter, auch die Altersgenossen

ὁ ὁμῆλιξ der Altersgenosse

ἡ νεότης, ητος die Jugend

ἡ ἥβη das Jünglingsalter, die Jugend, pubertas

τὸ γῆρας, αος das Greisenalter

χαλεπόν schwer
στυγερόν verhaßt
λυγρόν traurig

Ehe:

ὁ ἀνήρ }
ὁ πόσις, ιος }
ὁ ἀκοίτης } der Ehemann, Gatte
ὁ παρακοίτης }

ἡ γυνή }
ἡ ἄλοχος }
ἡ ἄκοιτις, ιος }
ἡ παράκοιτις } die Ehefrau, Gattin
ἡ δάμαρ, αρτος }
ἡ ὄαρ, ὄαρος }

κουριδίη ehelich, rechtmäßig
θυμαρής herzlieb
μνηστή gefreit, vermählt
αἰδοίη- κεδνή- s. ob.

ἡ παλλακίς, ίδος die Nebenfrau

ὁ μνηστήρ, ῆρος der Freier

ἡ μνηστύς, ύος die Bewerbung

τὰ ἕδνα od. ἔεδνα 1) Brautgeschenke, 2) Mitgift

τὰ μείλια Geschenke als Mitgift (*Il.* 9. 147. 289)

ὁ νυμφίος der Bräutigam

ἡ νύμφη die Braut, die junge Frau

ὁ γάμος die Hochzeit (vgl. die Schilderung eines Hochzeitsaufzuges *Il.* 18. 491—96)

πολυήρατος vielersehnt
θαλερός blühend, in der Jugendblüthe gefeiert

ὁ ὑμέναιος der Hochzeitsgesang

ἡ τροφός }
ἡ τιθήνη } die Wärterin, Erzieherin

τρ. φίλη

τὰ θρέπτρα eig. Lohn der Wärterin, dann Kindesdank (*Il.* 4. 478. 17. 302)

ἡ χήρη die Wittwe

ὀρφανός, ὀρφανικός verwaist, die Waise

μνᾶσθαι }
μνηστεύειν } freien

γαμεῖν, ὀπυίειν heirathen, in matrimonium ducere

γαμεῖσθαι, ὀπυίεσθαι 1) nubere, 2) nuptum dare

Besitzthum:

ὁ οἶκος der Hausstand, res familiaris

ἡ ζωή, ὁ βίοτος der Lebensunterhalt, das Vermögen

ἡ κτῆσις, τὰ κτήματα der Besitz, Habe und Gut

τὰ χρήματα (nur i. d. Od.) Güter, Schätze

τὸ κειμήλιον das Kleinod, der Schatz

τὸ ἄγαλμα, *τὸ γλῆνος das Schaustück, Prachtstück

τὸ κτῆμα (1 St.), τὸ κτέρας das Besitzstück (Il. 10. 216; 24. 235)

Cap. IX.

Die Kleidung.

Τὸ εἶλυμα, τὸ κάλυμμα die Umhüllung, Kleidung

κυάνεον dunkelfarbig Il. 24. 94

ἡ ἐσθής, ῆτος die Kleidung, coll. wie vestis

μαλακή weich

φαεινή glänzend

τὸ εἶμα, *τὸ ἔσθος das Kleidungsstück, Gewand

σιγαλόεν glänzend

λεπτόν dünn, fein

χαρίεν anmuthig, kleidsam

θυῶδες duftend

ὑφαντόν gewebt

νεόπλυτον frisch gewaschen

εἵματα ἐξημοιβά Kleider zum Wechseln, Feierkleider

*τὸ πτύγμα das gefaltete Gewand Il. 5. 315

ὁ χιτών, ῶνος das Unterkleid

ἐύννητος schön gesponnen, gewebt

νηγάτεος sehr bewundernswerth (A.: neu gemacht)

νεκτάρεος wie Nektar duftend

τερμιόεις auf die Füße reichend (A.: mit Quasten oder Fransen besetzt)

μαλακός- σιγαλόεις- s. ob.

ἡ χλαῖνα das wollene Oberkleid, der Mantel

μεγάλη groß

ἐκταδίη weit

οὔλη, πυκνή dicht

ἀνεμοσκεπής, ἀλεξάνεμος vor dem Winde schützend

ἁπλοΐς, ίδος einfach

διπλῆ doppelt

πορφυρέη, φοινικόεσσα purpurn

ἡ δίπλαξ sc. χλαῖνα der Doppelmantel, den man doppelt umlegen kann

τὸ φᾶρος das prächtige Obergewand

ἀργύφεον silberweiß
λευκόν weiß
ἁλιπόρφυρον meerpurpurn d. i. mit ächtem Purpur gefärbt
ἐυπλυνές gut gewaschen
περίμετρον umfangreich
λεπτόν· καλόν· χαρίεν· μέγα· πορφύρεον s. ob.

*ἡ λώπη der Mantel

δίπτυχος doppelt gelegt

τὸ σπεῖρον das Tuch, Gewand

τὸ λαῖφος, τὸ ῥάκος } das zerlumpte Gewand, der Kittel

*ἡ νάκη der Pelz aus Ziegenfell

ἡ κυνέη (αἰγείη) die Kappe aus Ziegenfell Od. 24. 231

*ἡ χειρίς, ῖδος der Handschuh O. 24. 230

ἡ κνημίς, ῖδος die Gamasche O. 24. 229

ῥαπτή genäht
βοείη rindsledern (Handschuhe wie Gamaschen werden bei der Gartenarbeit zum Schutze gegen die Dornen getragen)

τὸ πέδιλον die Sandale (A.: Schuh)

καλά die schönen

τὸ ὑπόδημα die Sohle, Sandale

ἡ ζώνη, ὁ ζωστήρ, ῆρος, τὸ ζῶστρον, τὸ ζῶμα } der Gürtel, der Leibgurt

Die Frauenkleidung:

ὁ χιτών das Unterkleid s. ob.

τὸ φᾶρος das Obergewand s. ob.

ὁ πέπλος das Oberkleid der Frauen, die Robe

ἑανός sich anschmiegend
ποικίλος bunt gestickt
περικαλλής wunderschön
φαεινός· πορφύρεος· μαλακός· χαρίεις· ἐύννητος· λεπτός s. ob.

ὁ κόλπος die Busenfalte, d. Bausch des Kleides, sinus

ὁ ἑανός, εἱανός Gewand der Göttinnen u. vornehmer Frauen

ἡ ὀθόνη 1) feine Leinwand, 2) ein Gewand daraus, 3) Schleier

ἡ ζώνη der Gürtel

ὁ ἱμάς der (lederne) Gürtel (der Aphrodite *Il.* 15. 214)

*κεστός gestickt

ὁ κεκρύφαλος das Kopfnetz, die Netzhaube

τὸ κρήδεμνον das Kopftuch, der bis zur Schulter hinabfallende Schleier (eig. Kopfbinde)

καλόν, νηγάτεον (s. ob.)
λευκόν. —
pl. λιπαρά glänzend

ἡ καλύπτρη, τὸ κάλυμμα } die Hülle, der Schleier

τὸ δέσμα, *ἡ ἀναδέσμη } die Hauptbinde, das Haarband

πλεκτή geflochten

*ἡ ἄμπυξ, υκος das Stirnband

ἡ στεφάνη eine Art Diadem

ὁ θύσανος die Quaste (an dem Gürtel der Here)

Schmucksachen:

ὁ κόσμος der Frauenschmuck, mundus

τὰ ἕρματα Ohrgehänge, Ohrringe

τρίγληνα mit drei Augensternen d. i. glänzenden Edelsteinen
μορόεντα maulbeerfarbig (A.: schimmernd)

*ἡ κάλυξ, υκος die Hülle, Knospe pl. Ohrgehänge

ὁ ὅρμος das herabhängende Halsgeschmeide
πολυδαίδαλος (kunstreich), χρύσεος, ἠλέκτροισιν (s. u.) ἐερμένος, ἠέλιος ὥς O. 18. 295

*τὸ ἴσθμιον das anliegende Halsband

*ἡ ἕλιξ das Armband (A.: Ohrgehänge)
γναμπταί gebogen Il. 18. 401

ἡ πόρπη } die Schnalle,
ἡ περόνη } Spange
φαεινή, χρυσέη, κληῖσιν ἐυγνάμπτοις ἀραρυῖα mit schön gebogenen Haken befestigt O. 18. 294

*ἡ ἐνετή die Spange, Nadel

τὰ ἤλεκτρα Bernsteinkorallen

ὁ τάπης, ητος der Teppich
φαεινός glänzend
οὖλος dicht, fest
πορφύρεος.

τὸ ῥῆγος das Tuch, pl. die Decken
σιγαλόεν glänzend
πορφύρεον. καλόν.

ὁ λίς pl. λῖτα glattes Gewebe, Leinwanddecke

τὸ λίνον die Leinwand

τὸ φᾶρος }
ὁ πέπλος } das Tuch, d. Decke
τὸ σπεῖρον }

Toilette:

*ὁ πλόκαμος } die Haarflechte
*ὁ πλοχμός }

τὸ ἄλειφαρ, ατος das Salböl

ῥοδόεν ἔλαιον Rosenöl

*τεθυωμένον ἔλαιον eig. durchräuchertes, wohlriechendes Oel Il. 14. 172

λίπα ἔλαιον Olivenöl
ἀλείφειν } salben
χρίειν }

τὸ λοετρόν (att. λουτρόν) d. Bad

λοετροχόος τρίπους der Badekessel

ἡ ἀσάμινθος die Badewanne
ἐυξέστη schön geglättet
ἀργυρέη O. 4. 128
λούεσθαι sich baden
*χυτλοῦσθαι sich baden und salben

τὸ ξυρόν das Scheermesser (nur in der Phrase ἐπὶ ξυροῦ ἵσταται ἀκμῆς Il. 10. 173)

Cap. X.

Die Wohnung.

Τὸ ἕδος der Wohnsitz

ὁ δόμος, τὸ δῶμα, τὸ δῶ, ὁ οἶκος — das Haus, sowohl domus, als aedes

οἱ δόμοι, τὰ οἰκία — pl. wie aedes, die Behausung, Wohnung

ἐυκτίμενος wohl gebaut

πυκινός, πύκα ποιητός — dicht, fest

εὐναιετάων wohnlich

χαλκοβατής mit eherner Schwelle (vom Hause des Zeus u. des Alkinoos)

ὑψηλός hoch

ὑψηρεφής, ὑψόροφος, ὑψερεφής — hoch eingedacht, hoch gedeckt

εὐρυπυλής weitthorig

ἠχήεις, εντος schallend, widerhallend

πίων fett, reich

ἀφνειός mit Reichthum gesegnet

ἀμύμων untadelig

ἡ κλισίη die Hirtenhütte, die Lagerbaracke

κατηρεφής überdacht

εὔπηκτος wohl gefügt

εὔτυκτος wohl gebaut

*τὸ κλισίον die Gesindewohnung O. 24. 208

ὁ σταθμός das Gehöft, der Viehhof nebst Hirtenwohnung

[illegible] einsam, abgelegen

ἡ αὐλή auch die ganze Wohnung, wie im D. „der Hof" O. 4. 74.

τὰ θεμείλια das Fundament

τιθέναι θ., προβαλέσθαι θ. — jacere fundamenta

τὸ ἕρκος, τὸ ἑρκίον, τὸ τειχίον, ὁ τοῖχος — die Ringmauer um Haus und Hof

ὁ θριγκός der Sims, die Zinne

ὁ πύργος der Thurm

ἡ ἔπαλξις die Brustwehr

αἱ θύραι das Thor

δικλίδες zweiflügelig

ὁ λίθος die Steinbank

ξεστός behauen, geglättet

τὸ πρόθυρον der Thorweg im Hofthor

ἡ αὐλή der von Wirthschaftsgebäuden umgebene Hof

βαθεῖα geräumig

εὐερκής wohl eingefriedigt

περίδρομος ringsumlaufend

(Auf ihr steht der Altar des Ζεὺς ἑρκεῖος)

ὁ σταθμός der Stall

ἡ κόπρος der Düngerhaufen

ὁ θόλος die Geschirrkammer (A.: Küchengewölbe)

ἡ αἴθουσα die Vorhalle, Säulenhalle, (Laube)
ἐρίδουπος laut schallend
ξεστή von behauenem Stein
τὰ ἐνώπια die Seitenwände des Hauses in der Halle
παμφανόωντα die glänzenden, weil sie getüncht waren
ὁ πρόδομος das Vorhaus, Vorderhaus bis zum Saale incl. d. αἴθουσα
τὸ πρόθυρον der Platz vor der Thür (des Saales), die Hausflur
τὸ μέγαρον
τὰ μέγαρα } der große Männersaal
σκιόεντα schattig
αἰθαλόεν rauchgeschwärzt
ἐυσταθές festgegründet
εὔπηκτον- εὐναιετάοντα s. ob.
ἡ θύρη
τὰ θύρετρα } die Thür
(ὁ θυρεός der Thürstein des Kyklopen)
θύρη ἀραρυῖα
πυκινῶς ἀρ. } fest gefügt
ἐυκλῃίς wohl verschlossen
φαεινή glänzend
pl. πυκιναί dicht
κολληταί fest gefügt
εὐερκέες wohl verwahrt
ὑψηλαί hoch
δικλίδες zweiflügelig
χρύσειαι O. 7. 88
ἡ σανίς, ίδος der Thürflügel
*κληισταί verschließbar
κολληταί- δικλίδες- ὑψηλαί- εὖ ἀραρυῖαι (s. ob.)
*ὁ θαιρός die Thürangel
ὁ σταθμός
*ἡ φλιά } der Thürpfosten, Ständer

στ. κυπαρίσσινος aus Cypressenholz
τὸ ὑπερθύριον die Oberschwelle, der Thürsturz
ὁ οὐδός
ὁ βηλός } die Schwelle
οὐδ. δρύϊνος eichen
μέλινος eschen
χάλκεος ehern Il. 8. 15
λάϊνος steinern
ξεστός geglättet
μέγας.
βηλός λίθεος steinern
ὁ ἐπιβλής, ῆτος
ὁ ὀχεύς } der Thorriegel
ἐπιβλ. εἰλάτινος fichten
ὀχῆες ἐπημοιβοί 2 sich begegnende in einander geschobene Riegel Il. 12. 456
ἡ κληΐς, ῖδος 1) der die Thür inwendig verschließende Riegel, 2) der Schlüssel
εὐκαμπής
ἐύγναμπτος } schön gebogen
χαλκείη ehern
(κρυπτή geheim, verborgen Il. 14. 168)
καλή- μεγάλη
ἡ κώπη der Schlüsselgriff
κ. ἐλέφαντος von Elfenbein
ὁ ἱμάς, άντος
ὁ δεσμός } der Thürriemen
ἡ κορώνη der Thürring zum Zuziehen derselben und zur Befestigung des Riemens
ἀργυρέη- χρυσέη- καλή
τὸ τέγος 1) die Decke, das Dach, 2) das Zimmer
πύκα ποιητόν fest gearbeitet
*ἡ ὀροφή das Dach
*οἱ ἀμείβοντες die Dachsparren

ὁ σταθμός der Hauptpfeiler, der die Decke trägt

τὸ μέλαθρον der große auf Pfeilern ruhende Balken, der die Decke trägt, der Träger

προὖχον hervorragend
αἰθαλόεν rauchgeschwärzt
ὑψηλόν hoch

αἱ μεσόδμαι die Querbalken der Decke, die auf dem μέλαθρον aufliegen (A.: Nischen zwischen den Säulen)

καλαί O. 19. 37

αἱ δοκοί die Deckbalken

ἐλάτιναι O. 19. 38

τὰ ὀπαῖα der Rauchfang, eine Oeffnung in der Decke (?) O. 1. 320

ῥῶγες (S. ῥώξ) μεγάροιο Fenster oder Luken im Saale (?)

τὸ δάπεδον der Fußboden, Estrich

τυκτόν (künstlich) bereitet, vollendet (χρύσεον bei Zeus)

τὸ οὖδας der Fußboden

κραταίπεδον hart

ὁ τοῖχος die Wand

ἐΰδμητος wohl gebaut

ὁ πάσσαλος der Pflock zum Aufhängen v. Gegenständen z. B. der φόρμιγξ

ὁ ἡ κίων, ονος die Säule

μακρή- μεγάλη- ὑψηλή

ἡ ὀρσοθύρη die Treppenpforte, eine in die λαύρη führende Seitenthür

ἡ ἱστίη (att. ἑστία) }
ἡ ἐσχάρη } der Heerd

ὁ δαλός der Feuerbrand

ἡ σχίζη das Holzscheit

ἡ σποδός }
ἡ τέφρη } die Asche

*ἡ σποδιή der Aschenhaufen

*ἡ ἀνθρακιή der Kohlenhaufen

ὁ θάλαμος 1) Wohnzimmer, cubiculum, bes. das Schlafzimmer und das Gemach der Hausfrau im Hinterhause (μυχὸς δόμου), 2) Vorrathskammer

εὐώδης }
θυώδης } duftend
κηώεις }

*κέδρινος von Cedernholz
*τέγεος wohl überdacht
πολυδαίδαλος kunstreich erbaut
πολύκμητος mühsam erbaut
εὐρύς geräumig
πυκινός- ὑψηλός- ὑψηρεφής- ὑψόροφος- εὔπηκτος- ἐυσταθής-

ἡ σανίς, ίδος ein Brettergerüst, auf welchem die Wäschekasten stehen Od. 21. 51

ὑψηλή hoch

τὸ ὑπερώιον das Obergemach, der Söller

σιγαλόεν glänzend

ἡ κλῖμαξ, ακος die Treppe

μακρή- ὑψηλή.

ἡ λαύρη der schmale Seitenhof zwischen Haus und ἕρκος

δέμειν bauen
ἐρέφειν überdachen

Cap. XI.

Das Hausgeräth.

ἡ ἕδρη 1) der Sitzplatz, die Sitzreihe, 2) das Sitzgeräth, sedile

ὁ θρόνος der hohe Armstuhl

ὑψηλός hoch

ἀργυρόηλος mit silbernen Stiften beschlagen

ξεστός geglättet, polirt

δαιδάλεος kunstreich gearbeitet

εὐποίητος schön gearbeitet

φαεινός
σιγαλόεις } glänzend

περικαλλής wunderschön

ὁ κλισμός
ἡ κλισίη
*ὁ κλιντήρ, ῆρος } der etwas niedrigere Lehnstuhl ohne Arme

κλισίη δινωτή (gedrechselt)

ἐλέφαντι καὶ ἀργύρῳ

(al. εὔπτυκτος gut zusammengelegt, zusammengeklappt; Klappstuhl mit Rückenlehne Od. 4. 123)

εὔπηκτος- εὔτυκτος- εὐποίητος.

ὁ δίφρος niedrige Bank od. Sessel ohne Lehne

εὔξεστος
εὔξοος } schön geglättet

ἀεικέλιος unscheinbar, unansehnlich

ὁ θρῆνυς, υος
τὸ σφέλας, αος } der Schemel, die Fußbank

ἡ τράπεζα der Tisch

κυανόπεζα mit stahlblauen Füßen

εὔξοος- ξεστή-

ὁ ἐλεός der Anrichttisch

*τὸ κρεῖον die Fleischbank, auf welcher das rohe Fleisch zerlegt wird

---

ἡ δουροδόκη d. Speerbehälter (nch Ein. ein Schrank, nch A. Vertiefungen in den Säulen)

εὔξοος schön geglättet

ὁ λαμπτήρ, ῆρος der Leuchter, d. i. das Feuerbecken (in dem Palaste des Alkinoos vertreten diese λαμπτῆρες goldene Statuen, Jünglinge darstellend, mit brennenden Fackeln in den Händen, auf Gestellen (Sokkeln) βωμοί stehend)

ἡ δαΐς, ίδος
ἡ δετή
τὸ δάος } die Kienfackel

δαΐδες αἰθόμεναι brennend

d. λαμπόμεναι glänzend

*ὁ λύχνος die Leuchte, Lampe O. 19. 34

ὁ κρητήρ, ῆρος der Mischkrug

ἀνθεμόεις m. Blumen verziert, geblümt

λάινος steinern

χρύσεος- ἀργύρεος- φαεινός

ὁ τρίπους, ποδος 1) der dreifüßige Kessel, 2) der dreifüßige Untersatz für den Kreter und andere Geschirre

ἄπυρος vom Feuer unberührt

ἐμπυριβήτης über dem Feuer stehend

χαλκος schön aus Erz gearbeitet

ων blinkend

εις gehenkelt

καιεικοσίμετρος 22 Maß haltend

ικαλλής wunderschön

τρη der Bauch des Kessels

ας (att. οὖς) das Oehr, der Henkel

θμήν, ένος der Fuß (auch am Becher)

λος der Rand

ης, ητος das Becken, der Kessel, in d. Od. meist das Waschbecken

θεμόεις· ἄπυρος· ἀργύρεος· παμφανόων· αἴθων·

χέρνιβον das Waschbecken

έρνιψ, ιβος das Waschwasser)

όγγος der Schwamm *Il.* 18. 414.

ύτρητος viel durchlöchert

ἡ πρόχοος die Kanne

καλή· χρυσείη·

ἡ λήκυθος die Oelflasche (mit Salböl)

ὁ ἀμφιφορεύς der große Krug mit 2 Henkeln, amphora

ὁ πίθος ein großer irdener Krug zur Aufbewahrung des Weins

τὸ κρήδεμνον der Deckel O. 3. 392.

*ἡ κάλπις, ιδος der Wasserkrug

*ὁ κέραμος der Krug aus Thon

τὸ ἄγγος, ἡ σκαφίς, ίδος, ὁ γαυλός, ἡ πέλλα } d. Melkeimer, die Butte

τὸ δέπας, αος der Becher

δ. ἀμφικύπελλον der Doppelbecher

χρύσεον· περικαλλές·

τὸ κύπελλον der Pokal

ὁ πυθμήν — τὸ χεῖλος s. ob.

τὸ ἄλεισον der große Pokal mit erhabener Arbeit (zu Libationen)

ἄμφωτον mit zwei Henkeln

καλόν· χρύσειον·

ὁ σκύφος der kunstlose Becher der Landleute

τὸ κισσύβιον runde, hölzerne Schale oder Napf (A.: Becher aus Epheuholz)

ἡ κοτύλη das Schälchen, Näpfchen

ἡ φιάλη die Schale, Pfanne (bei Hom. nicht Trinkgeschirr)

ἀμφίθετος auf beiden Seiten zu stellen (Doppelschale)

ἀπύρωτος· χρυσέη

ὁ κώρυκος lederner Sack zur Aufbewahrung von Lebensmitteln auf der Reise

ὁ ἀσκός, ὁ δορός } der Schlauch zur Aufbewahrung des Weines auf der Reise

ἀ. αἴγειος aus Ziegenfell

δ. ἐυρραφής wohlgenäht

ἡ πήρη der Ranzen, Reisesack

ἀεικελίη, ἀεικής } unscheinbar

ὁ πίναξ, ακος der hölzerne Teller, die Schüssel

τὸ κάνεον, κάνειον } der Rohrkorb, aber auch ein metallenes Gefäß in Korbform (Brotkorb)

χρύσεον· χάλκειον· περικαλλές· καλόν·

ὁ τάλαρος der Korb

ἀργύρεος- ὑπόκυκλος unten mit Rädern versehen oder unten gerundet — πλεκτός geflochten cf. O. 4. 131. Il. 18. 568.

ὁ ὀβελός der Bratspieß

ἀκροπόρος mit der Spitze durchbohrend

*οἱ κρατευταί die Böcke, das Gestell für den Bratspieß

τὸ πεμπώβολον die fünfzackige Gabel zum Schüren des Feuers

ἡ μάχαιρα das Schlachtmesser

*ἡ κνῆστις, ιος das Schabmesser, Reibeisen

ἡ λάρναξ, ακος 1) der Kasten, die die Truhe, (2. die Urne)

ἡ κίστη die Kiste

τὸ πῶμα der Deckel

ὁ φωριαμός, ἡ χηλός } der Kasten, die Lade bes. zur Aufbewahrung von Kleidern

ἀριπρεπής stattlich

ἐυξέστη- καλή- δαιδαλέη- πυκινή- περικαλλής

*τὸ ὄγκιον die Hakenkiste zur Aufbewahrung von Pfeilen und and. Eisenwerk

---

ἡ μύλη die Handmühle

*ὁ μύλαξ der Mühlstein

---

*ἡ κοίτη, ἡ εὐνή } die Schlafstätte, das Lager, cubile

μαλακή weich

τὰ δέμνια das hölzerne Bettgestell, sponda

φίλα theuer, lieb

ὁ ἑρμίς, ῖνος die Bettpfoste

ὁ ἱμάς, άντος der lederne Bettgurt

τὸ λέχος die Bettstelle

τὰ λέχεα, τὸ λέκτρον } das Bett als ein Ganzes

τὰ λέκτρα das Bettwerk

λέχος ἔμπεδον fest

δινωτόν gedrechselt

τρητόν (schön) durchbrochen, nch A.: polirt (v. τείρω)

ἐύστρωτον wohl ausgebreitet

κουρίδιον λ. das Ehebett

τὸ κῶας das Schaffell

τὰ ῥήγεα dicke wollene Decken an Stelle der Kissen

τὸ λίνον das leinene Bettuch, das Laken

ὁ τάπης, ητος, ἡ χλαῖνα } die wollene Bettdecke

Cap. XII.

Mahlzeiten. — Speisen und Getränke.

ἡ ἐδητύς, ύος } das Essen
ἡ βρωτύς, ύος }

ἡ ἐδωδή } 1) die Speise, 2) das
τὸ εἶδαρ } Thier-Futter

ἐδ. μενοεικής reichlich

ἡ βρώμη } die Speise
ἡ βρῶσις }

ὁ σῖτος die Nahrung, Speise

γλυκερός süß
μελίφρων herzerquickend
ἐπηετανός reichlich

τὰ ὀνείατα Erfrischungen, Erquickungen

ἑτοῖμα-προκείμενα bereit vorliegende

τὸ ἄριστον das Frühstück, prandium

τὸ δεῖπνον das Mittagsmahl, die Hauptmahlzeit, coena

λαρόν labend, lecker
μενοεικές dem Verlangen entsprechend, reichlich
ἡδύ süß, erquickend

ὁ δείπνηστος die Essenszeit

τὸ δόρπον die Abendmahlzeit

λαρόν s. ob.

ἡ δαίς, δαιτός } das Mahl, Gastmahl
ἡ δαίτη }
*ἡ δαιτύς, ύος }

ἀγαθή } trefflich
ἐίση }
ἐσθλή }

ἐπήρατος } lieblich
ἐρατεινή }

θάλεια üppig
πίειρα fett
ἐρικυδής glorreich, glänzend
μενοεικής s. ob.

ὁ δαιτυμών, όνος der Genosse des Mahls, der Gast

ἡ εἰλαπίνη der Festschmaus, Opferschmaus

τεθαλυῖα üppig

*ὁ εἰλαπιναστής der Theilnehmer am Schmause

ὁ ἔρανος das aus gemeinschaftlichen Beiträgen bereitete Mahl, (das Pickenick)

ὁ γάμος der Hochzeitsschmaus

ὁ τάφος der Leichenschmaus

δαινύναι δαῖτα ein Mahl ausrichten
δαίνυσθαι sich bewirthen lassen, schmausen
εἰλαπινάζειν schmausen

τὸ κρέας, αος das Fleisch, pl. Fleischstücke

ὀπτόν } gebraten
ὀπταλέον }

ὑπέρτερον das obere im Gegens. zu den σπλάγχνα

τὸ ὄψον 1) eig. Gekochtes, besond. Fleisch, 2) Imbiß, Zukost *Il.* 11. 630

ὁ σῖτος das Weizenbrot

γλυκερός süß
μελίφρων herzerquickend

τὸ ἄλφιτον das Gerstenschrot, Gerstenmehl

ἱερόν heilig
λευκόν weiß
μυλήφατον von der Mühle zermalmt
μυελὸς ἀνδρῶν das Mark der Männer
τεύχειν ἄλφ. zubereiten
παλύνειν ἀλφίτου ἀκτῇ mit Mehl bestreuen (das Fleisch)

ἡ ἀκτή (ἀλφίτου) das Gerstenmehl, Gerstengraupe

Nach A. ist ἀκτή die Frucht

*τὸ ἄλειαρ, ατος das Mehl

μυελὸς ἀνδρῶν s. ob.

τὸ πύρνον das Weizenbrot (nur in d. Od.)

ὁ ἄρτος das Brot (nur in der Od. an 2 St.)

ὁ τυρός der Käse

αἴγειος τ. Ziegenkäse

ἡ γαστήρ, έρος die Magenwurst
(τὸ μέλι, ιτος der Honig
τὰ μῆλα das Obst
ὁ ἰχθύς der Fisch
τὸ τῆθος die Auster *Il.* 16. 747)

ἡ ποτής, ῆτος
ἡ πόσις, ιος } das Trinken, das Getränk

τὸ ποτόν das Getränk

ἄκρητον ungemischt
θεῖον göttlich
ἡδύ süß

τὸ μέθυ (Meth) berauschendes Getränk, bes. Wein

γλυκερόν süß
ἡδύ lieblich

ὁ οἶνος der Wein

ἄκρητος ungemischt
ἀκηράσιος unverfälscht, lauter
ἐρυθρός roth
μέλας dunkel
αἴθοψ funkelnd
εὐώδης duftend
ἡδύς süß
ἡδυποτός lieblich
μελιηδής honigsüß
μελίφρων durch Süße erfreuend
εὔφρων erheiternd
λαρός erquickend
εὐήνωρ Männer stärkend
μενοεικής reichlich
παλαιός alt
ἠλεός bethörend
ἔξαιτος auserlesen
γερούσιος οἶνος Fürstenwein
Πράμνειος Wein von Pramne
ἀμβροσίης καὶ νέκταρος ἀπορρώξ Ausbruch v. A. und N. heißt der herrliche Wein von Ismaros O. 9. 359; derselbe θεῖον ποτόν ein Göttertrank

*ὁ οἰνοποτήρ, ῆρος der Weinzecher

ὁ κυκεών, ῶνος eine Art Kalteschale aus Pramnischem Wein, geriebenem Ziegenkäse, Gerstenmehl und Honig *Il.* IX. 624. Od. X. 234. 290

τὸ γάλα, ακτος
τὸ γλάγος } die Milch (von Schafen und Ziegen)

ὁ δαιτρός der Vorschneider, Zerleger

ἡ δαιτροσύνη das Zerlegen

ἡ μοῖρα die Portion

*τὸ δαιτρόν das zugetheilte Maaß

ἴσον Wein

*ὁ ψωμός
*ὁ ἄκολος } der Brocken, Bissen

ἡ χέρνιψ, ιβος das Waschwasser (vor u. nach Tische)

ἡ λοιβή, ἡ σπονδή — die Spende, libatio, am Ende des Mahles s. unten

ὁ σπόγγος der Schwamm [zum Reinigen der Tische]

οἰνοχοεῖν, οἰνοχοεύειν — Wein einschenken

δεδίσκεσθαι, δεικανᾶσθαι, δείκνυσθαι — δέπαϊ oder δεπάεσσι zutrinken

---

Cap. XIII.

Das Fuhrwerk.

(cf. *Il.* V. 720 ff. XXIV. 265 ff.)

Τὰ ὄχεα (ἄγω) das Fuhrwerk, vehiculum

φλόγεα flammend, glänzend (von Gold) *Il.* 5. 745; 8. 389 A.: schnell

τὸ ἅρμα (ἄρω) eig. das Wagengestell, dann der Wagen, insb. der zweiräderige Streitwagen

ἀγκύλον gekrümmt

καμπύλον gebogen

κολλητόν fest gefügt

ἐύξοον schön geglättet

ἐύτροχον schön räderig oder gut laufend

δαιδάλεον kunstvoll gearbeitet

ποικίλον χαλκῷ mit Erz verziert

θοόν schnell

ἡ ἄμαξα (att. ἅμ.) der zweiachsige, vierräderige Wagen

τετράκυκλος vierräderig

ἡμιονείη mit Maulthieren bespannt

ἐύτροχος s. oben

ἡ ἀπήνη der vierräderige Lastwagen

ὑψηλή hoch

ἐύξεστος· τετράκυκλος

ὁ δίφρος der leichte, zwei Personen tragende (διφόρος) Reisewagen, bisw. der Streitwagen

ἐύπλεκτος, ἐυπλεκής — wohl geflochten

οἱ ἵπποι ist öfters Bezeichnung für die Pferde mit dem Wagen z. B. *Il.* 8. 128: ἵππων ἐπέβησε

Theile des Wagens:

ὁ ἄξων, ονος die Achse

σιδήρεος eisern

χάλκεος kupfern, ehern

φήγινος eichen

ὁ τροχός, **ὁ κύκλος**, pl. auch **κύκλα** — das Rad

καμπύλος gebogen

ὀκτάκνημος mit acht Speichen

ἡ πλήμνη die Nabe, Büchse

περίδρομος herumlaufend, (die Achse) ringsumschließend

ἡ κνήμη die Speiche (nur in ὀκτά-κνημος)

ἡ ἴτυς, υος der Radkranz

τὸ ἐπίσσωτρον der metallene Radreif

χάλκεα προσαρηρότα fest anschließend

ὁ δίφρος der Wagenstuhl

ἡ ἄντυξ, υγος der Wagenrand

*ἡ ἐπιδιφριάς, άδος die Wand des Wagenstuhls

ἡ (πείρινς), πείρινθος der auf den Wagen gebundene Koffer, zugleich als Sitz dienend

*ἡ ὑπερτερίη der Wagenkasten, ein oben offenes Gestell auf der ἄμαξα, zum Transport von Lasten dienend (A.: Verdeck)

ὁ ῥυμός die Deichsel

ἐύξεστος.

*ἡ πέζα das Deichselende

*ὁ ἕστωρ, ορος der Nagel od. Pflock an der Spitze der Deichsel, dazu dienend, um das Hinabgleiten des Joches zu verhindern (der Aufhalter)

ἡ γλωχίς, ῖνος die gekrümmte Spitze dieses Pflocks

*ὁ κρίκος der über den ἕστωρ gezogene Ring, an welchem das Jochband befestigt wird

Das Geschirr:

τὸ ζυγὸν das Joch

Epith.: ἵππειον

ἡμιόνειον, πύξινον (aus Buchsbaum), ὀμφαλόεν, εὖ οἰήκεσσιν ἀρηρός-

εὔξοον- ἀργύρεον- χρύσεον

ἡ ζεύγλη der auf den Nacken des Pferdes gelegte Jochkranz, das Kummet, 2 an jedem ζυγόν

ὁ ὀμφαλός der Buckel oder Knopf in der Mitte des Joches zur besseren Befestigung des ζυγόδεσμον *Il.* 24. 273

αἱ οἴηκες die Jochringe, je einer an dem Ende jeder ζεύγλη, durch welche die Zügel hindurchgezogen werden (nch Graßhof die aufwärts gebogenen Jochenden, auf denen die Zügel aufliegen [?])

τὸ ζυγόδεσμον das Jochband, mit welchem das Joch an die Deichsel festgebunden wird

ἐννεάπηχυ 9 Ellen lang

τὰ λέπαδνα die Jochriemen, mit denen das Joch unter dem Halse der Zugthiere befestigt wird, (für jedes Thier zwei)

καλά- χρύσεια

τὰ ἡνία die Zügel

σιγαλόεντα glänzend

λεύκ' ἐλέφαντι weißschimmernd von Elfenbein

*τὰ εὔληρα die Zügel

*ὁ ῥυτήρ, ῆρος das Lenkseil, die Leine

*ὁ χαλινός das Gebiß am Zaum

ὁ δεσμός die Halfter

ἡ παρηορίη die Halfter des Nebenpferdes (des dritten)

τὸ παρήιον das Backenstück am Zaum

ἡ ἄμπυξ, υκος das Stirnband (nur in χρυσάμπυκες ἵπποι)

ἡ μάστιξ, ιγος
ἡ μάστις, ιος } die Peitsche, Geißel

φαεινή glänzend
λιγυρή schwirrend
θοή hurtig
ἀραρυῖα passend

ἡ ἱμάσθλη eig. der Peitschenriemen, die Peitsche

ῥαδινή schlank, biegsam, geschmeidig

τὸ κέντρον eig. Stachel, aber auch die Geißel, die vielleicht bisweilen in einen Stachel endigte

ὁ βωμός ein Gestell, auf welches man den Wagen stellte, wenn er nicht gebraucht wurde *Il.* 8. 441

---

*τὸ ζεῦγος das Gespann

ὁ παρήορος das Nebenpferd, das als drittes auf der Wildbahn geht

ὁ ἡνίοχος
ὁ ὑφηνίοχος
ὁ ἐλατήρ
ὁ κέντωρ, ορος } der Wagenlenker

ἐντύειν
ζευγνύναι } anschirren

ἐπιβαίνειν aufsteigen

μαστίζειν
μαστίειν } geißeln, peitschen

ἐπισπέρχειν
κεντεῖν } antreiben

ἐλᾶν
ὀχεῖσθαι } fahren

ἱστάναι ἵππους anhalten

λύειν ausspannen

Cap. XIV.

Das Schiff.

(cf. Od. V. 234—61.)

Ἡ σχεδίη das Floß, das leichte Schiff

ἡ νηῦς (att. ναῦς) g. νηός und νεός das Schiff

γλαφυρή hohl
κοίλη hohl, bauchig
μεγακήτης mit großer Höhlung
εὐρεῖα breit
ἀμφιέλισσα auf beiden Seiten gewölbt

κορωνίς vorn und hinten ausgeschweift, geschnäbelt

ὀρθόκραιρα mit aufgerichteten Hörnern, gehörnt

ἐΐση gleichschwebend

μέλαινα schwarz

κυανόπρῳρος mit dunklem Vordertheil

μιλτοπάρῃος
φοινικοπάρῃος } rothbäckig, rothwangig

εὔζυγος wohl gejocht

πολύζυγος mit vielen Jochbalken

πολυκληΐς mit vielen Ruderpflöcken, vielruderig
ἐπήρετμος umrudert
δολιχήρετμος langruderig
ἐύσσελμος wohlumbordet
εὔπρυμνος mit schönem Hintertheil
θοή } schnell
ὠκεῖα
ὠκυπόρος schnell fahrend
ὠκύαλος schnell hüpfend
ποντοπόρος das Meer durchziehend, befahrend

τὸ δόρυ, δούρατος, δουρός } der Balken
ἡ σανίς, ίδος } die Bohle, das Brett
ὁ πίναξ, ακος
τὸ ἔδαφος der Boden
ἡ στείρη der Loskiel, } der Kiel
ἡ τρόπις, ιος das Kielschwein
*οἱ δρύοχοι die Hölzer, zwischen welchen während des Bau's der Schiffskiel liegt (?)
τὰ ἴκρια 1) die Rippen, 2) das auf ihnen ruhende Verdeck, und zwar
a. ἴκρια πρῴρης eine Cajüte im Vordertheil
b. ἴκρια πρύμνης eine Cajüte im Hintertheil
3) Brettergänge an den beiden Seiten
ὁ ἄντλος der (oben unbedeckte) Schiffsraum zwischen dem Vorder- und Hinterdeck
*οἱ σταμῖνες die Ständer zur Befestigung der Rippen (entweder die Wägerung d. i. die seitlichen Verbindungsbalken zwischen den Rippen, auf denen die ζυγά aufliegen, oder das Beilager d. i. zur Verstärkung der Rippen dienende Balken am unteren Ende derselben)
θαμέες zahlreiche
*αἱ ἐπηγκενίδες die Planken als äußere Schiffsbekleidung
ὁ τοῖχος die Schiffswand
κύματος εἶλαρ aus ῥῖπες οἰσύιναι eine Art Bord, Schanze aus Weidengeflecht Od. V. 256
τὸ πηδάλιον das Steuerruder
τὸ ἐφόλκαιον (das Nachschleppende), der außerhalb des Schiffes befindliche Steuerbalken mit der Schaufel
τὸ οἰήιον der in das Schiff hineinragende, innere Theil des Steuers, der Steuergriff, aber auch das ganze Steuer
τὸ ζυγόν der Jochbalken, zugleich als Ruderbank dienend
ὁ θρῆνυς, υος die Fußbank, der Fußtritt für die Ruderer
*ἑπταπόδης 7 Fuß lang
τὸ ἐρετμόν das Ruder
εὐῆρες wohl gefügt
πρὸῤῥηκες vorne scharf
ἡ κώπη der Rudergriff, das Ruder
τὸ πηδόν das Ruderblatt
ἡ κληΐς, ῖδος der Ruderpflock, die Dulle
ὁ τροπός der Ruderriemen, Stropp
δερμάτινος ledern

ὁ ἱστός der Mastbaum
ἀμαιμάκετος unbezwinglich, gewaltig
ἐλάτινος fichten
ἡ ἱστοπέδη der Schuh des Mastes (Mastspuhr)
ἡ ἱστοδόκη der Mastbehälter, eine

Vertiefung in den Jochbalken oder eine Rinne aus Brettern
ἡ μεσόδμη das Mastloch oder die Einkehlung in einem der vorderen Jochbalken
τὸ ἐπίκριον die Raa, Segelstange

ἡ πρῴρη das Vordertheil
ἡ πρύμνη das Hintertheil
*τὸ ἄφλαστον aplustre, der Knauf, eine Verzierung des Hintertheils
*ὁ κόρυμβος, pl. α die Spitze dieser Verzierung (A.: Verzierung des Vordertheils)

τὰ ὅπλα das gesammte Schiffsgeräth
τὸ ἱστίον / τὰ ἱστία } das Segel
λευκόν weiß
τὸ σπεῖρον das (zusammengerollte) Segel
τὸ ὅπλον das Tau
τὸ (πεῖραρ) nur pl. πείρατα der Strick O. 12. 51. 162
*τὸ σπάρτον das Tau
οἱ πρότονοι die Vordertaue, der Stag, zwei von der Mastspitze nach dem Vorderbug gehende Taue
ὁ ἐπίτονος das Hintertau, von dem Top des Mastes nach dem Hintertheile gehend, der Pardun
τὸ πεῖσμα das Kabeltau am Hintertheil
τὰ πρυμνήσια die Halttaue am Hintertheil, Landfestungen

ὁ δεσμός das Ankertau (s. εὐναί)
*ἡ ὑπέρη das Raatau, zur Befestigung der Raa, pl. die Brassen
*ὁ κάλος (att. κάλως) das Segeltau zum Aufziehen der Raa, Topnans
ὁ πούς, ποδός die Schote, Tau an den unteren Zipfeln des Segels

---

ἡ ὕλη der Ballast
αἱ εὐναί die vom Vordertheil ins Meer gelassenen Ankersteine
*ὁ κοντός die Stange, der Schiffsstaken
τὸ ξυστόν die Stange, der Bootshaken
ξ. ναύμαχον Schiffsspeer, Harpune
δυωκαιεικοσίπηχυ 22 Ellen lang Il. 15. 678
τὸ ἕρμα der Träger, Balkenunterlage für die an's Land gezogenen Schiffe
τὸ ἔχμα der Halter, die Stütze, Steinunterlage für die Schiffe auf dem Lande
ὁ οὐρός der Graben, in welchem die Schiffe auf das Land und wieder in das Meer gezogen wurden
ὁ λιμήν, ένος der Hafen
νηῶν ὄχος der Bewahrer der Schiffe
*ἡ εἰσίθμη / *ἡ εἴσοδος } die Einfahrt in den Hafen
λεπτή schmal
ἀραιή eng

ὁ ὅρμος der Landungsplatz, die Anfurth
ἡ ἔκβασις Stelle zum Landen
*ἡ ἐπιωγή die Rhede (nur pl.)
ἡ κίων ein Pfeiler am Landungsplatz zum Anbinden d. Schiffe O. 22. 466
τρητός λίθος ein durchbohrter Stein zu demselben Zwecke O. 13. 77
*τὸ ἐπίστιον das Schirmdach für Schiffe am Lande, das Werft O. 6. 265

πλεῖν schiffen
ἀείρειν / στῆσαι / στήσασθαι } ἱστόν den Mast aufrichten
ἀνερύειν / ἕλκειν / ἀναπετάσαι } ἱστία die Segel aufziehen
στέλλειν / στέλλεσθαι / μηρύεσθαι } ἱστία die Segel einreffen
καθεῖναι / καθελεῖν } ἱστία die Segel herabnehmen
ἐρέσσειν rudern
*κυβερνᾶν / ἰθύνειν } νῆα das Schiff lenken, steuern
ἀνάγεσθαι in See gehen
κατάγεσθαι in den Hafen einlaufen
ἱστάναι νῆα mit dem Schiffe anlegen
καθελεῖν ἱστόν den Mast niederlassen
ὁρμίζειν νῆα ἐπ' εὐνάων das Schiff vor Anker legen
ὕψι od. ὑψοῦ ὁρμίζειν hochschwebend vor Anker legen d. h. in segelfertigem Zustande

---

Cap. XV.

Die Waffen.

(cf. *Il.* XI. 15—46. XVIII. 478 ff.)

Τὰ ὅπλα die Waffen
τὰ τεύχεα / τὰ ἔντεα } die Rüstung
ἀρήια / πολεμήια } kriegerisch
μαρμαίροντα schimmernd
παμφανόωντα ganz strahlend
ποικίλα / δαιδάλεα } kunstreich gearbeitet

A. Die Schutzwaffen:

ἡ κόρυς, υθος der metallene Helm
χαλκήρης aus Erz gefügt
χαλκοπάρῃος erzwangig
βριαρή gewichtig
τετράφαλος mit 4 Schirmen
ἱππόκομος / ἱπποδάσεια } mit Roßhaar besetzt
ἵππουρις mit einem Roßschweif geschmückt
παναίθη ganz strahlend
ἡ τρυφάλεια der Helm mit drei Schirmen
τρίπτυχος aus 3 Lagen bestehend
αὐλῶπις mit Visirlöchern versehen
ἡ κυνέη der lederne Helm
κτιδέη aus Wieselfell

ἀμφίφαλος mit 2 Krempen
τετραφάληρος mit 4 Schirmen (?)
*ἡ καταῖτυξ, υγος die Sturmhaube *Il.* 10. 258
ταυρείη aus Stierleder
ἄφαλος ohne Krempe
ἄλοφος ohne Helmbusch
ἡ πήληξ, ηκος die Kesselhaube
φαεινή- ἱππόκομος s. ob.
ἡ στεφάνη die Sturmhaube *Il.* 10. 30.
χαλκείη- χαλκοβάρεια- εὔχαλκος

Theile des Helms:

ὁ κύμβαχος der metallene Helmkamm, Helmbügel
ὁ φάλος der Stirn- und Nackenschirm
τὰ φάλαρα die Backenschirme
ἡ στεφάνη die rund herumlaufende Krempe
ὁ ἱμάς, άντος } der Sturmriemen
ὁ ὀχεύς }
ὁ λόφος der Helmbusch
ἱππιοχαίτης } aus Roßhaar
ἵππειος }
φοίνικι φαεινός strahlend von Purpur
χρύσεος *Il.* 18. 612.
ὁ θώρηξ (att. θώραξ) der Panzer, bestehend aus zwei γύαλα, gewölbten Brust- und Rückenstücken, durch Spangen und durch den ζωστήρ zusammengehalten
διπλόος doppelt
παναίολος hell schimmernd
λαμπρὸν γανόων hell leuchtend
νεόσμηκτος frisch polirt
κραταιγύαλος mit starken γύαλα
ὁ στρεπτὸς χιτών der Ringelpanzer *Il.* 5. 113
ὁ χιτών das lederne, erzbeschlagene Koller, der Waffenrock
χάλκεος *Il.* 13. 439
An Stelle des Panzers tragen Menelaos (*Il.* 3. 17) und Paris (*Il.* 10. 29) eine παρδαλέη, ein Pantherfell, und Dolon (*Il.* 10. 459) eine λυκέη Wolfshaut
ὁ ζωστήρ, ῆρος der lederne Leibgurt über Panzer und ζῶμα
φοίνικι φαεινός von Purpur glänzend
ἀρηρώς wohl angepaßt
παναίολος- δαιδάλεος-
ὁ ὀχεύς die Spange an dems.
τὸ ζῶμα der lederne, mit Metallplatten belegte Schurz
φαεινόν.
ἡ μίτρη die unter ζωστήρ u. ζῶμα auf dem Leibe getragene, wollene, mit Metallplatten belegte Leibbinde
ἔρυμα χροός Schutz für den Leib
ἕρμα ἀκόντων Abwehr der Speere
αἱ κνημῖδες die aus je 2 Schienen bestehenden Beinharnische
τὰ ἐπισφύρια die Knöchelspangen zur Befestigung derselben
ἀργύρεα silbern
ἡ ἀσπίς, ίδος der Schild, sowohl der kleine, kreisrunde, als auch der große, ovale, den ganzen Mann deckende Schild
παντόσ' ἐίση nach allen Seiten hin gleich d. i. kreisrund
εὔκυκλος schön gerundet
ἀμφιβρότη den Mann deckend
ποδηνεκής bis an die Füße reichend
θυσανόεσσα } mit Quasten geschmückt
τερμιόεσσα }

βοείη aus Rindshaut
ταυρείη aus Stierhaut
χαλκείη ehern
χρυσείη golden
ἐξήλατος gehämmert
πολυδαίδαλος kunstreich
φαεινή glänzend
ὀμφαλόεσσα bebuckelt
κρατερή stark
θοῦρις anstürmend
ῥινοῖσι πυκινή fest gearbeitet aus Rinderhäuten

τὸ σάκος der große, schwere Schild
ἑπταβόειον aus 7 Rindshäuten
τετραθέλυμνον aus 4 Lagen
προθέλυμνον stark geschichtet
στιβαρόν fest, stark
πύκα ποιητόν fest gearbeitet
σμερδαλέον, δεινόν } furchtbar
μέγα- εὐρύ- χάλκεον- χαλκῆρες- ποικίλον- δαιδάλεον- φαεινόν- αἰόλον- παναίολον- παμφαῖνον s. ob.
(ὀλίγον in einem v. spur. Il. 14. 376)
σ. ἠύτε πύργος von dem Schilde des Ajax Il. 7. 219 u. 11. 485

τὸ βοάγριον, ἡ ῥινός, ἡ βοῦς } der Schild aus Rindsleder
βοῦς ἀζαλέη, αὔη } trocken
εὐποιήτη, τυκτή } gut gearbeitet

τὸ λαισήιον die Tartsche
πτερόεν federleicht (A.: mit einem Schurz versehen)

Theile des Schildes:

ἡ ἄντυξ, υγος der Schildrand
τρίπλαξ dreifach
μαρμαρέη, φαεινή } schimmernd
δέρμα κελαινόν Il. 6. 117

ὁ ὀμφαλός der Buckel

ὁ θύσανος die Troddel, Quaste
εὐπλεκής wohlgeflochten

ὁ κανών, όνος die Handhabe

ὁ τελαμών, ῶνος der Schildriemen
εὔτμητος schön geschnitten
πλατύς breit
φαεινός.

αἱ πτύχες d. Lagen v. Erz od. Leder

B. Angriffswaffen (βέλεα):

Τὸ βέλος die Wurfwaffe jeder Art, telum, selbst Steine
θοόν- ὠκύ- λαιψηρόν-
ἐχεπευκές schmerzbringend
περιπευκές, δριμύ } bitter
στονόεν seufzerreich
ὀξύ spitz

τὸ ἔγχος die Lanze
μείλινον eschen
χάλκεον ehern
κεκορυθμένον bewehrt d. i. mit Erz beschlagen
δολιχόν, μακρόν } lang
δολιχόσκιον langschattig
μέγα groß
ὄβριμον, βριθύ } wuchtig
στιβαρόν fest
ἄλκιμον stark
πελώριον riesig
ὀξύ spitz
ἀκαχμένον zugespitzt
ὀξυόεν mit einer Spitze versehen
ἀμφίγυον mit länglich ausgeschweifter, zweischneidiger Spitze
ἑνδεκάπηχυ 11 Ellen lang heißt die Lanze des Hector

ἡ ἐγχείη die Lanze
ταμεσίχρως den Leib zerfleischend
μακρή- χαλκήρης-

τὸ δόρυ der Lanzenschaft, die Lanze, der Speer

ἐύξοον wohl geglättet
χαλκοβαρές erzbeschwert
χαλκῆρες erzgefügt
(μακρόν- δολιχόν- μέγα- μείλινον- ὀξύ- ὀξυόεν- ἀκαχμένον- ἄλκιμον- φαεινόν- χάλκεον- κεκορυθμένον- χαλκῷ παμφανόων s. ob.)

ἡ μελίη die eschene Lanze

δεινή furchtbar
*χαλκογλώχιν, ινος mit eherner Spitze
εὔχαλκος schön mit Erz beschlagen
χαλκοβάρεια erzbeschwert
*ἰθυπτίων gerade fortfliegend
*ὀρεκτή gestreckt
Πηλιάς, vom Pelion, heißt die Lanze des Achill *Il.* 16. 143; 19. 390

τὸ ξυστόν eig. geglättete Stange, der Spieß

χαλκῆρες s. ob.

ἡ αἰχμή die Spitze und die ganze Lanze

ἀλεγεινή schmerzbringend

ὁ ἄκων, οντος der Wurfspieß

ὀξύς- ἐύξεστος-

ἡ αἰγανέη der Wurfspieß, Jagdspeer

*δολίχαυλος mit langer Dille
*ταναός lang

Theile der Lanze:

ἡ ἀκωκή, ἡ αἰχμή, τὸ στόμα — die Spitze

*αἰχμὴ εὐήκης wohlgeschärft
χαλκείη von Erz

ὁ αὐλός die Röhre oder Dille der Speerspitze

ὁ πόρκης die Zwinge, das Ortband, ein Ring zur Befestigung der Spitze

χρύσεος-

τὸ δόρυ der Schaft

ὁ καυλός das (hölzerne) Schaftende

*ὁ σαυρωτήρ, ῆρος, ὁ οὐρίαχος — die metallene, untere Lanzenspitze, d. Schuh

ἡ σύριγξ, ιγγος das Lanzenfutteral

ἡ δουροδόκη der Speerbehälter im Hause s. ob. Cap. XI.

τὸ ξίφος das Schwert

ἄμφηκες zweischneidig
τανάηκες mit langer Schneide
χάλκεον ehern
ἀργυρόηλον mit silbernen Stiften beschlagen
κωπῆεν mit einem Gefäße versehen
μέγα- ὀξύ-

τὸ φάσγανον das Schlachtschwert

*μελάνδετον mit schwarzem Heft oder schwarzer, mit Eisen beschlagener Scheide
στιβαρόν fest
ἄμφηκες- ἀργυρόηλον- καλόν- μέγα- ὀξύ- χάλκεον- κωπῆεν- ἀμφοτέρωθεν ἀκαχμένον-

τὸ ἄορ, ἄορος das Schwert

δεινόν- μέγα- ὀξύ- τανύηκες- χάλκειον- παγχάλκεον-

(ἡ μάχαιρα das Schlacht- oder Opfermesser, neben d. Schwerte hängend)

Theile des Schwertes:

ἡ κώπη der Schwertgriff, das Gefäß

ὁ καυλός das Degenheft

(*ἡ ἀκμή die Schneide, acies, nur von dem Scheermesser ξυρόν)

τὸ κουλεόν die Scheide

μέγα-

ὁ ἀορτήρ, ῆρος } das Schwertgehenk
ὁ τελαμών, ῶνος }

τὸ τόξον } der Bogen
τὰ τόξα }

εὔξοον wohlgeglättet

παλίντονον zurückschnellend

ἀγκύλον } gekrümmt
καμπύλον }

ἄμυμον untadelig

μέγα- κρατερόν-

ὁ βιός der Bogen (κρατερός)

τὰ κέρατα die Arme des Bogens

ὁ πῆχυς, εος der Bug

ἡ νευρή }
τὸ νεῦρον } die Sehne
τὰ νεῦρα }

βόεια aus rindsledernen Riemen

νευρὴ ἐϋστρεφής wohlgedreht

νεόστροφος frisch gedreht

ἡ κορώνη der Ring am Ende eines jeden Armes zur Befestigung der Sehne

*ὁ γωρυτός das Bogenfutteral

φαεινός-

τὸ βέλος } das Geschoß, insbes. der Pfeil
τὸ βέλεμνον }

ὁ ἰός der Pfeil

ἀβλής, ῆτος nicht abgeschossen, ungebraucht

πτερόεις gefiedert

τριγλώχιν dreischneidig, dreikantig

πολύστονος schmerzenreich

ὠκύμορος schnell tödtend

ταχύς- χαλκήρης- χαλκοβαρής-

ὁ ὀιστός der Pfeil

πικρός herbe, bitter

στονόεις schmerzenreich

ὀξυβελής scharf gespitzt (A.: kräftig geschossen)

τανυγλώχιν langspitzig

ὠκύς- ταχύς- πτερόεις- τριγλώχιν- χαλκήρης-

ἡ ἠλακάτη der Bolzen, Pfeil (nur in d. adj. χρυσηλάκατος)

τὸ κῆλον der Pfeil, nur von Göttergeschossen

ἡ ἀκωκή die Spitze

ἡ γλωχίς, ῖνος die Spitze, nur in adj. wie τριγλώχιν

ὁ ὄγκος der Widerhaken an der Pfeilspitze

ὀξύς spitz

ἡ γλυφίς, ίδος die Kerbe

τὸ νεῦρον die Schnur aus Thiersehnen, mit welcher die Pfeilspitze am Rohr befestigt wird

ὁ δόναξ das Rohr, der Pfeilschaft

ἡ φαρέτρη der Köcher

ἰοδόκος pfeilaufnehmend

ἀμφηρεφής rings verschlossen

κοίλη hohl

τὸ πῶμα der Deckel

ἡ ἀξίνη die Streitaxt *Il.* 13. 612. 15. 711 nur bei den Troern

καλή- εὔχαλκος

τὸ πέλεκκον der Stiel derselben

ἐλάινον von Olivenholz

ἐΰξεστον- μακρόν-

*ἡ σφενδόνη die Schleuder *Il.* 13. 600 (bei den Griechen bedienen sich nur die Lokrer derselben *Il.* 13. 712—21)

ὁ πέλεκυς das Beil *Il.* 15. 711
ὀξύς scharf

(ἡ κορύνη die Keule *Il.* 7. 141
σιδηρέη eisern)

Cap. XVI.

Stände. — Freie und Unfreie. — Geselliger Verkehr. — Staatsleben. — Rechtspflege.

Τὸ ἐλεύθερον ἦμαρ die Freiheit

τὸ δούλιον ἦμαρ, ἡ δουλοσύνη, *ὁ εἴρερος — die Knechtschaft

ὁ ἄναξ der Herr, Hausherr
ἤπιος leutselig
κεδνός sorgsam
εὔθυμος wohlwollend

ὁ σημάντωρ der Gebieter, Hausherr

ἡ ἄνασσα, ἡ δέσποινα — die Herrin

ὁ δμώς, δμωός der Unfreie, der Knecht, servus
ἀναγκαῖος leibeigen

*τὸ ἀνδράποδον der Sklave als Gut und Waare, mancipium

ὁ οἰκεύς der Hausklave, famulus

ὁ δρηστήρ, *ὁ ὑποδρηστήρ — der Diener, Bediente

ἡ δμωή, ἡ δούλη — die Sklavin, Magd
δμ. λευκώλενοι weißarmig
ἐυπλόκαμοι mit schön geflochtenem Haar

ἡ δρήστειρα die Arbeitsmagd

ἡ ἀμφίπολος die zur Aufwartung bei der Herrin bestimmte Dienerin
ἐυπλόκαμοι· λευκώλενοι· εὔπεπλος· κεδνή sorgsam

ἡ ταμίη die Schaffnerin
αἰδοίη ehrbar
ὀτρηρή geschäftig

ἡ θαλαμηπόλος die Kammerfrau

ἡ τροφός die Wärterin
φίλη lieb

*ἡ καμινώ (γρηῦς) die Heizerin

*ἡ ἀλετρίς die Müllerin
ἀλετρεύειν mahlen

ἡ λοετροχόος die Badewärterin

ὁ δαιτρός der Vorschneider, Zerleger

ὁ οἰνοχόος der Mundschenk

ὁ θεράπων, ὁ ὀπάων — der freie, oft edle Begleiter des Fürsten (comes)

4*

ὁ κοῦρος der freigeborene Jüngling im Dienste der Edlen

*ὁ θής, θητός } der arme, aber freie Tagelöhn.
ὁ ἔριθος

(*ἡ συνέριθος die Helferin O. 6. 32)

ὁ μετανάστης advena, inquilinus, der Ankömmling, Einwanderer

ἀτίμητος ungeehrt

ὁ ἀλλοδαπός der Auswärtige, Fremde

ὁ ξεῖνος der Fremde, Gastfreund

αἰδοῖος achtbar

φίλος- φίλιος befreundet

πατρώιος vom Vater her

παλαιός alt

τηλεδαπός aus fernem Lande

ἀλλοδαπός auswärtig

ὁ ξεινοδόκος der Werth

ἡ ξεινοσύνη das Gastrecht

προςκηδής vertraut machend

ἡ ξενίη die Gastfreundschaft

*ἡ ὑποδεξίη } die gastliche Aufnahme
ἡ φιλότης

τὰ ξεινήια } die Gastgeschenke
ξείνια

ὁ πίναξ eine Holztafel mit eingegrabenen Zeichen σήματα, nach Art der späteren σύμβολα, tesserae hospitales *Il.* VI. 168. 176

πτυκτός gefaltet, zusammengelegt

ὁ ὁδίτης } der Wanderer
ὁ ὁδοιπόρος

ἡ ὁδός die Reise, iter

δολιχή lang

πολλή weit

ἀτέλεστος, ἄλλη, τηυσίη vergeblich

ἡ κέλευθος die Reise, iter

διαπρήσσειν κελ. iter conficere

ὁ νόστος die Heimkehr

γλυκερός } süß
μελιηδής

φίλος lieb

(ἀπήμων ungefährdet, glücklich)

ὁ ἱκέτης der Schutzflehende

τὸ στέμμα der mit weißen Wollenbändern umwundene Kranz des ἱκέτης *Il.* I. 14. 28

ὁ πτωχός }
*ὁ δέκτης } der Bettler
ὁ προΐκτης }

πτ. ἀνιηρός lästig

λευγαλέος elend

κακοείμων schlechtgekleidet

πανδήμιος im ganzen Lande vagabondirend

πρ. θαρσαλέος dreist

ἀναιδής unverschämt

ὁ ἀλήτης der Landstreicher

δύστηνος unglücklich

κακῶν ἔμπαιος auf Schlechtes sich verstehend

*ἐπίμαστος aufgelesen

ἄχθος ἀρούρης eine Last für die Erde

*ἡ λέσχη die Volksherberge O. 18. 329

ὁ ἔτης }
ὁ ἑταῖρος } der Freund
ὁ φίλος }

ἑταῖρος ἐρίηρος traut

ἐνηής wohlwollend

πιστός treu

φίλος lieb

κεδνός sorgsam

οἱ γείτονες }
οἱ περικτίονες }
*οἱ περικτίται } die Nachbarn
*οἱ περιναιέται }

Staatsverfassung.

ἡ πάτρη
ἡ πατρίς, ίδος
ἡ πατρὶς γαῖα, αἶα,
— ἄρουρα — das Vaterland

φίλη geliebt

ὁ δῆμος 1) das Volk, 2) das Land, sowohl terra, als rus, ager

ἡ πόλις die Stadt, aber nicht der Staat

ὁ πολίτης
*πολιήτης — der Städter

οἱ λαοί die Hörigen, Unterthanen

τὸ κράτος die Macht, Herrschaft

ἡ πολυκοιρανίη die Vielherrschaft

*ἡ εὐηγεσίη die gute Regierung

ὁ βασιλεύς
ὁ ἡγήτωρ — der König als Heerführer

βασ. διοτρεφής von Zeus beschirmt
διογενής von Zeus entstammt
θεῖος göttlich
σκηπτοῦχος scepterführend

ὁ κοίρανος
ὁ κρείων
ὁ μέδων
*ὁ αἰσυμνητήρ — der König als Regent

ὁ ἀρχός
ὁ ἄναξ — der Fürst d. i. der Erste, Oberste

οἱ ἀριστῆες
οἱ ἐσθλοί
οἱ ἄνακτες — die Edlen

οἱ γέροντες
οἱ βουληφόροι
*οἱ βουλευταὶ γέρ. — die Edlen im Rathe des Königs

*ὁ ὑπόκοιρανος der Mitherrscher

οἱ δημογέροντες die Volksältesten (in Troja *Il.* 3. 149 — Auch König Ilos heißt δημογέρων *Il.* 11. 372)

ἡ βουλή die Rathsversammlung der Geronten

ὁ θόωκος (att. θᾶκος) die Sitzung (der Geronten)

ἡ ἀγορή 1) die Volksversammlung, 2) der Markt als Versammlungsort

κυδιάνειρα Männer ehrend
πολύφημος von Reden ertönend
τετρηχυῖα stürmisch bewegt
βουληφόρος rathpflegend

*ἡ εἴρη der Versammlungsort *Il.* 18. 531

ὁ κῆρυξ der Herold

*ἀστυβοώτης die Stadt durchrufend
*ἠπύτα
*καλήτωρ — laut rufend
θεῖος göttlich

Die Namen der bekanntesten Herolde s. Cap. XXIII. I. A. B. u. II.

ὁ ἀγορητής der Sprecher in der Versammlung

λιγύς hellstimmig

*ὁ ῥητήρ, ῆρος (att. ῥήτωρ) der Redner

τὸ σκῆπτρον
τὸ σκηπάνιον — das Scepter

πατρώϊον väterlich
ἄφθιτον αἰεί stets unvergänglich
χρυσείοις ἥλοισι πεπαρμένον mit goldenen Stiften beschlagen

τὸ τέμενος das Krongut

τὸ γέρας, αος 1) das Ehrengeschenk, 2) das Ehrenamt
αἱ θέμιστες die Gerechtsame, die Gebühren
λιπαραί fett, reichlich *Il.* 9. 156.

γερούσιος ὅρκος der Geronteneid
γερούσιος οἶνος Ehrenwein
*τὸ πρεσβήιον das Ehrengeschenk der Aeltesten

ἀνάσσειν herrschen.
σημαίνειν gebieten
κραίνειν, κοιρανεῖν } regieren
μῆτιν φράζεσθαι Rath pflegen
ἐξεσίην ἐλθεῖν als Gesandter gehen
ἀγγελίην ἀποφάσθαι eine Botschaft ausrichten
ἀγορᾶσθαι vor dem Volke sprechen
ἐπευφημεῖν Beifall zollen
τελεῖν θέμιστας die Abgaben entrichten

Rechtspflege.

(cf. *Il.* XVIII. 497—508)

ἡ ὁσίη fas, göttliches Recht; οὐχ ὁσίη, nefas est
ἡ δίκη 1) Sitte, 2) Recht (jus), 3) der Rechtshandel, pl. auch Rechtspflege
δίκην εἰπεῖν Recht sprechen
δ. ἐξελαύνειν das Recht verbannen
ἡ θέμις, ιστος die Satzung, das Gesetz, der Rechtsspruch, die Gerichtsstätte
θέμις ἐστί es ist recht, billig
θέμιστας εἰρύσθαι das Recht schützen
κρίνειν θέμιστας σκολιάς das Recht verdrehen
θεμιστεύειν richten
ὁ θεσμός die Satzung
*ἡ εὐδικίη die Gerechtigkeit
εὐδικίας ἀνέχειν Gerechtigkeit handhaben
τὸ νεῖκος der Streit, Rechtshandel
ὁ δικασπόλος ἀνήρ der Richter
ὁ ἵστωρ der Schiedsrichter, cognitor
ὁ ἱερὸς κύκλος der heilige Kreis der Richter
ὁ κῆρυξ der Herold als Gerichtsdiener *Il.* 18. 505
τὸ σκῆπτρον das Scepter
ὁ μάρτυρος (att. μάρτυς) der Zeuge (nur beim Eide)
ὁ ἀρωγός der Helfer, Beistand
*ἡ μαρτυρίη das Zeugniß
(ὁ ὅρκος der Eid)
(ὁ ἐπίορκος der Meineid)
τὸ χρεῖος die Schuld
*ἡ ἐγγύη die Bürgschaft
ἡ θωή die Strafe, Geldbuße
(ἡ ὄπις die göttliche Strafe)
ἡ ποινή das Wergeld
κρίνειν, δικάζειν } richten
ὁ κέραμος der Kerker *Il.* 5. 387
*ὁ εἴρερος die Knechtschaft, Gefangenschaft
ὁ δεσμός die Fessel

ἀργαλέος drückend

θυμαλγής schmerzlich

δικάζεσθαι }
νεικεῖν } prozessiren

ἀναίνεσθαι läugnen

πεῖραρ ἑλέσθαι den Streit zu Ende führen

ὀφέλλειν }
ὀφείλειν } schuldig sein

ἐγγυᾶσθαι Bürgschaft leisten

*ἐπηπύειν Beifall zurufen

Cap. XVII.

Der Cultus. — Heilige Oerter und Handlungen. — Priester und Seher.

Ὁ ἱερὸς δόμος das heilige Haus, Gotteshaus (A.: cella)

ὁ νηός (att. νεώς) der Tempel
- χαρίεις anmuthig
- πίων fett, reich

Tempel werden erwähnt:
- T. der Athene in Athen und Ilios
- T. des Apollo in Pytho (Delphi), Ilios und Chryse
- T. des Poseidon in Helike, Aegae u. bei den Phäaken (O. 6. 266 Ποσιδήιον?)

τὸ ἄδυτον der innere, den Profanen unzugängliche Theil des Tempels; auch der ganze Tempel *Il.* V. 448 u. 512
- μέγα- πίον-

τὸ ἄγαλμα }
τὸ ἱρόν }
(*Il.* 10.571) } das Weihgeschenk

τὸ τέμενος das zum Tempel gehörige Land, der Tempelbezirk

τὸ ἄλσος der heilige Hain
- κλυτόν berühmt
- καλόν schön
- ἱρὸν Ἀθηναίης O. 6. 321
- κυκλοτερές kreisrund
- δενδρῆεν- σκιερόν- ἀγλαόν

ὁ βωμός der Altar
- ἱερός heilig
- θυήεις voll Rauchopfer
- ἐύδμητος }
- τετυγμένος } wohl gebaut
- περικαλλής wunderschön

ἡ ἐσχάρη der Heerd als Opferstätte Od. 14. 420

Das Gebet.

ἡ εὐχωλή
*ἡ εὐχή } das Gelübde, Gebet

*ἡ λιτή } das Flehen, das Gebet;
ἡ ἀρή } dgl. aber auch der Fluch

*ἡ ὀλολυγή das laute Gebet der Frauen, supplicatio

ἡ ἀρειή
*ἡ ἐπαρή
*ἡ ἐρινύς, ύος
ἡ ἀρή s. ob. } die Verwünschung, der Fluch

ὁ παιήων, ονος das Danklied

ὁ ὑμέναιος das Hochzeitslied

χεῖρας ἀνέχειν die Hände emporheben

εὔχεσθαι, ἀρᾶσθαι beten, flehen
ὀλολύζειν laut beten (nur von Frauen)

λίσσεσθαι
λιτανεύειν } bitten, flehen

γουνοῦσθαι knieend anflehen, supplicare (θεούς O. 4. 433)

ὑποσχέσθαι
ὑποστῆναι } geloben

κατανεύειν
ἐπινεύειν } gewähren

ἐπικραιαίνειν ἐέλδωρ den Wunsch erfüllen

ἀνανεύειν abschlagen, versagen
κλύειν τινός erhören

παρατρωπᾶν
ἱλάσκεσθαι } θεούς die Götter versöhnen

Das Opfer.

(cf. Od. III. 442 ff. *Il.* I. 447 ff. II. 421 ff.)

τὸ ἱρόν (att. ἱερόν) das Opfer
pl. αἰθόμενα brennend
κεχαρισμένα wohlgefällig
καλά schön

ἡ ἑκατόμβη das größere Opfer, Festopfer, aus einer größeren Zahl von Thieren bestehend
ἱρή heilig
κλειτή
ἀγακλειτή } rühmenswerth, preiswürdig, herrlich
ἔξαιτος auserlesen
τελήεσσα erfolgreich (A.: makellos)

τὸ θύος das Rauchopfer *Il.* 9. 499. O. 15. 261

*ἡ θυηλή
το θύος } das Räucherwerk

(*τὰ θύσθλα die heiligen Geräthe bei der Bacchusfeier *Il.* 6. 134)

*τὰ θαλύσια das Ernteopfer

ἡ λοιβή
ἡ σπονδή } das Trankopfer

ἄκρητος ungemischt

ἡ χοή der Weiheguß als Todtenopfer

ἡ ἑορτή das Fest
ἁγνή heilig

το ἱερήιον (att. ἱερεῖον) das Opferthier
καλόν schön

τὰ ὅρκια die bei Abschluß von Verträgen geopferten Thiere als Unterpfänder des Eides *Il.* 3. 245. 269

*τὰ ἄργματα die Erstlingsspende d. h. die abgeschnittenen und in die Flammen geworfenen Rücken- und Stirnhaare des Opferthiers

αἱ οὐλαί
αἱ οὐλόχυται } die Opfergerste

*τὸ ἀμνίον die Opferschale zum Auffangen des Opferblutes

τὰ μηρία
μῆρα } die Lendenstücke (A.: Hüftknochen)

πίονα fett
κεχαρισμένα wohlgefällig

ὁ δημός die fette Netzhaut, Fetthaut, omentum

ἀργής glänzend
πίων- δίπλαξ-

τὰ σπλάγχνα die edleren, inneren Theile des Opferthiers, Herz, Leber und Lunge

ἡ κνίση 1) der Fettdampf, 2) das Nierenfett, die Flaumen

ἡδεῖα süß

τὸ πεμπώβολον der Fünfzack, zum Schüren des Feuers

ἡ σχίζη das Holzscheit

ὁ ὀβελός der Bratspieß

τὸ μελίκρητον das Honiggemisch, Todtenspende aus Honig und Milch

ἔρδειν
ῥέζειν } ἱρά, ἑκατ. sacra facere, darbringen

ἱερεύειν opfern, immolare

θύειν Rauchopfer darbringen (nur von unblutigen Opfern)

*χερνίψασθαι sich die Hände waschen

χέρνιβά τ' οὐλοχύτας τε κατάρχεσθαι O. 3. 445 mit Weihwasser und Opfergerste das Opfer beginnen

εὐφημεῖν andächtig schweigen

χρυσὸν κέρασιν περιχέειν Gold(plättchen) um die Hörner legen

οὐλοχύτας προβαλέσθαι die Opfergerste auf das Thier streuen

ἄρχεσθαι, ἀπάρχεσθαι, κατάρχεσθαι τρίχας die Rücken- u. Stirnhaare abschneiden, als Zeichen der Consecration

τρίχας ἐμβαλεῖν πυρί die Haare in's Feuer werfen

ἀρᾶσθαι beten

ἐλαύνειν
ἐπικόπτειν } durch einen Schlag tödten

ἀποκόπτειν τένοντας αὐχενίους
ἀποκείρειν τένοντε } die Nackensehnen durchhauen

ἀνελεῖν aufheben

ἔχειν halten

αὐερύειν den Kopf des Opferthiers zurückbeugen

σφάζειν
ἀποδειροτομεῖν } die Kehle durchschneiden

δέρειν abhäuten

διαχέειν zerlegen

ἐκτέμνειν μηρία die Lendenstücke herausschneiden

κατακαλύπτειν κνίσῃ in Fett einhüllen

δίπτυχα ποιεῖν (die Fetthaut doppelt nehmen)

ὠμοθετεῖν rohe Fleischstücke (auf die μηρία) legen

καίειν (μηρία) verbrennen

πάσασθαι (πατέομαι) σπλάγχνα die σπλ. kosten, verzehren

μιστύλλειν (κρέας) zerstückeln

πείρειν durchbohren (ὀβελοῖσι)

ὀπτᾶν braten

ἐρύεσθαι κρέα die Fleischstücke vom Spieße herabziehen

δαίνυσθαι schmausen

σπένδειν, λείβειν } libare, spenden

χοὴν χεῖσθαι eine Todtenspende darbringen

ἐπάρχεσθαι δεπάεσσιν zur Spende das Erste in die Becher gießen

γλώσσας τάμνειν, καὶ ἐν πυρὶ βάλλειν die Zungen herausschneiden und in's Feuer werfen, als Schluß der ganzen Opferhandlung

Priester und Seher.

ὁ ἱερεύς der Priester

ὁ ἀρητήρ der Beter, Priester

τὸ σκῆπτρον das Scepter

Namentlich erwähnt werden:

1) Panthoos, Pr. des Apollo, zuerst in Delphi, dann in Troja *Il.* 3. 146
2) Chryses, Pr. d. Apollo in Chryse
3) Maron, Pr. d. Apollo in Ismaros
4) Onetor, Pr. d. Zeus auf d. Ida
5) Dares, 6) Phegeus } Pr. d. Hephästos in Troja
7) Dolopion, Pr. d. Skamandros in Troja

ἡ ἱέρεια die Priesterin

H. erwähnt nur Theano, die Pr. der Athene in Troja, Gem. des Antenor

ὁ ὑποφήτης (Διός) interpres, der Ausleger des Willens des Zeus (die Σελλοί *Il.* 16. 235)

ὁ θυοσκόος der Opferschauer, der aus dem Rauche des Rauchopfers den Willen der Gottheit verkündet

ὁ θεοπρόπος der Wahrsager, Seher

ἡ θεοπροπίη, τὸ θεοπρόπιον } die Weissagung

τὸ θέσφατον (sp. χρησμός) der Götterspruch, das Orakel

παλαίφατα in alten Zeiten verkündet cf. O. 9. 507 (Polyphem), O. 13. 172 (Alkinoos)

ὁ μάντις, ιος der Seher

ἀμύμων untadelig

ἡ μαντοσύνη die Seherkunst

τὸ μαντήιον die Weissagung

ὁ οἰωνιστής, ὁ οἰωνοπόλος } der Vogelschauer, augur Zeichendeuter

ὁ ὄρνις, ὁ οἰωνός, τὸ σῆμα, τὸ τέρας, τὸ τέκμωρ } das Wahrzeichen

ὄρν. δεξιός rechts, glückbedeutend

ἐσθλός gut

ἀριστερός links, unglückbedeutend

ἐναίσιμος bedeutungsvoll

κακός unheilvoll

σῆμα ἀριφραδές, δῆλον } deutlich

ἔμπεδον sicher

ἐναίσιμον fatalis, bedeutungsvoll

ἐνδέξιον rechts erscheinend d. i. glücklich

*παραίσιον unglückbedeutend
τέρας } μέγα
τέκμωρ }

ἡ ὀμφή die Offenbarung

ἡ φήμη omen, das bedeutungsvolle Wort

cf. O. 20. 105 ff. die φήμη der γυνὴ ἀλετρίς

ἡ ὄσσα (Διὸς ἄγγελος) } das gottgesandte Wort, omen
ἡ κλεηδών, όνος auch κληηδών }

ὁ ὀνειροπόλος der Traumdeuter

μαντεύεσθαι weissagen

χρῆν Orakel ertheilen

χρῆσθαι das Orakel befragen

φαίνειν } τέρας ein Zeichen geben
δεικνύναι }

Bei Homer werden folgende Seher erwähnt:

1) Teiresias, S. der Nymphe Chariklo, blinder Seher in Theben (O. 10. 492; 11. 32. 267; 23. 251)
2) Melampus, Seher in Pylos (O. 11. 287 ff. 15. 225 ff.)
3) Amphiaraos, Urenkel des Vor., König und Seher in Argos, Theilnehmer am Zuge der 7 gegen Theben (O. 15. 244)
4) Amphilochos, S. des Vor. und Theilnehmer a. d. Epigonenkriege
5) Polypheides } ebenfalls Melampodiden
6) Polyidos }
7) Merops, König und Seher in Perkote am Hellespont *Il.* 2. 831; 11. 329
8) Kalchas, Sohn des Thestor, Seher in dem Achäerheere vor Troja (*Il.* I. 69. 72; II. 300; XIII. 45)
9) Helenos, S. des Priamos (*Il.* 6. 76)
10) Eurydamas, ein troischer Traumdeuter
11) Ennomos, troischer Augur
12) Halitherses, Vogelschauer auf Ithaka (O. 2. 157 ff. 17. 68; 24. 186)
13) Theoklymenos, Nachkomme des Melampus, S. d. Polypheides (O. 15. 256 ff.)
14) Leiodes, ein Wahrsager, einer der Freier der Penelope (O. 21. 144; 22. 310)
15) Telemos, Seher bei den Kyklopen (O. 9. 507 ff.)

Augurien werden erwähnt: Günstige *Il.* X. 274—77. 24. 306—21; Od. 2. 157—76; 15. 160—65 und 171; ungünstige Od. 2. 146—56; *Il.* 12. 200—9. — Prodigien Od. 12. 394—96; Od. 20. 345—50. *Il.* 2. 308 ff. — Bedeutungsvolle Träume: *Il.* 2. 5—22; Od. 4. 794; 19. 536—51; das Niesen (ἐπιπταίρειν) als günstiges Omen Od. 17. 539—47. — Orakel werden erwähnt in Pytho Od. 8. 79; in Dodona *Il.* 16. 235.

Cap. XVIII.

Gymnastik. — Spiele.

(cf. *Il.* XXIII. Od. VIII. 97 ff.)

Ὁ ἄεθλος der Wettkampf

τὸ ἄεθλον, ἀέθλιον } der Kampfpreis, bisw. d. Wettkampf

ὁ ἀθλητήρ, ῆρος der Wettkämpfer

*ὁ αἰσυμνήτης der Kampfrichter, Kampfordner

κριτός auserlesen

δήμιος vom Volke erwählt

ὁ ἀγών, ῶνος 1) der Kampfplatz, 2) die Versammlung der Zuschauer

εὐρύς weit

ἡ ἄγυρις, ιος, ἡ ὁμήγυρις, ιος } die Versammlung

ἄεθλον τιθέναι einen Kampfpreis aussetzen

ἀεθλεύειν wettkämpfen

ἄεθλον φέρεσθαι, ἀνελεῖν, ἀνελέσθαι } einen Preis gewinnen

εὐρύνειν ἀγῶνα die Zuschauer zurücktreten lassen

λύειν ἀγῶνα die Versammlung aufheben, entlassen

1. Das Wagenrennen.

(*Il.* 23. 263.)

ὁ δρόμος, ὁ ἱππόδρομος } der Wettlauf, die Rennbahn

(λεῖος eben)

ἡ νύσσα, ὁ λίθος } 1) das Ziel am Ablaufsstand, die Schranken, 2) der Prellstein, meta, in der Mitte der Bahn

τὸ τέρμα, τὸ σῆμα } das Malzeichen, meta

ὁ σκοπός der Wart, Aufseher am Mal

ὁ ἐλατήρ der Wagenlenker

ἡ ἱπποσύνη die Kunst, die Rosse zu lenken

*ἡ ἁματροχίη das Zusammenstoßen der Räder

*ἡ ἁρματροχιή das Wagengeleise

ἵππος ἀεθλοφόρος das siegende Rennpferd

ὁπλίζεσθαι ἵππους die Pferde anschirren

κλήρους πάλλειν die Loose schütteln

κλήρους βάλλεσθαι die Loose herauswerfen

λαγχάνειν durch das Loos erhalten

ἐλαύνειν ἵππους fahren

ὁμοκλεῖν und —κλᾶν laut zurufen

διαπρήσσειν πεδίοιο den Weg durch die Ebene zurücklegen

κονίειν πεδίοιο durch das Gefilde dahinstäuben

ἐπείγεσθαι vorwärts eilen

τανύεσθαι, τιταίνεσθαι } sich strecken, gestreckt laufen

ἑλίσσειν τὸ τέρμα sc. τοὺς ἵππους um das Ziel biegen

ἐκφέρειν voranslaufen

ἐφομαρτεῖν nachfolgen

κιχάνειν einholen

παρελθεῖν, παρελαύνειν } überholen

λείπεσθαι, ἐρωεῖν } zurückbleiben

παρακλίνειν ausbiegen

συγκυρεῖν zusammenstoßen

κατίσχειν ἵππους die Rosse zurückhalten

περιδόσθαι wetten um einen Gegenstand

(*Il.* 23. 485 cf. Od. 23. 78)

---

*κέλης ἵππος ein zu Reiterkünsten benutztes Pferd Od. 5. 371

κελητίζειν wettreiten, indem man von einem Pferde auf das andere voltigirte *Il.* 15. 679

2. Der Faustkampf.

(*Il.* 23. 658. Od. 8. 104.)

ἡ πυγμή, ἡ πυγμαχίη } der Faustkampf

ἀλεγεινή Schmerzen bringend

*ὁ πυγμάχος der Faustkämpfer

τὸ ζῶμα der Schurz, subligaculum

ὁ ἱμάς, ἄντος der Riemen

ἡ πληγή der Hieb

πύξ, χερσί } μάχεσθαι mit den Fäusten kämpfen

ζώννυσθαι sich gürten

συμπίπτειν einander anfallen

πλήσσειν, ἐλαύνειν, κόπτειν } schlagen

θλᾶν ὀστέα die Knochen zerschmettern

3. Der Ringkampf.

(*Il.* 23. 700.)

ἡ πάλη der Ringkampf, lucta

ἡ παλαισμοσύνη die Ringerkunst

ἀλεγεινή.

ὁ παλαιστής der Ringer

ζώννυσθαι sich gürten

ἀγκὰς λαβεῖν ἀλλήλων einander mit den Armen packen

παλαίειν ringen

ἐρείδεσθαι sich stämmen

σφάλλειν zum Wanken bringen, supplantare

ἀναείρειν aufheben

καταβάλλειν niederwerfen

ἡ σμῶδιξ, ιγγος die Beule, Schwiele

ἀνατρέχειν auflaufen, aufschwellen

4. Der Wettlauf zu Fuß.

(*Il.* 23. 740.)

ὁ δρόμος der Wettlauf, die Bahn

ἡ νύσσα die Schranken, das Ziel

ταχυτῆτος ἄεθλα der Preis der Schnelligkeit

πόδεσσι θέειν, ποσσὶν ἐριδαίνειν (um die Wette) laufen

ἐπερείδεσθαι πόδεσσι auf die Füße sich stämmen

φθάσθαι zuvorkommen

ἐκφέρειν voranlaufen

ὀλισθαίνειν ausgleiten

5. Der Speerkampf in voller Rüstung.

(*Il.* 23. 802.)

τεύχεα ἕσσασθαι die Rüstung anlegen

θωρήσσεσθαι sich wappnen

ὀρέξασθαι sich auslegen

ὀρέξασθαι χρόα nach dem Leibe zielen

ψαύειν ἐνδίνων die Haut unter dem Panzer streifen

6. Der Diskoswurf.

(*Il.* 23. 826. Od. 8. 129. 186.)

ὁ δίσκος die Wurfscheibe

πάχετος sehr dick

ὁ σόλος die Wurfscheibe aus Eisen

*αὐτοχόωνος massiv oder roh gegossen, ungeglättet

ὁ λίθος, ὁ λᾶας die steinerne Wurfscheibe

τὸ τέρμα das Endziel jeden Wurfes

τὸ σῆμα das Zeichen des einzelnen Wurfes

*τὰ δίσκουρα, δίσκου οὖρα die Wurfweite

δινεῖν wirbeln, herumschwingen

δισκεῖν mit dem D. werfen

ῥίπτειν, ἱέναι werfen

ἀφικέσθαι erreichen

ὑπερβάλλειν hinüberwerfen (weiter werfen, als ein Anderer)

7. Das Bogenschießen.

(*Il.* 23. 850; 4. 104 ff. Od. 19. 572; 21. 120.)

*ὁ τοξότης, *ὁ τοξευτής, ὁ ῥυτὴρ βιοῦ καὶ ὀιστῶν der Bogenschütze

*ἡ τοξοσύνη die Kunst des Bogenschießens

τοξεύειν, τοξάζεσθαι mit dem Bogen schießen

ὀιστεύειν einen Pfeil abschießen

συλᾶν τόξον den Bogen (aus dem Futteral) herausnehmen

τανύειν | spannen
τείνειν |

ἀνακλίνειν ποτὶ γαίῃ auf die Erde stützen

ἰθύνειν zielen

ἕλκειν ziehen

λίγγειν od. | klirren
λίζειν |

ἰάχειν schwirren

τυγχάνειν treffen

ἁμαρτάνειν, ἀφαμ. verfehlen

διοϊστεύειν hindurchschießen

8. Der Speerwurf.

(*Il.* 23. 884.)

*ἡ ἀκοντιστύς, ύος das Speerwerfen

ὁ ἀκοντιστής | der Lanzenwerfer
*ἤμων ἀνήρ |

(ἡ αἰγανέη der Wurfspieß)

ἡ βολή der Wurf

ἱέναι | mit dem Speer werfen
ἀκοντίζειν |

9. Der Sprung.

ἅλμα wird erwähnt Od. VIII. 103. 128

10. Der Tanz.

(*Il.* 18. 590. Od. 8. 250 ff. 370 ff.)

ἡ ὀρχηστύς | der Tanz
ὁ ὀρχηθμός |

*φιλοπαίγμων Scherz liebend

ἀμύμων.

ἡ μολπή der Tanz (*Il.* 18. 572)

γλυκερή.

*ἡ χοροιτυπίη der Reigentanz

ὁ χορός der Tanzplatz, der Reigen

ἱμερόεις reizend

καλός- θεῖος-

ὁ ὀρχηστής | der Tänzer
ὁ βητάρμων |

ὁ ἀρνευτήρ, ῆρος | der Luftspringer, Gaukler
ὁ κυβιστητήρ, ῆρος |

ἐς χορὸν ἔρχεσθαι | zum Tanze gehen,
εἰσοιχνεῖν χορόν | zum T. antreten

ὀρχεῖσθαι tanzen

μέλπεσθαι zum Tanze singen

παίζειν tanzen (z. B. O. 8. 251)

πλήσσειν χορόν den Reigen stampfen

*ἐπιληκεῖν den Takt zum Tanze klatschen

δινεύειν sich im Kreise herumdrehen

Andere gesellige Spiele:

οἱ ἀστράγαλοι das Würfelspiel *Il.* 23. 88

οἱ πεσσοί das Brettspiel Od. 1. 107.

ἡ σφαῖρα der Ball, das Ballspiel

σφαίρῃ παίζειν Ball spielen (O. 6. 100)

ὁ στρόμβος der Kreisel (*Il.* 14. 413 in einem Vergleiche)

Cap. XIX.

Künste, Handwerke und Gewerbe.

Ἡ τέχνη die Kunst, Kunstfertigkeit
τεχνᾶν, δαιδάλλειν, τεύχειν künstlich verfertigen
τεχνήεις, δαιδάλεος kunstreich
*ἡ σοφίη die Geschicklichkeit
ὁ τέκτων der Künstler, Arbeiter, bes. der Baumeister
ὁ δημιοεργός der dem Gemeinwohl nützende Künstler oder Arbeiter (O. 17. 383)
δαήμων erfahren
ὅς ῥά τε πάσης εὖ εἰδῇ σοφίης (Il. 15. 412)
κλυτός berühmt
τὸ δαίδαλον das Kunstwerk

1. Sänger.

ὁ ἀοιδός der Sänger
θεῖος göttlich
θέσπις, ιος gottbegeistert
θεοῖς ἐναλίγκιος αὐδήν den Göttern zu vergleichen an Stimme
πολύφημος liederreich
ἐρίηρος traut, lieb und werth
περικλυτός hochgepriesen
λαοῖσι τετιμένος von der Welt hochgeschätzt
ἡ ἀοιδή der Gesang
θεσπεσίη, θέσπις von einem Gott eingegeben
λιγυρή hell tönend
ἡδεῖα süß
χαρίεσσα anmuthig
ἱμερόεσσα Sehnsucht erweckend, reizend
ἡ οἴμη, *ὁ ὕμνος die Sangesweise, Melodie
οἶμαι παντοῖαι
ὁ ὑμέναιος das Hochzeitlied
ὁ παιήων das Danklied
καλός.
ὁ θρῆνος das Klagelied
*ὁ λίνος das Linoslied Il. 18. 570
καλός.
ἡ μολπή das Tanzlied, aber auch das Saitenspiel
ἡ κιθαριστύς, ύος, ἡ κίθαρις das Zitherspiel
ὁ κιθαριστής der Zitherspieler
ὁ ἔξαρχος (θρήνου) der Vorsänger (Anheber der Klage)
ἡ κίθαρις, ιος die Zither
περικαλλής wunderschön
ἡ φόρμιγξ, ιγγος die größere Laute
γλαφυρή hohl, gewölbt
δαιδαλέη kunstreich
περικαλλής.
δαιτὶ συνήορος (zugesellt) θαλείῃ
λίγεια hell tönend
*ἡ χορδή die Saite
τὸ ἔντερον die Darmsaite

ἐυστρεφέϛ wohl gedreht
*ὁ κόλλοψ, οπος der Wirbel
τὸ ζυγόν das Querholz, der Steg
ἀργύρεον *Il.* 9. 186
ἡ σύριγξ, ιγγος die Hirtenpfeife
ὁ αὐλός die Flöte, Schalmei
ἡ αὔλη das Flötenspiel
ἡ σάλπιγξ die Trompete (nur *Il.* 18. 219 in einem Gleichniß)
ἀείδειν singen
φορμίζειν auf der Laute spielen
ἀναβάλλεσθαι (ἀείδειν) anheben
(σαλπίζειν wie Drommeten ertönen *Il.* 21. 388)

Namentlich erwähnt werden als Sänger:

1) Thamyris, thracischer, von den Musen geblendeter Sänger *Il.* 2. 595
2) Demodokos, blinder Sänger bei den Phäaken O. 8. 44 ff. 13. 27 ff.
3) Phemios, Sänger auf Ithaka

Nicht genannt wird der Name des Sängers in Agamemnon's Hause Od. 3. 267

2. Aerzte.

ὁ ἰητρός der Arzt (Wundarzt)
πολλῶν ἀντάξιος ἄλλων *Il.* 11. 514 viele andere Männer aufwiegend
ὁ ἰητήρ, ῆρος der Arzt
πολυφάρμακος reich an Heilmitteln
ἀμύμων· ἀγαθός
ἡ νοῦσος (att. νόσος) die Krankheit
ἀργαλέη schwer
δολιχή langwierig
στυγερή verhaßt
κακή böse
ὁ λοιμός die Seuche
*ὁ πυρετός das Fieber (A.: die Sonnenhitze = καῦμα)
*ἡ τηκεδών, όνος die Abzehrung
ἡ ὀδύνη der (körperliche) Schmerz
τὸ ἕλκος die Wunde
ἀργαλέον· λυγρόν· κακόν
ἡ ὠτειλή die Wunde
χαλκότυπος vom Erze geschlagen
ἡ οὐλή die Narbe
*ἡ ἐπαοιδή die Zauberformel, Besprechung Od. 19. 457

τὸ φάρμακον das Heilmittel
ἤπιον lindernd
ὀδυνήφατον Schmerz tödtend
*νηπενθές kummerstillend
*ἄχολον zornbeschwichtigend
ἐσθλόν trefflich
*κακῶν ἐπίληθον ἁπάντων Alle Leiden vergessen machend
*φ—α μητιόεντα sinnreiche, klug ersonnene (A.: vielfach Rath schaffend)
ἀκέσματα μελαινάων ὀδυνάων Linderer der düsteren d. i. schrecklichen Schmerzen
φ. κακά, θυμοφθόρα, ἀνδροφόνα } die Gifte
τὸ μῶλυ ein besonderes Wunderkraut O. 10. 395
ὁ λωτός die Lotosfrucht O. 9. 94 ff.
ἰᾶσθαι heilen, nur von äußerlichen Wunden
ἐπιμαίομαι (ἕλκος) untersuch., sondiren
ἐπιτιθέναι / ἐπιπάσσειν } φάρμακα Heilkräuter auflegen
*ἐκμυζᾶν (αἷμα) aussaugen

Als Heilkundige erwähnt Homer:

1) Den Kentauren Cheiron
2) Seinen Schüler Achilleus
3) Asklepios, König in Thessalien
4) Podaleirios, 5) Machaon } dessen Söhne, die Aerzte in dem achäischen Heere

Als heilkundige Frauen:

1) Agamede, T. des Augeias *Il.* 11. 741
ξανθή, ἣ τόσα φάρμακα ᾔδη, ὅσα τρέφει εὐρεῖα χθών
2) Polydamna, eine Aegypterin O. 4. 228
3) Helena Od. 4. 220
4) Kirke

3. Baumeister.

(Od. V. 243.)

ὁ τέκτων der Baumeister
τ. νηῶν der Schiffsbaumeister
τ. δούρων der Zimmermann
ἡ τεκτοσύνη die Zimmerkunst
τὸ δόρυ der Balken
ἡ σανίς, ίδος das Brett, die Bohle
τὸ σκέπαρνον das Schlichtbeil
ὁ πέλεκυς, εος die zweischneidige Zimmeraxt
ἀμφοτέρωθεν ἀκαχμένος zweischneidig
ἀτειρής unverwüstlich
ὑλοτόμος holzfällend
χάλκεος. ὀξύς
τὸ ἡμιπέλεκκον die Halbaxt mit einer Schneide
*τὸ πέλεκκον, *τὸ στειλειόν } der Axtstiel
ἡ στειλειή das Oehr in der Axt
τὸ τρύπανον der Drellbohrer
τὸ τέρετρον der Handbohrer
(die Säge ὁ πρίων erw. Hom. nicht, aber an 2 St. der Od. erscheint d. adj. πριστός gesägt)

ἡ στάθμη die Richtschnur
*ἡ σταφύλη die Bleiwage, das Loth
ὁ γόμφος der Pflock von Holz od. Keil
τὸ βλῆτρον die Klammer oder der Nagel
ἡ ἁρμονίη das Band, die Klammer
ὁ μοχλός der Hebel
*ὁ ὅλμος die Walze (?)
ὁ δρυτόμος, ὁ ὑλοτόμος } der Holzfäller
τάμνειν δοῦρα Bauholz fällen
*πελεκκᾶν beschlagen
ξέειν glätten
ἰθύνειν gerade machen, nach der Richtschnur richten
τετραίνειν bohren
τορνοῦν abzirkeln, abrunden
ἀραρίσκειν, ἁρμόζειν } zusammenfügen
δέμειν bauen
ἐρέφειν unter Dach bringen

4. Metallarbeiter.

(*Il.* XVIII. 468 ff.)

*ὁ χρυσοχόος der Goldschmied
ὁ χαλκεύς der Kupferschmied

*ὁ χαλκεών, ῶνος, ὁ χαλκήιος δόμος } die Schmiede

τὰ χαλκήια ὅπλα das Schmiedegeräth
τὸ ἀκμόθετον der Ambosblock
ὁ ἄκμων, ονος der Ambos
*ὁ ῥαιστήρ, ῆρος der große, schwere Hammer
*ἡ σφῦρα der kleinere Hammer
ἡ πυράγρη die Feuerzange
ἡ φῦσα der Blasebalg
*ὁ χόανος die Schmelzgrube oder der Schmelztiegel
*τὸ χεῦμα das Gußwerk (von Zinn *Il.* 23. 561)
*φαρμάσσειν das Eisen härten durch βάπτειν εἰν ὕδατι Eintauchen in's Wasser O. 9. 392
φυσᾶν blasen (v. d. Blasebälgen)

5. Andere Handwerker.

*ὁ κεραοξόος τέκτων der Horndrechsler *Il.* IV. 110
λειαίνειν } glätten, poliren
ξέειν }
*ὁ ἁρματοπηγός der Wagener *Il.* 4. 485
*ὁ κεραμεύς der Töpfer *Il.* 18. 601 (in 1 Gleichnisse)
ὁ τροχός die Töpferscheibe
*ὁ σκυτοτόμος der Riemer *Il.* 7. 221
ὁ βοεύς } der lederne Riemen
ὁ ἱμάς }
*κεστός gestickt *Il.* 15. 214
*πολύκεστος reich gestickt *Il.* 3. 371
φοίνικι φαεινός O. 23. 201
ἐΰτμητος wohl geschnitten (nur von Lederarbeit)
ἡ ἱμάσθλη die lederne Peitsche
*αἱ ῥαφαί ἱμάντων die Nähte der Riemen am Schilde

Ueber die Bearbeitung des Leders durch den Gerber cf. das Gleichniß *Il.* 17. 389 — Eine βοέη ἀδέψητος (ungegerbt) wird Od. 20. 2. 142 erw.

Der Seiler wird nicht erwähnt; aber O. 21. 391 ein ὅπλον βύβλινον, ein Tau aus Byblos (nch A.: aus Hanf); ferner *Il.* 13. 599. 716 ἐΰστροφος οἰὸς ἀωτος die wollene Schnur der Schleuder; und auch
μήρινθος u. } die Schnur
*ἡ μέρμις, ιθος }
scheinen, wie unser Bindfaden aus Werg gedreht zu sein; vielleicht auch die synonymen:
ἡ σειρή der Strick, das Seil
ἐΰπλεκτος wohl geflochten
πλεκτή
τὸ σπάρτον das Tau und
ὁ στρόφος ἀορτήρ der Strick, eig. gedrehter Tragband
τὸ πεῖραρ das Tau (von πειραίνειν binden) cf. Cap. XIV.

Folgende Künstler werden namentlich erwähnt:

1) Daedalos in Knosos in Kreta *Il.* 18. 592
2) Epeios, der Erbauer des hölzernen Pferdes O. 8. 493
3) Tychios aus Böotien, der Verfertiger von dem Schilde des Ajax, σκυτοτόμων ὄχ' ἄριστος *Il.* 7. 220
4) Laërkes, Goldschmied in Pylos O. 3. 425

5) Ikmalios, Drechsler in Ithaka O. 19. 57

6) Harmonides, Schiffsbaumeister in Troja *Il*. 5. 60

7) Noëmon, dgl. in Ithaka O. 2. 386; 4. 630

8) Polybos, Verfertiger von Bällen in Scherie Od. 8. 372

6. Fischfang.

ὁ ἁλιεύς der Fischer

ὁ ἀρνευτήρ, ῆρος der Taucher

*τὸ δίκτυον das Netz

*πολυωπόν viellöcherig

τὸ λίνον das Netz oder Garn *Il*. 5. 487

*πάναγρον Alles fangend

*ἡ ἀψίς, ῖδος die Netzmasche

ἡ ῥάβδος die Angelruthe

τὸ λίνον die Angelschnur

*ἡ μολύβδαινα die Bleikugel an der Angel

τὸ ἄγκιστρον / ἧνοψ χαλκός } der Angelhaken (das blinkende, nch A. gekrümmte Erz)

γναμπτόν gebogen

τὸ κέρας ein Hornstück an der Angel, entweder als Floß, od. zur Verhütung des Abbeißens der Schnur

ὁ δόλος / τὸ εἶδαρ } der Köder

ἰχθυᾶν fischen

7. Schifffahrt.

(cf. Od. V. 271.)

ὁ πλόος / *ἡ ναυτιλίη } die Seefahrt

*ἡ εὐπλοίη die glückliche Fahrt

ὁ ἁλιεύς der Seemann

ὁ ναύτης der Schiffer

ὁ κυβερνήτης der Steuermann

ὁ ἐρέτης der Ruderer

ὁ ἀρχός der Capitain

*ὁ πορθμεύς der Fährmann

ὁ ταμίης der Proviantmeister σίτοιο δοτήρ *Il*. 19. 44.

ὁ ἔμπορος der zur See Reisende, verschieden von

ὁ ὁδίτης der zu Lande Reisende

*τὸ ἐπίβαθρον das Fährgeld

τὰ ἤια (att. ἐφόδια) die Wegekost

*τὸ ὁδοιπόριον die Wegekost, nch A.: - ἐπίβαθρον

ὁ ληιστήρ, ῆρος / *ληίστωρ, ορος } der Seeräuber

πολύπλαγκτος weit umhergeworfen

ὁ οὖρος der Fahrwind

ἴκμενος secundus, günstig

πλησίστιος segelfüllend, schwellend

λιαρός lind

λιγύς hell pfeifend, sausend

ἀπήμων günstig, fördernd

λάβρος heftig, stark

ἐσθλὸς ἑταῖρος ein wackerer Freund, Helfer

pl. *ἀλιαέες, νηῶν πομπῆες über das Meer wehend, die Geleiter der Schiffe

Andere hieher gehör. Ausdr. s. Cap. XIV

8. Handel.

(Od. 15. 416 ff. *Il.* 7. 472 ff.)

ὁ πρηκτήρ der Geschäftsmann, Handelsmann, negotiator

(ὁ τρώκτης der Gauner, a. 2 St. d. O. von phönizischen Kaufleuten)

ἡ φορτίς, ίδος das Frachtschiff, der Kauffahrer

ὁ φόρτος die Schiffsladung

τὰ ὄδαια das Kaufmannsgut, die Waare (A.: Rückfracht)

ὁ βίοτος das Gut, die Güter

τὰ ἀθύρματα der Tand, Spielwaaren u. Putzsachen

ὁ ὦνος der Verkauf, der Kaufpreis

ἡ πρῆξις das vortheilhafte Geschäft

ἡ ληΐς, ίδος } der Gewinn
τὸ κέρδος }

λ. μενοεικής reichlich

ἁρπαλέον gierig gesucht

ἀλφάνειν einbringen, erwerben

πρίασθαι kaufen } nur von Sklaven
περᾶν in die Fremde verkaufen }

ἐμπολᾶσθαι für sich einkaufen

οἰνίζεσθαι Wein einhandeln

Zahlen. — Geld. — Gewicht. — Maaß.

ὁ ἀριθμός die Zahl

ἀριθμεῖν zählen

λέγειν, ἐν, μετά c. dat. dazuzählen

πεμπάζεσθαι zu je 5 abzählen, an den Fingern abzählen

Das Geld ersetzen außer Erz, Rinderhäuten, Sklaven (*Il.* 7. 472) besond. Rinder, daher die Werthbezeichnungen:

ἑκατόμβοιος } 100 } Rinder werth
ἐννεάβοιος } 9 }

τὰ ἐεικοσίβοια der Werth von 20 Rindern

τὸ τάλαντον 1) die Wagschale, 2) das Talent, ein unbestimmtes Gewicht

τὸ ἡμιτάλαντον das halbe Talent

ὁ σταθμός das Gewicht in der Wagschale *Il.* 12. 434

τὸ μέτρον das Maaß für Flüssigkeiten

6 in einem Kreter *Il.* 23. 741

22 in einem τρίπους *Il.* 23. 264

ἡ χοῖνιξ, ικος ein Getreidemaaß, nur in der Redensart:

ἅπτεσθαι χοίνικός τινος Jemandes Brot essen

τὸ δῶρον die Handbreite, Palme *Il.* 4. 109

ἡ ὄργυια die Klafter

ὁ πυγών die Elle (nur in πυγούσιος eine Elle lang)

ὁ πῆχυς die Elle (nur in adj. wie ἑνδεκάπηχυς)

τὸ πέλεθρον (sp. πλέθρον) der Morgen

ἡ γύη der Morgen, Acker (nur in d. adj. τετράγυος, πεντηκοντόγυος)

Ungenaue Bezeichnungen für Entfernungen sind:

τὸ οὖρον das Gewende, ca. 40 Schritt

ἐπίουρα } ἡμιόνων das Gewende
οὖρα } der Maulthiere

δουρὸς ἐρωή } ein Speerwurf
δουρηνεκές }

δίσκου οὖρα ein Diskoswurf der Wurf des Hirtenstabes καλαῦροψ, die Hörweite der Stimme eines Rufenden ὅσσον τε γέγωνε βοήσας cf. *Il.* 10. 357. 15. 358; 21. 251; 23. 431, 529; *Il.* 23. 845. *Il.* 10. 351 — O. 8. 124. — Od. 6. 294; 9. 473

9. Weben und Spinnen.

(cf. *Il.* 23. 762. *Il.* 3. 387.)

τὸ λίνον 1) der Faden, 2) die Leinwand

ἡ ὀθόνη die feine Leinwand

τὸ εἶριον } die Wolle
τὸ εἶρος }

ἰοδνεφές dunkelfarbig

*ἡ γρηῦς εἰροκόμος die Wollespinnerin

*ἡ χερνῆτις γυνή die Spinnerin (?)

τὸ νῆμα das Gespinnst, das Garn

ἀσκητόν fein gesponnen

ὁ τάλαρος das Spinnkörbchen

ἡ ἠλακάτη die Spindel

χρυσέη O. 4. 131

τὰ ἠλάκατα die Wolle oder die Fäden auf der Spindel

λεπτά fein

ὁ ἱστός 1) der Webstuhl (λίθεος O. 13. 107), 2) der (senkrechte) Aufzug, 3) das Gewebe

ἀγλαός- περιμήκης- μέγας- λεπτός

*ὁ μίτος der Faden des Aufzugs, der Aufzug, die Kette, stamen (A.: der Einschlag)

*τὸ πηνίον der auf die Spule gezogene Faden des Einschlags

ὁ κανών, όνος das Weberschiffchen

ἡ κερκίς, ίδος der Weberstab zum Festschlagen der Fäden, die Stelle der Weberlade vertretend

χρυσείη O. 5. 62

αἱ ὀθόναι das Linnen, die Leinwand auf dem Webstuhl

*καιρόσεαι dicht gewebt, dicht gekettet (?) O. 7. 107 al. καιρόεσσαι

ἀργενναί glänzend weiß

λεπταί fein

τὸ λίνον die Leinwand, das Linnen

τὸ ὕφασμα das Gewebe

τὸ θρόνον die (gestickte) Blume

ποικίλα bunt

τὸ ποίκιλμα die Stickerei

*νήσασθαι (sp. νήθειν) spinnen

ἀσκεῖν ἔρια die Wolle zurichten

στρωφᾶν ἠλάκατα die Spindel drehen

ἱστὸν στήσασθαι den Webstuhl aufstellen

ἱστὸν ἐποίχεσθαι um den Webstuhl herumgehen, weben

ὑφαίνειν weben

ἐξέλκειν πηνία die Einschlagsfäden durch den Aufzug ziehen

ἐμπάσσειν hineinwirken, —weben

Cap. XX.

Die Landwirthschaft.

(Acker- und Gartenbau und Viehzucht.)

(cf. die Gleichnisse *Il.* 2. 147; 5. 499; 11. 67; 12. 421; 17. 58; 20. 495; 21. 257; 23. 597. Od. 5. 488.)

1. Ackerbau.

(*Il.* 18. 541—60.)

*ὁ ἄροτος das Pflügen, der Ackerbau

*ὁ ἀγρότης | ὁ ἀγροιώτης | ὁ ἐπάρουρος ἀνήρ — der Landmann

ἀγροιῶται νήπιοι ἐφημέρια φρονέοντες nur an das Heute denkend O. 21. 85.

ὁ κλῆρος das Erbgut

τὸ τέμενος das Krongut

βαθυλήιον mit weiten Saatfeldern

ἔξοχον ἄλλων, καλὸν φυταλιῆς καὶ ἀρούρης πυροφόροιο.

μέγα- πατρώιον- πεντηκοντόγυιον *Il.* 9. 578

ὁ ἀγρός 1) der Acker, das Feld, 2) das Landgut

καλός- περικαλλής- τετυγμένος zubereitet

πολυδένδρεος baumreich

πίων fett

τὸ ἔργον die Feldarbeit

τὰ ἔργα die bestellten Felder

ἡ ἄρουρα das Ackerland, Feld

ἐρίβωλος starkschollig

πυροφόρος weizentragend

πίειρα fett

ἡ ἄροσις das Pflugland, der Acker

λείη glatt, eben

ψιλή kahl, unbepflanzt.

ἡ νειός das Brachfeld

μαλακή weich

τρίπολος dreimal gewendet, gestürzt

βαθεῖα weit, geräumig

ὁ ἀροτήρ der Pflüger

τὸ ἄροτρον der Pflug

πηκτόν (fest) gefügt

τὸ ζεῦγος das Zuggespann

τὸ οὖρον das Gewende

τὸ τέλσον die Gränzmark, die Mark d. i. der abgegränzte Acker

ὁ ὄγμος | ἡ ὦλξ nur im Acc. ὦλκα, b. att. Dichtern ἡ ἄλοξ, οκος — die Furche

ὁ βῶλος die Scholle

τὸ πέλεθρον | ἡ γύη — der Morgen Landes

τὸ σπέρμα die Saat (bei Hom. jedoch nur in σπ. πυρός = Funken)

τὸ λήιον das Saatfeld

βαθύ weit

ἡ ἀλωή bestelltes Land, Saatfeld

τεθαλυῖα | ἐριθηλής — üppig

πολύκαρπος fruchtreich

*ὁ στάχυς, υος / *ὁ ἄσταχυς — die Aehre
ἡ καλάμη der Halm, die Stoppel
ὁ καρπός / Δημήτερος ἀκτή — die Feldfrucht
*ὁ ἄμητος das Mähen, die Ernte
ὁ ἀμητήρ, ῆρος der Schnitter
*ἡ δρεπάνη die Sichel
ὀξεῖα scharf
*τὸ δρέπανον die Sichel
εὐκαμπές wohl gebogen
τὸ δράγμα das abgeschnittene Aehrenbündel (eig. eine Hand voll)
ὁ ὄγμος das Schwad
*ὁ ἀμαλλοδετήρ der Garbenbinder (ἄμαλλα)
*ὁ ἐλλεδανός das Strohseil, Band
ὁ ἔριθος der (zur Ernte angenommene) Tagelöhner
ἡ ἀλωή die Dreschtenne
ἐυκτιμένη wohl gegründet
ἱερή heilig
ἡ ἄχνη / τὰ ἦια — die Spreu

ἡ. καρφαλέα dürr, trocken
*ἡ ἀχυρμιή / *ὁ θημὼν ἠίων — der Spreuhaufen
ὁ ἀθηρηλοιγός / *τὸ πτύον — die Wurfschaufel
ἡ κόπρος der Dünger
ἡ τάφρος / ἡ κάπετος / ὁ ὀχετός (nur in ὀχετηγός) — der Graben
*ἡ ἀμάρη die Rinne, der Canal
*ὁ ὀχετηγός ἀνήρ der Canalgräber
*ἐθείρειν (ἀλωήν) colere, bestellen
ἀροῦν pflügen
κοπρίζειν düngen
*ἀλδήσκειν wachsen (von der Saat)
ἀμᾶν mähen
*δραγμεύειν die Aehren zu Garben einsammeln
τρίβειν austreten, dreschen
*λικμᾶν worfeln

Die einzelnen Getreidearten s. ob. Cap. V.

2. Gartenbau. — Baumzucht.

(Od. 5. 63; 7. 112; 24. 226. Il. 18. 561.)

ὁ κῆπος der Garten
πολυδένδρεος baumreich
ὁ ὄρχατος der Baumgarten
τετράγυος vier Morgen groß
ἡ φυταλιή die Pflanzung, Baum- oder Weingarten
ἡ ἀλωή der Fruchtgarten
οἰνόπεδος ἀ. / τὸ οἰνόπεδον — der Weingarten
ὁ ὄρχος die Baumreihe, das Spalier

*διατρύγιος zu verschiedenen Zeiten Früchte tragend (?)
τὸ ἕρκος (ἀλωῆς) der Zaun aus
αἱμασιά Dornstrauch
*ἡ χάμαξ, ακος der Weinpfahl
*τὸ θειλόπεδον der Trockenplatz im Weingarten
ἡ ἄμπελος der Weinstock
ἡ σταφυλή / *ὁ βότρυς, υος — die Traube
μέλας schwarz

*ἡ ὄμφαξ, ακος die unreife Traube, der Herling
ἡ πρασιή das Beet (A.: der Wiesengrund)
τὸ ἔρνος der Schößling, das Reis
ὁ βόθρος die Grube
*ἡ μάκελλα die Hacke
*τὸ λίστρον das Schürfeisen, der Spaten

φυτεύειν pflanzen
*λιστρεύειν } umgraben, umhacken
*ἀμφιλαχαίνειν }
πέσσειν reifen (v. d. Sonne)
τρυγᾶν einernten, bes. v. d. Weinlese
τραπεῖν keltern

Die Obstbäume, Blumen u. a. Gartengewächse s. ob. Cap. V.

3. Viehzucht.

(O. 9. 216 ff.)

ὁ νομεύς } der Hirt
ὁ βοτήρ, ῆρος } (επιϐ. n. A.
ὁ βώτωρ, ορος } der Unterhirt
ὁ ἐπιβώτωρ } Hirtenknabe)

ὁ ποιμήν, ένος }
ὁ ἐπιποιμήν } der Schäfer
*ὁ μηλοβοτήρ }

ποιμ. ἄγραυλος auf dem Felde übernachtend

ὁ βουκόλος } der Rinderhirt
ὁ ἐπιβουκόλος }
ὁ αἰπόλος der Ziegenhirt
ὁ συβώτης }
ὁ συφορβός } der Schweinehirt
ὁ ὑφορβός }
*ὁ σηκοκόρος der Stallkehrer, Stallknecht
*ἡ πρόβασις der Besitz an Vieh
τὰ πρόβατα die Viehheerde
τὰ βοτά das Weidevieh
*ἡ ποίμνη die weidende Schafheerde
ἡ ἀγέλη die Heerde Großvieh, armenta
τὸ πῶυ, εος die Schafheerde

τὰ μῆλα grex, das Kleinvieh
τὸ αἰπόλιον die Ziegenheerde
τὸ συβόσιον die Schweineheerde
ἡ αὐλή der Hof, Viehhof
ὁ μέσαυλος } das Gehöft
τὸ μέσαυλον }
ὁ σταθμός der Stand, Stall, Viehhof

οἰοπόλος einsam, abgelegen
ποιμνήιος für die Heerde (Schafstall)

ὁ ἔπαυλος die Hürde
ὁ σηκός saepes, die Hürde, der Stall
ὁ συφεός der Schweinestall
ὁ χόρτος } das Gehege, der Zaun
τὸ ἕρκος }
ὁ σκόλοψ der Pfahl
ἡ φάτνη die Krippe

ἐυξέστῃ· ἱππείῃ

ἡ κάπη die Krippe voll Futter

ἀμβρόσιαι Il. 8. 434
ἵππειαι

*ἡ πύελος der Freßtrog
ὁ νομός die Weide
τὸ ἦθος sedes, die (gewohnte) Weide

ὁ ἀρδμός der Tränkplatz

*τὸ φρεῖαρ (att. φρέαρ) der Brunnen

ἡ βόσις, ἡ βοτάνη, ἡ φορβή } das Futter, die Weide

τὸ εἶδαρ, ατος, ἡ ἐδωδή } das Fressen, Futter

ἡ ποία (att. πόα) das Gras, die Weide

*ἡ καλαῦροψ, οπος der Wurfstab des Hirten (Klingelstock)

*ἡ βουπλήξ, πλῆγος der Ochsenziemer (oder Ochsenstachel, stimulus)

*ἡ πέδη die Fußfessel (Koppel) der weidenden Pferde

τὸ γάλα, ακτος, τὸ γλάγος } die Milch

*ἡ πέλλα der Melkeimer

*περιγλαγής voll Milch

*ὁ γαυλός, τὸ ἄγγος, *ἡ σκαφίς, ίδος } der Melkeimer, die Butte

ὁ ὀρός die Molken

ὁ τυρός der Käse

ὁ τάλαρος der Käsekorb

πλεκτός geflochten

ὁ ταρσός die Darre

ἀμέλγειν melken

ἀμολγός die Melkzeit s. o. Cap. I. a. E.

τρέφειν γάλα die Milch gerinnen lassen

ἀμᾶσθαι die geronnene Milch (in Körbe) fassen, raffen

τὸ στέαρ, ατος der Talg

τὸ δέρμα die abgezogene Haut

τὸ σκῦτος die zubereitete Haut, das Leder

ἡ ῥινός, τὸ ῥινόν } die Haut, bes. Rindshaut

ἡ βοέη sc. δορά die Rindshaut

τὸ κῶας, εος das Schaffell

ἡ νάκη das Vließ

*ὁ πόκος die abgeschorene Wolle

τὸ εἴριον, τὸ εἶρος } die Wolle

*ὁ πῖλος der Filz

βόσκειν, νέμειν, νομεύειν, ποιμαίνειν } hüten, weiden, pascere

βουκολεῖν die Rinder hüten

βόσκεσθαι, νέμεσθαι, ποιμαίνεσθαι, βουκολεῖσθαι } weiden, pasci (auch von Pferden Il. 20. 221)

ἐξελᾶν austreiben

εἰςελᾶν eintreiben

Cap. XXI.

Jagd und Krieg.

1. Jagd.

(O. 19. 429ff. *Il.* 17. 657; 11. 548. 413; *Il.* 15. 586; 17. 109. 281. O. 10. 180; 9. 155. *Il.* 4. 105.)

Ἡ θήρη die Jagd, die Jagdbeute
ἡ ἄγρη der Fang (in Masse), die Beute
ὁ θηρητήρ, ῆρος
*ὁ θηρήτωρ, ορος
ὁ θηρευτής
ὁ κυνηγέτης } der Jäger
ὁ ἐπακτήρ, ῆρος der Treiber
ὁ θηρευτὴς κύων der Jagdhund
(Ἄργος d. i. Hurtig heißt des Odysseus Jagdhund O. 17. 292)
ὁ ἄκων, οντος
ἡ αἰγανέη } der Jagdspieß
(τὸ νέφος das Jagdnetz, Garn Od. 22. 304 nch einigen Erklärern)
τὸ ἕρκος das Garn des Vogelfängers Od. 22. 469

τὸ κνώδαλον
τὸ θηρίον } das Wild (s. Cap. VI)
*ἡ λόχμη
*ἡ θαλάμη } das Wildlager
ἡ ξύλοχος das Dickicht
ὁ κευθμός und
ὁ κευθμών, ῶνος } das Versteck
*τὸ ἴχνος
τὸ ἴχνιον } die Fährte
*ἡ προδοκή die Lauer, der Anstand

εἰς θήρην ἰέναι auf die Jagd gehen
θηρεύειν jagen
ἐρευνᾶν aufspüren
ἐπισσεύειν anhetzen
δίεσθαι verfolgen
ἐπαΐσσειν daraufstürzen
ἀπάγχειν würgen
οὐτᾶν verwunden

2. Der Krieg.

ὁ πόλεμος
u. πτόλεμος } das Kampfgetümmel, der Kampf, selten der Krieg

θρασύς kühn
ἄγριος wild
πολυᾶϊξ, ικος stürmisch
δήιος feindselig
αἰνός furchtbar
ἀργαλέος schwer
ὁμοίιος gemeinschaftlich
ἀλίαστος hartnäckig
δυσηχής schrecklich tosend
δυσηλεγής hartbettend (A.: schmerzenreich)
ὀλοός verderblich
ὀκρυόεις schauerlich
ὀιζυρός jammervoll
δακρυόεις
πολύδακρυς } thränenreich

λευγαλέος Trauer bringend
στυγερός verhaßt, entsetzlich
πευκεδανός bitter
αἱματόεις blutig
φθισήνωρ Männer vernichtend

ἡ μάχη der Kampf ganzer Heere, die Schlacht
κυδιάνειρα Männer ehrend
δριμεῖα heftig
καυστειρή heiß
ἀλεγεινή Schmerz bringend
φθισίμβροτος Menschen vertilgend
πολυδάκρυτος- ἀλίαστος- δακρυόεσσα s. oben

ἡ φύλοπις, ιδος die Völkerschlacht
κρατερή gewaltig
αἰνή- ἀργαλέη

ἡ ὑσμίνη die Feldschlacht
σταδίη stehend, hartnäckig
κρατερή- ἀργαλέη- πολύδακρυς

ἡ αὐτοσταδίη, ἡ σταδίη } pugna stataria, der hartnäckige Kampf zwischen Schwerbewaffneten

ἡ δηιοτής, ῆτος die Fehde, Befehdung, der erbitterte Kampf
αἰνή furchtbar

ἡ δαΐς nur im Dat. δαΐ die blutige Schlacht, das Gemetzel
λυγρή, λευγαλέη } Trauer bringend

ἡ χάρμη der Kampf als ritterliche Waffenübung, der Waffentanz (an 1 St. die Kampflust)

ὁ Ἄρης, εος der mörderische Kampf
ξυνός gemeinsam
ἀλεγεινός- στυγερός- πολύδακρυς

τὸ νεῖκος, ἡ δῆρις, ιος, ἡ ἔρις, ιδος } der Streit, Kampf
ἔρις κακομήχανος Unheil anrichtend

πολύστονος viele Seufzer erregend
αἰνή- ἀργαλέη- βαρεῖα- κρατερή

τὸ ἔργον, ὁ πόνος } die Arbeit, aber oft vorzugsweise die des Kriegers, der Kampf

ὁ ὅμιλος, ὁ μῶλος, ὁ οὐλαμός } das Gedränge, der Kampf
ὅμ. ἀίδηλος vernichtend
μῶλ. ἄγριος wild

ὁ φλοῖσβος das Gewoge (des Kampfes)

ὁ κυδοιμός, ὁ μόθος, ὁ κλόνος } das Getümmel, Kampfgewühl
κυδ. ἄσπετος unsäglich
κυδ. κακός- κλόνος κακός

ὁ ὅμαδος, ὁ ὀρυμαγδός } der Lärm, das Kampfgetöse
ὅμ. θεσπέσιος gewaltig
ἀλίαστος s. ob.
ὀρ. ἀζηχής unaufhörlich (A.: durchdringend)
σιδήρειος eisenklirrend

ἡ ἀυτή, ἡ βοή, ἡ ἐνοπή } das Schlachtgeschrei, der Kampf
ἀ. ὀξεῖα hitzig
στονόεσσα- δεινή
β. ἄσβεστος unauslöschlich
θεσπεσίη.

ὁ φόνος, ἡ ἀνδροκτασίη } das Gemetzel, caedes

ὁ φόβος 1) die Flucht, 2) die Furcht
κρυερός, κρυόεις } eisig, erstarrend
*δυσκέλαδος unheilvoll lärmend
ἀργαλέος- ὀλοός- θεσπέσιος

ἡ φύζα
ἡ φυγή
ἡ φύξις } die feige Flucht

φύζα θεσπεσίη, φόβου κρυόεντος ἑταίρη

κακή
ἄναλκις, ιδος } feig

τὸ κράτος die Uebermacht, der Sieg

ἡ νίκη der Sieg

ἑτεραλκής entschieden

ἡ καμμονίη der durch Beharrlichkeit errungene Sieg

ἡ ἰωκή (acc. ἰῶκα)
ὁ ἰωχμός } die Verfolgung

ὀκρυόεσσα s. ob.

ἡ παλίωξις, ιος das Zurückschlagen

ἡ νεκάς, άδος der Leichenhaufe

ὁ λόχος der Hinterhalt

ὁ στρατός das Lager, das Heer

ἱερός heilig (A.: rüstig)
εὐρύς- πουλύς

ἡ φάλαγξ, αγγος die Schlachtreihe, der Heerhaufen

κυάνεαι schwarz, dunkel
πυκιναί dicht -κρατεραί

αἱ στίχες die Reihen der Kämpfer

οὐκ ἀλαπαδναί unbezwinglich
πυκιναί- κρατεραί

αἱ γέφυραι πολέμοιο die Durchlässe zwischen den einzelnen Heerhaufen (oder der Raum zwischen den feindlichen Heeren)

τὸ φῦλον die Völkerschaft

ἡ φρήτρη die Sippschaft

ἡ ἴλη die Abtheilung (turma nur in ἰλαδόν, turmatim)

ὁ πύργος eine viereckig geformte Abtheilung, (Colonne)

τὸ ἔθνος
τὸ τέλος
τὸ νέφος } die Schaar (von Kriegern)

ὁ ἀγός
ὁ ἡγήτωρ
ὁ ἡγεμών
ὁ ἀρχός
ὁ ὄρχαμος
ὁ κοσμήτωρ } der Anführer

οἱ λαοί die Dienstmannen, die Krieger

ὁ πολεμιστής der Kämpfer

ὁ ἥρως der streitbare Mann, der Held

ὁ φώς, φωτός der Mann, bes. der tapfere Mann

ὁ αἰζηός der rüstige Mann

ἀρηίθοοι rüstig im Streite
θαλεροί blühend

οἱ πρόμοι
οἱ πρόμαχοι } die Vorkämpfer

ὁ ἱππεύς
ὁ ἱππότα
ὁ ἱππηλάτα
ὁ ἱπποκέλευθος
ὁ παραιβάτης } der Wagenkämpfer

ὁ ἡνίοχος
ὁ ὑφηνίοχος } der Wagenlenker

ὁ θεράπων
ὁ ὀπάων } der edle Waffengefährte

οἱ πεζοί das Fußvolk

οἱ πρυλέες
οἱ αἰχμηταί
οἱ ἀσπισταί
οἱ ἀσπιδιῶται } die schwerbewaffneten Fußkämpfer

οἱ ἀκοντισταί
οἱ τοξόται } das leichte Fußvolk

οἱ ἐπίκουροι die Hilfsvölker, Bundesgenossen (der Troer)

τηλεκλειτοί weit berühmt
ἀγακλειτοί hoch berühmt
κλειτοί berühmt
πολύκλητοι weit hergerufen
ὑπερμενέες übermächtig

ὁ ἑταῖρος
ὁ ἕταρος } der Freund, Kamerad, commilito

*ὁ ἀλεξητήρ, ῆρος
ὁ ἀμύντωρ, ορος
ὁ ἐπαμύντωρ
ὁ ἐπίκουρος
ὁ ἀοσσητήρ, ῆρος
ὁ ἀρηγών, όνος
ὁ ἀρωγός,
ὁ ἐπαρωγός } der Helfer, Beistand

ὁ ἡ ἐπίρροθος
ἐπιτάρροθος } Helfer, Helferin (nur v. Göttern)

ὁ φύλαξ, ακος
*ὁ φύλακος
ὁ φυλακτήρ, ῆρος } der Wächter

ἡ φυλακή die Wache

ὁ σκοπός
ὁ ἐπίσκοπος
ὁ ὀπτήρ, ῆρος
ὁ διοπτήρ } der Späher, Kundschafter

*ὁ πυρσός das Feuersignal, Fanal (sp. φρυκτωρία)

ἐπήτριμοι dicht nebeneinander, zahlreich

ὁ δήϊος
ὁ δυσμενής } der Feind

δήϊοι θυμοραϊσταί lebenzerstörend

ἡ ληΐς, ίδος die Kriegsbeute
τὰ ἔναρα die Waffenbeute, spolia, exuviae, selten Beute überh.

βροτόεντα blutbedeckt

*τὰ ἀνδράγρια die Waffenbeute

βροτόεντα.

τὸ ἕλωρ der Fang
τὸ κύρμα (der Fund) } die Beute,

nur von Leichen, die die Beute der Hunde u. Vögel werden, (also syn. mit μέλπηθρα Spiel, Spielzeug *Il.* 13. 233; 17. 255; 18. 179)

*τὰ ῥύσια die Beute als Repressalie

ἐλαύνεσθαι ῥ. *Il.* 11. 674 = *βοηλασίη *Il.* 11. 672 Rinderraub

τὰ ζώαγρια
τὰ ἄποινα } das Lösegeld

ἄξια entsprechend, genügend
ἀπερείσια unermeßlich
*νήριτα unzählig (A.: unbestritten)

ὁ κῆρυξ der Herold

*ἡ συνημοσύνη
ἡ ῥήτρη } der Vertrag

ἡ δεξιή eig. der Handschlag, das Versprechen, der Vertrag
τὰ ὅρκια der eidliche Vertrag, das Bündniß (cf. *Il.* III. 264 ff.)

πιστά treu
Διὸς ὅρκια unter dem Schutze des Zeus stehend

αἱ σπονδαί
αἱ συνθεσίαι } der Vertrag, Waffenstillstand

ἡ εἰρήνη der Frieden

πολεμίζειν
μάχεσθαι
μάρνασθαι } kämpfen

δηριάασθαι streiten

βάλλειν aus der Ferne treffen

οὐτᾶν
τύπτειν
πλήσσειν
τρώειν
νύσσειν } aus der Nähe treffen, verwunden

τυχεῖν treffen

ἁμαρτεῖν
ἀφαμαρτεῖν } verfehlen

στυφελίζειν schlagen, stoßen

ἐπαΐσσειν
ἐπορούειν
ὁρμᾶσθαι } heranstürmen

ἀντιβολεῖν zusammentreffen

περονᾶν
τορεῖν } durchbohren

δαΐζειν zerfleischen

δῃοῦν niederhauen, erschlagen

δαμᾶν bezwingen

αἱρεῖν verwunden, erlegen

κτείνειν
κατακτείνειν
ἐναίρειν } tödten

ἐναρίζειν
ἐξεναρίζειν } 1) spoliare, 2) tödten

πεφνεῖν ermorden

θυμὸν ἑλέσθαι, ἀφελ.
ἐξελ. ἀπαυρᾶν
ψυχὴν ἀφελέσθαι,
ἐξελέσθαι
φίλον ἦτορ ἀπαυρᾶν } das Leben rauben

λύειν
ὑπολύειν } γυῖα, μένος, γούνατα } die Glieder, die Kraft lähmen, tödten

δαίμονα δοῦναι den Tod geben

πέμπειν εἰς Ἀΐδαο
Ἄϊδι προϊάπτειν } in den Hades senden

ὀλέκειν vernichten

ἐξανύειν umbringen (conficere)

ἐριπεῖν niedersinken

διώκειν verfolgen

δίεσθαι scheuchen, jagen

φοβεῖν in die Flucht schlagen

φέβεσθαι
φοβεῖσθαι
φεύγειν } fliehen

τρεῖν, trepidare
δίειν } erschrocken fliehen

ἀλέασθαι ausweichen

ἀναχάζεσθαι zurückweichen

ζωγρεῖν gefangen nehmen

ληΐζεσθαι erbeuten

ὅρκια τάμνειν foedus ferire, einen eidlichen Vertrag schließen

ὅρκια τιθέναι einen Vertrag stiften

ὅρκια δηλήσασθαι
πατεῖν
καταπατεῖν
συγχεῦαι
ψεύσασθαι } den Vertrag brechen

Festung. — Belagerung.

τὸ ἄστυ, εος die Burg, Veste

εὐρύχορον geräumig

μέγα- περικλυτόν

τὸ τεῖχος die Mauer

λάϊνον steinern

ἄρρηκτον undurchdringlich

αἰπύ steil

ὑψηλόν hoch

ἐύδμητον wohl gebaut

εὐρύ breit

μέγα groß

τετυγμένον (fest) gebaut

Ἄρειον heißt d. M. v. Theben

τὰ τείχεα moenia

ἱερά· κλυτά· μακρά· ὑψηλά

ὁ ἀγκών, ῶνος der Vorsprung der Mauer, die Bastion (*Il.* 16. 702)

ἡ ἔπαλξις, ιος die Brustwehr

καλή

ὁ πύργος der Thurm

προὔχων hochragend

ὑψηλός· μέγας· ἐύδμητος

αἱ κρόσσαι, τὰ κρήδεμνα } die Zinnen, (ἱερά in Troja)

τὰ ἔχματα, αἱ στῆλαι } die Strebepfeiler

προβλῆτες vorspringend

αἱ πύλαι das Thor

εὖ, πύκα, στιβαρῶς } ἀραρυῖαι fest gefügt

εὖ ποιηταί wohl bereitet

ὑψηλαί· δικλίδες·

αἱ σανίδες die Flügel des Thores

μακραί lang

ἐύξεστοι wohl geglättet

ἀραρυῖαι (fest) gefügt

ἐζευγμέναι verschlossen

ὁ σκόλοψ, οπος, ὁ σταυρός } die Pallisade

ἡ τάφρος der Graben

βαθεῖα tief

εὐρεῖα· μεγάλη

ἡ γέφυρα der Damm, Wall(?)

ἐλαύνειν, ὀρύσσειν } τάφρον einen Graben ziehen

καταπηγνύναι σκόλοπας Pallisaden einschlagen

ῥηγνύναι, ῥήγνυσθαι } τεῖχος eine Mauer durchbrechen

ἐρύειν, ἐρείπειν } κρόσσας die Zinnen herabreißen

*μοχλεῖν στήλας die Streben mit Hebeln umstürzen

αἱρεῖν πόλιν eine Stadt erobern

πυργοῦν mit Thürmen befestigen

τειχίζειν ummauern

Cap. XXII.

Tod und Bestattung. — Die Unterwelt.

(cf. *Il.* 23. 1—261. Od. XI. Od. 24. 1—97.)

Ὁ θάνατος der Tod

θυμοραϊστής lebenzerstörend

τανηλεγής lang hinstreckend (A.: sehr schmerzhaft)

δυσηλεγής hartbettend (A.: schmerzenreich)

πορφύρεος dunkel

μέλας schwarz

δυσηχής übelklingend, grauenvoll

λευγαλέος traurig, ruhmlos

στυγερός verhaßt

ὁμοίιος Allen gemeinsam

μαλακός, ἀβληχρός } sanft

ἡ κήρ, κηρός der gewaltsame Tod

μέλαινα· στυγερή· ὀλοή· βαρεῖα· κακή.

ὁ μόρος / ἡ μοῖρα / ὁ πότμος / ὁ οἶτος — das Verhängniß, das Todesloos, der Tod

---

ὁ τάφος 1) die Bestattung, 2) das Leichenmahl

ὁ νέκυς, υος / ὁ νεκρός — der Todte, der Leichnam

ὁ κηδεμών, όνος der Leichenbestatter

τὰ κτέρεα die dem Todten erwiesenen Ehren, justa

τὸ φᾶρος (ταφήιον) / — σπεῖρον — das Leichengewand, Sterbekleid

τὸ λῖτον nur d. λιτί das linnene Leichentuch

*τὸ φέρτρον die Bahre *Il.* 18. 236

ὁ γόος / ὁ θρῆνος — die Klage, Todtenklage

γόος ἀδινός laut
δακρυόεις / πολυδάκρυτος — thränenreich
κρυερός eiskalt, schauerlich
θαλερός heftig ausbrechend
ἱμερόεις sehnsuchtsvoll
ὀϊζυρός jammervoll
ὀλοός unselig
ἄλλαστος unaufhörlich

*ἀοιδοὶ θρήνων ἔξαρχοι Sänger, welche die Klage anstimmen (bei d. Troern *Il.* 24. 721)

ἡ πυρή / ἡ πυρκαϊή — der Scheiterhaufen

ὁ ἀμφιφορεύς der zweihenkelige Aschenkrug

*ἡ σορός die Urne

ἡ φιάλη die Schale (zur vorläufigen Aufnahme der Asche des Patroklos *Il.* 23. 243. 253)

ἡ λάρναξ, ακος die Urne, eig. Truhe (mit Hektor's Gebeinen) *Il.* 24. 795

*τὸ ἠρίον der Erdhügel, das Grab

ἡ κοίλη κάπετος die Gruft (des Hektor) *Il.* 24. 797

ὁ τύμβος der Grabhügel

*ἀνδρόκμητος von Männern mühevoll errichtet
μέγας- εὐρύς- ὑψηλός

ἡ στήλη die Grabsäule

θνήσκειν / ἀποθνήσκειν — sterben

θυμὸν ἀποπνείειν / θ. ἀίσθειν — den Geist aushauchen

θυμὸν / ἦτορ / ψυχὴν — ὀλέσαι das Leben verlieren, sterben

αἰῶνος ἀμέρδεσθαι des Lebens beraubt werden

δῦναι γαῖαν / — δόμον Ἄιδος εἴσω / — εἰς Ἀίδαο / ἰέναι, ἐλθεῖν, ἱκέσθαι εἰς Ἀίδαο od. Ἀίδεω — unter die Erde, in den Hades wandern

---

κτέρεα κτερεΐζειν dem Todten die letzten Ehren erweisen, parentare

καθελεῖν ὄσσε / — ὀφθαλμούς — die Augen zudrücken

συνερείδειν στόμα den Mund zuschließen

περιστέλλειν νεκρόν den Todten besorgen, einkleiden

λούειν, ἀπονίζειν } νεκρόν den Todten waschen

ἀλείφειν den Todten salben

λιτὶ καλύπτειν in das Leichentuch hüllen

ἐν λεχέεσσι θεῖναι auf das Todtenbett legen

κόμην κείρεσθαι, χαίτην ἀποκείρεσθαι } sich das Haar abscheeren

κόμην αἰσχύνειν, δαΐζειν } sich das Haar ausraufen

κόνιν χεῖσθαι κατὰ κεφαλῆς Staub auf das Haupt streuen

ἐν κονίῃσι κεῖσθαι im Staube liegen

*ἀμφιδρυφής auf beiden Seiten (Wangen) zerfleischt *Il.* 2. 700

ἐξάρχειν γόοιο die Todtenklage anheben

μύρεσθαι, ὀδύρεσθαι, γοᾶν, οἰμώζειν } jammern, klagen

κλαίειν, κωκύειν, στενάχειν } klagen, schluchzen, stöhnen, auch transit.: beklagen

πυρὶ διδόναι, καίειν, κατακαίειν } τὸν νεκρόν, τὰ ὀστέα den Todten, die Gebeine verbrennen

ῥώεσθαι περὶ τὴν πυρήν } um den Scheiterhaufen ziehen

σβεννύναι τὴν πυρήν den Scheiterhaufen auslöschen

λέγειν, ἀναλέγειν } τὰ ὀστέα die Gebeine sammeln

θάπτειν die Asche begraben

τύμβον, χυτὴν γαῖαν, σῆμα } χέειν einen Grabhügel aufschütten

Die Unterwelt.

(cf. Od. X. 508 ff. XI. 13 ff. XXIV. 1—204.)

Ἄιδος, Ἀΐδαο } δόμος, δόμοι das Haus des Hades

ὑπὸ κεύθεσι γαίης in den Tiefen der Erde

ἡ ἐρεμνὴ γαῖα das finstere Land

τὸ ἔρεβος das finstere Todesthal

ὁ ζόφος das dunkle Schattenreich

ἠερόεις nebelig

ὁ Τάρταρος der Titanenkerker unter dem Hades, mit eisernen Thoren u. eherner Schwelle *Il.* 8. 13

ἠερόεις, βαθύς geräumig

ὁ Ἀχέρων, ὁ Πυριφλεγέθων, ὁ Κώκυτος, ἡ Στύξ, Στυγός } die Flüsse in der Unterwelt

κύων Ἀΐδαο der Hund des Hades

ὁ ἀσφοδελὸς λειμών die Asphodillwiese, der Aufenthaltsort der gestorbenen Helden

οἱ ἔνεροι inferi, die Unterirdischen, sowohl Götter, als Schatten

αἱ νέκυες, οἱ νεκροί } die Todten

ἀφραδέες bewußtlos

κατατεθνηῶτες die verstorbenen

νεκύων ἀμένηνα κάρηνα die ohnmächtigen Häupter der Todten

οἱ καμόντες die Müden, die Todten

τὰ εἴδωλα die Schattenbilder der Todten

ἡ ψυχή die vom Körper geschiedene Seele, der Geist

ἡ σκιή der Schatten, Schemen

ἡ χοή die Todtenspende zur Citation der Todten, bestehend aus Honig, Milch, Wein, Wasser u. Mehl (cf. Od. XI. 23 ff.)

Τὸ Ἠλύσιον πεδίον „das Gefilde der Hinkunft" am Westrande der Erde, der Aufenthaltsort der dem Tode entrückten Lieblinge der Götter, wie des Menelaos. Schilderung dess. O. 4. 563 ff.

Unbekannt sind Homer: Charon, Lethe, die Todtenrichter und der Name des Kerberos; von den Strafe erleidenden Frevlern nennt er nur Tityos, Tantalos und Sisyphos, nicht Ixion und die Danaïden; die Erinyen erwähnt er als strafende Gottheiten ὑπὸ γαῖαν Il. 19. 259 cf. Od. 20. 78; die Γοργείη κεφαλή als Schreckgestalt Od. 11. 634.

Zweiter Abschnitt.

Mythologie.

Cap. XXIII.

Die Heroen.

Ὁ ἥρως der Held; (die spätere Bedeutung Halbgott ist Homer fremd; nur *Il.* 12. 23 werden die Kämpfer vor Troja ἡμιθέων γένος ἀνδρῶν genannt)

Häufiger wiederkehrende Epitheta der Helden sind:

ὄρχαμος ἀνδρῶν / — — λαῶν } Herrscher der Mannen
ποιμὴν λαῶν der Hirt der Mannen
ἀγαυός stattlich
ἀγαθός trefflich
ἄλκιμος stark
ἀγακλυτός hoch gepriesen
αἰδοῖος ehrenwerth
ἀμύμων untadelig
ἀντίθεος gottähnlich
ἀρήιος streitbar
ἀρηίφιλος von Ares geliebt
ἶσος Ἄρηι dem Ares gleich
Ἄρεος θεράπων der Diener des A.
ἆτος πολέμοιο unersättlich im Kampfe
ἀγακλεής hochberühmt
δαΐφρων erprobt, bewährt, erfahren
δῖος edel
Διὶ φίλος von Zeus geliebt
διογενής von Zeus entsprossen
διοτρεφής von Zeus gehegt
δουρικλειτός / δουρικλυτός } speerberühmt
δαίμονι ἶσος einem Dämon gleich
ἐύς (g. ἐῆος) u. ἠύς gut, brav
ἐσθλός wacker, trefflich
θρασύς kühn
θεῖος göttlich
θεοειδής / θεοείκελος / θεοῖς ἐπιείκελος / θεοῖς ἐναλίγκιος / ἰσόθεος (nur mit φώς) } gottähnlich
ἴφθιμος kräftig, stark
ἱππόδαμος Rosse bändigend
καρτερός u. κρατ. stark
καρτερόθυμος muthig
κυδάλιμος ruhmvoll
κλυτός berühmt
μεγάθυμος hochgesinnt, muthvoll
μεγαλήτωρ hochherzig, muthig
μέγας groß
μήστωρ ἀυτῆς Erreger des Schlachtrufes
μ. φόβοιο Erreger der Flucht
ὄβριμος gewaltig
πελώριος riesig
σχέτλιος verwegen, rücksichtslos
ταχύς schnell
τηλεκλειτός weit berühmt
ὑπέρθυμος hochherzig, überaus muthig
φαίδιμος glänzend

Die bedeutendsten Helden der Ilias und Odyssee mit den den Einzelnen ausschließlich oder vorzugsweise beigelegten Epithetis:

I. Die Helden der Ilias.

A. Achäische Helden.

1) Ἀχιλλεύς, Sohn des Peleus und der Thetis, Anführer der Myrmidonen. Er heißt:

- Αἰακίδης von s. Großvater
- Πηλείδης, Πηληιάδης, Πηλείων nach seinem Vater
- ποδάρκης, ποδώκης, πόδας ὠκύς } schnellfüßig
- ῥηξήνωρ Männerreihen durchbrechend
- πτολίπορθος Städtezerstörer
- *αἰναρέτης zum Entsetzen (oder zum Unheil) tapfer
- θυμολέων löwenmuthig
- ἔξοχος ἡρώων hervorragend unter den H.
- μάχης ἀκόρητος, ἆτος πολέμοιο } unersättlich im Kampfe
- ὠκύμορος schnell dahinsterbend
- ἶσος Ἐνυαλίῳ

Von seiner Erziehung durch Thetis spricht der Dichter *Il.* 18. 436; von Cheiron *Il.* 11. 831; von Phoinix *Il.* 9. 438 ff.; von Patroklos als seinem Jugendgespielen *Il.* 23. 84 ff.; von dem ihm bestimmten frühen Tode *Il.* 9. 410 (aber nicht von seiner Unverwundbarkeit); er erw. seine Abholung aus dem Hause des Vaters durch Nestor u. Odysseus *Il.* 11. 765 ff.; kennt also nicht die Sage von seiner Verkleidung auf Skyros. Seine Erlegung durch Paris und Apoll wird erw. *Il.* 19. 417; 22. 359; 5. 310; die ihm zu Ehren von Thetis veranstalteten Leichenspiele Od. 24. 36—94; sein Zusammentreffen mit Odysseus im Hades Od. 11. 470 ff.

Sein Sohn Νεοπτόλεμος heißt

φαίδιμος, ἀγανός, φίλος, θεοειδής υἱὸς Ἀχιλλῆος.

Er wurde in Skyros erzogen (*Il.* 19. 326 ff.), nahm Theil an dem Kriege, aus dem er unversehrt in die Heimath zurückkehrte (Od. 11. 506—37; 3. 188), wo er sich mit Hermione, der Tochter des Menelaos, vermählte, (Od. 4. 3 ff.)

2) Ὀδυσσεύς, Sohn des Laertes und der Antikleia, König des Kephallenen-Reiches, Λαερτιάδης

- πολύμητις klug, reich an Rath
- πολυμήχανος erfindungsreich
- ποικιλομήτης verschlagen
- πολύτροπος viel gewandt (A.: viel gewandert)
- πολύτλας der Vieles erduldet, der Dulder
- τλήμων, ταλασίφρων } standhaft
- κερδαλεόφρων listig
- πολύφρων verständig
- δόλων ἆτος ἠδὲ πόνοιο unerschöpflich in Listen u. Anstrengung

εἰδὼς παντοίους τε δόλους καὶ μήδεα πυκνά.
κρατερόφρων unerschrocken
πτολίπορθος Städtezerstörer
πολύαινος viel gepriesen
ἐπητής menschenfreundlich | nennt
ἀγχίνοος schnellfassend | ihn
ἐχέφρων verständig | Athene
κεδνὸς ἄναξ ein sorgsamer Herr
ἐπίστροφος ἀνθρώπων umgänglich
δύσμορος
δύστηνος
ἄποτμος
κάμμορος } unglücklich
ὀιζυρός beklagenswerth

Von seiner Geburt und der Ertheilung des Namens Odysseus spricht der Dichter O. 19. 399; von seinem Besuche bei dem Großvater Autolykos und der Jagd auf dem Parnaß O. 19. 413—66; von seiner Sendung nach Messene und dem Zusammentreffen mit Iphitos O. 21. 13—41; von seiner Reise nach Ephyra und Taphos, um Gift zu holen O. 1. 259 ff.; von seiner Sendung nach Troja in Begleitung des Menelaos vor Ausbruch des Krieges *Il.* 3. 205 ff.; von seinem Ringkampf mit Philomeleides, König von Lesbos, auf der Fahrt nach Troja O. 4. 342; von seinem Spähergange nach Ilios O. 4. 242; von seinem Siege über Ajax in dem Streite über Achill's Waffen O. 11. 545; von seiner Theilnahme an der Eroberung Troja's durch das hölzerne Roß O. 11. 523; 8. 492 ff. 4. 280 ff. 8. 517 ff.

3) **Ἀγαμέμνων, Sohn des Atreus, König von Mykene**

Ἀτρείδης — Ἀτρείων
ἄναξ ἀνδρῶν der Herrscher der Männer (51 mal, 46 mal von Agam.)
εὐρὺ κρείων weit herrschend
κύδιστος ruhmvoll
βασιλεὺς ἀγαθὸς κρατερός τ' αἰχμητής
*βασιλεύτατος *Il.* 9. 69 der mächtigste König
*μοιρηγενής Glückskind | nennt ihn
*ὀλβιοδαίμων gottgesegnet | Priamos

Seine Ermordung durch Aegisthos wird erzählt O. 11. 405—30; 529—37; 24. 97; Orest's Rache O. 1. 30. 40; 298 ff.; 3. 306; 4. 546

S. Sohn Ὀρέστης wird erw. *Il.* 9. 142; 3. 306. Od. 1. 30. 40. 298; 4. 546

Ἀγαμεμνονίδης — τηλεκλυτός- δῖος

4) **Μενέλαος, Sohn des Atreus, König von Lakedämon**

Ἀτρείδης — είων
ξανθός
κάρη ξανθός } blond
βοὴν ἀγαθός der Rufer im Streit
als οὐ πολύμυθος (wortreich), οὐδ' ἀφαμαρτοεπής (verkehrt redend) bezeichnet ihn der Troer Antenor *Il.* 3. 214

Seine Irrfahrten und Abenteuer nach Beendigung des Krieges erzählt er selbst dem Telemach Od. 3. u. 4. B. — Verheißung des Elysiums durch Proteus O. 4. 561 ff.

Ein Sohn des Menelaos (von einer Sklavin) Nam. Μεγαπένθης (d. i. Schmerzenreich) wird erw. Od. 4. 11; 15. 100

5) **Νέστωρ, Sohn des Neleus und der Chloris, König von Pylos**

Νηληιάδης
Γερήνιος aus Gerenia (A.: alters- [illegible])
ἱππότα
ἱππηλάτα } der Reisige

γεραιός der greise
γέρων πολεμιστής der greise Streiter
λιγὺς Πυλίων ἀγορητής der hellstimmige Sprecher d. P.
**ἡδυεπής* lieblich redend cf. *Il.* 1. 248. 49 (*τοῦ καὶ ἀπὸ γλώσσης μέλιτος γλυκίων ῥέεν αὐδή*)
πεπνυμένος verständig
Πυλοιγενὴς βασιλεύς in Pylos geboren
ἀνὴρ παλαιά τε πολλά τε εἰδώς
πάλαι πολέμων εὖ εἰδώς

6) *Αἴας*, Sohn des Telamon, Führer der Salaminier

Τελαμώνιος, Τελαμωνιάδης
ἕρκος Ἀχαιῶν der Hort der A.
ἔξοχος Ἀργείων (hervorragend) *κεφαλὴν ἠδ' εὐρέας ὤμους*
βοὴν ἀγαθός s. ob.
φέρων σάκος ἠΰτε πύργον, θηρὶ ἐοικώς einem reißenden Thiere gleich
βουγάϊος (der mit seiner Stärke Prahlende) nennt ihn Hektor

Von dem Streite über Achill's Waffen als Veranlassung zu seinem Tode und seiner Begegnung mit Odysseus im Hades spricht der Dichter O. 11. 545 ff.

7) *Αἴας*, der Sohn des Oileus, Führer der Lokrer

Ὀιλιάδης, Ὀιλῆος ταχὺς Αἴας
ὀλίγος μὲν ἔην, λινοθώρηξ (mit linnenem Koller) *ἐγχείῃ δ' ἐκέκαστο Πανέλληνας καὶ Ἀχαιούς*

Von seinem Schiffbruch und Untergang an den Gyräischen Felsen erzählt Homer O. 4. 499 ff.

Beide Ajax heißen:

κορυστά gewappnet
θοῦριν ἐπιειμένω ἀλκήν angethan mit ungestümer Kraft
πολέμου ἀκορήτω

8) *Τεῦκρος*, Bruder des Telamonier Aias

Τελαμώνιος
ἄριστος Ἀχαιῶν τοξοσύνῃ
τόξων εὖ εἰδώς

9) *Διομήδης*, Sohn des Aetolers Tydeus, König von Argos

μενεπτόλεμος ausharrend im Streite
ἄγριος αἰχμητής der wilde Speerschwinger
βοὴν ἀγαθός — ἱππόδαμος- ταλασίφρων s. ob.

10) *Ἰδομενεύς*, Sohn des Deukalion, Enkel des Minos, König von Kreta

Δευκαλίδης
**μεσαιπόλιος* halb ergraut
Κρητῶν βουληφόρος Rathpfleger der Kreter
ἀγαπήνωρ mannhaft
φλογὶ / *συὶ* } *εἴκελος ἀλκήν*
ἀστεροπῇ ἐναλίγκιος

11) *Φιλοκτήτης*, Sohn des Poias, aus Meliböa in Thessalien, Anführer von 7 thess. Schiffen, während des Kampfes vor Troja krank in Lemnos

Ποιάντιος ἀγλαὸς υἱός, τόξων εὖ εἰδώς

12) *Πάτροκλος*, Sohn des Menoitios, der edle *θεράπων* Achill's

ἱππεύς / *ἱπποκέλευθος* } der Wagenstreiter, Reisige
(*ἕταρος*) *ἐνηής* sanft, mild
δειλός / *δυσάμμορος* } unglücklich

13) *Φοῖνιξ*, Sohn des Amyntor, der Erzieher des Achill

γέρων ἱππηλάτα

14) *Ἀντίλοχος*, der Sohn des Nestor

Νεστορίδης
πεπνυμένος verständig
θοὸς πολεμιστής der rüstige Streiter
μενεχάρμης im Kampfe ausharrend
περὶ μὲν θείειν ταχὺς ἠδὲ μαχητής

15) *Θρασυμήδης*, sein Bruder, Anführer der Lagerwachen

μενεπτόλεμος s. ob.

16) *Μενεσθεύς*, der Sohn des Peteos, Anführer der Athener

πλήξιππος die Rosse peitschend

17) *Πρωτεσίλαος*, S. des Iphiklos, thessalischer Heerführer, der bei der Landung vor Troja fiel *Il.* 2. 695 ff.

18) *Νιρεύς*, Beherrscher der Insel Syme, der schönste Achäer nach Achill (*Il.* 2. 671 ff.)

19) *Αὐτομέδων*, der Wagenlenker des Achill

20) *Εὐρυμέδων*, der des Agamemnon

21) *Σθένελος*, der des Diomedes, Sohn des Kapaneus, einer der Epigonen

22) *Μαχάων* }
23) *Ποδαλείριος* } Söhne des Königs Asklepios, die beid. Aerzte im Achäerheere

Ἀσκληπιοῦ δύο παῖδε, ἰητῆρ' ἀγαθώ

24) *Κάλχας*, der Sohn des Thestor

μάντις ἀμύμων
οἰωνοπόλων ὄχ' ἄριστος

25) *Ταλθύβιος* }
26) *Εὐρυβάτης* } die Herolde des Agamemnon

Ταλθ. heißt *θεῖος κῆρυξ*, *θεῷ ἐναλίγκιος αὐδήν*

27) *Ὀδίος*, Herold des Ajas

28) *Θοώτης*, Herold des Menestheus

29) *Εὐρυβάτης*, Herold des Odysseus vor Troja

γυρὸς ἐν ὤμοισι rundschulterig
**μελανόχροος* brünett
**οὐλοκάρηνος* dichtbehaart

Andere erwähnenswerthe Persönlichkeiten sind:

Στέντωρ mit eherner Stimme (*χαλκεόφωνος*), *ὃς τόσον αὐδήσασχ' ὅσον ἄλλοι πεντήκοντα* (*Il.* V. 785)

Θερσίτης

ἀκριτόμυθος }
**ἀμετροεπής* } frech schwatzend
**ἐπεσβόλος* }

cf. die Beschreibung seines Aeußeren *Il.* 2. 211 ff.

B. Troische Helden.

1) *Πρίαμος*, Sohn des Laomedon, König von Troja

Λαομεδοντιάδης
ἐυμμελίης der speerkundige
θεόφιν μήστωρ ἀτάλαντος den Göttern vergleichbar an Weisheit
δῖος γεραιός der edle Greis

2) Ἕκτωρ, Sohn des Priamos und der Hekabe

Πριαμίδης
κορυθαίολος helmschüttelnd
ἀνδροφόνος männermordend
φαίδιμος strahlend
χαλκοκορυστής erzgewappnet
ἱππόδαμος- βοὴν ἀγαθός-
ὑπεραέϊ ἶσος ἀέλλῃ
ὄρεϊ νιφόεντι ἐοικώς
φλογὶ εἴκελος
Γοργοῦς ὄμματ' ἔχων ἠδὲ βροτολοιγοῦ Ἄρηος- ὅς θεὸς ἔσκε μετ' ἀνδράσιν

Sein Sohn Ἀστυάναξ oder Σκαμάνδριος heißt:
ἀλίγκιος ἀστέρι καλῷ
παῖς ἀταλάφρων kindlich heiteren Sinnes
— νήπιος } unmündig
— νηπίαχος }

3) Ἀλέξανδρος od. Πάρις, Sohn des Priamos
Ἑλένης πόσις ἠυκόμοιο, τοῦ εἵνεκα νεῖκος ὄρωρεν-
Δύςπαρι, εἶδος ἄριστε, γυναιμανές, ἠπεροπευτά Il. 3. 39
Τοξότα, λωβητήρ, κέρα ἀγλαέ, παρθενοπῖπα Il. 11. 385

4) Ἕλενος, Br. des Vor.
οἰωνοπόλων ὄχ' ἄριστος

5) Δηίφοβος desgl.
λεύκασπις mit weißem Schilde
ὑπερηνορέων überaus tapfer

6) Τρωίλος desgl.
ἱππιοχάρμης der Wagenstreiter

7) Πολύδωρος, Sohn des Priamos und der Laothea, der jüngste der 50 Söhne

8) Ἀγχίσης, Sohn des Kapys, Vater des Aeneas

9) Αἰνείας, Sohn des Anchises und der Aphrodite
Ἀγχισιάδης
θοὸς πολεμιστής- Τρώων βουληφόρος- ἀτάλαντος Ἄρηι- ἀρήιος ἔξοχον ἄλλων

10) Σαρπηδών, Sohn des Zeus und der Laodameia, Führer der Lykier
βουληφόρος ἄναξ- χαλκοκορυστής

11) Γλαῦκος, Sohn des Hippolochos, Enkel des Bellerophon, Anführer der Lykier

12) Ῥῆσος, König der Thraker, von Diomedes und Odysseus getödtet Il. 10. 435 ff.

13) Ἀντήνωρ, einer der δημογέροντες, Gemahl der Priesterin Theano
πεπνυμένος (ἀγαυός- ἱππόδαμος)

14) Ἀγήνωρ, Sohn des Vorigen, einer der tapfersten Troer
ἀμύμων τε κρατερός τε

15) Πάνδαρος, S. des Lykaon
τόξων εὖ εἰδώς

16) Πάνθοος, einer der Geronten, Apollopriester und Vertrauter des Priamos

17) Πολυδάμας, sein S., Freund des Hektor.
ἀμώμητος untadelig
ἐγχέσπαλος lanzenschwingend
πεπνυμένος.

18) Εὔφορβος, s. Bruder, ὅς ἡλικίην ἐκέκαστο ἔγχεϊ θ' ἱπποσύνῃ πόδεσσί τε καρπαλίμοισι
ἐυμμελίης

(Pythagoras behauptete, er sei einst dieser Euphorbos gewesen)

19) Ἰδαῖος, der Herold des Priamos

δαΐφρων· ἠπύτα· ἀστυβοώτης

20) Περίφας, Herold des Anchises

21) Εὐμήδης, Herold, Vater des Spion Δόλων. — (Merkwürdig ist noch Πυλαιμένης, der *Il.* 5. 576 von Menelaos getödtet, 13. 658 wieder als lebend erscheint)

II. Die Hauptpersonen der Odyssee.

1) Ὀδυσσεύς s. oben

2) Τηλέμαχος, Sohn des Od. und der Penelopeia

Ὀδυσσῆος φίλος υἱός

ἱερὴ ἲς Τηλεμάχοιο die heilige (A.: rüstige) Kraft d. T.

πεπνυμένος verständig

δέμας ἀθανάτοισιν ὁμοῖος

3) Λαέρτης, S. des Arkeisios

γέρων κεκακωμένος vom Unglück gebeugt

δύσμορος

4) Ἀντίνοος, Sohn des Eupeithes, aus Ithaka, das Haupt der Freier

ἀρχὸς μνηστήρων

ἀρετῇ ἔξοχ' ἄριστος

πεπνυμένος

5) Εὐρύμαχος, S. des Polybos, nach ihm der angesehenste und frechste der Freier

(ἀρχὸς μνηστήρων)

πεπνυμένω ἄμφω (!)

6) Φήμιος, der Sänger auf Ithaka

ἐρίηρος ἀοιδός, ὅς ῥ' ἤειδε μετὰ μνηστῆρσιν ἀνάγκῃ

θεῖος
περικλυτός
πολύφημος } ἀοιδός

θεοῖς ἐναλίγκιος αὐδήν

7) Μέδων aus Ithaka, Herold der Freier

8) Πεισήνωρ, Herold auf Ithaka O. 2. 38

9) Μούλιος, Herold des Freiers Amphinomos

10) Μέντης, Fürst der Taphier, Gastfreund des Odysseus

11) Μεντωρ, aus Ithaka, Freund des Odysseus

Ὀδυσσῆος ἀμύμονος ἑταῖρος· δῖος· ποιμὴν λαῶν

12) Ἁλιθέρσης, ein Seher und alter Freund des Odysseus auf Ithaka

13) Εὐρύλοχος, Verwandter u. Gefährte des Odysseus auf seinen Irrfahrten

14) Ἐλπήνωρ (Hoffmann), Gefährte des Odysseus, der bei Kirke das Genick brach

νεώτατος οὐδέ τι λίην ἄλκιμος ἐν πολέμῳ οὔτε φρεσὶν ἦσιν ἀρηρώς

15) Εὔμαιος, Sohn des Ktesios, Königs von Syria

συβώτης ἐσθλὸς ἐών, ἀνάκτεσιν ἤπια εἰδώς

δῖος ὑφορβός der edle Schweinhirt

ὄρχαμος ἀνδρῶν

16) Φιλοίτιος, der treue Rinderhirt

δῖος· ὄρχαμος ἀνδρῶν

17) Δόλιος, ein alter Sklave der Penelope, Vater des

18) Μελανθεύς od. Μελάνθιος } des treulosen Ziegenhirten

19) Ἶρος, ein Landstreicher

ἀλήτης.

βουγάιος Großprahler

δαιμόνιος unselig

ἄιρος Od. 18. 73

---

20) Νέστωρ, König von Pylos, s. oben

21) Θρασυμήδης, s. Sohn, s. ob. (ὑπέρθυμος)

22) Πεισίστρατος, Bruder d. Vor.

ἐυμμελίης lanzenkundig

πεπνυμένος ἀνήρ, δίκαιος

23) Μενέλαος s. ob.

24) Ἐτεωνεύς

κρείων, ὀτρηρὸς θεράπων Μενελάου

25) Θεοκλύμενος, ein Seher aus dem Geschlechte des Melampus

---

26) Ἀλκίνοος, der König der Phäaken (S. Vater Nausithoos heißt Sohn des Poseidon u. der Periböa Od. 7. 56 ff.)

θεῶν ἄπο μήδεα εἰδώς durch die Huld der Götter mit Weisheit begabt

(ἀμύμων· δαΐφρων· θεοειδής)

27) Δημόδοκος, der Sänger der Phäaken

λαοῖσι τετιμένος (die übr. Epith. wie bei Phemios)

28) Ποντόνοος, Herold bei den Phäaken

III. Die Frauen der Ilias und Odyssee.

1. Die Frauen der Ilias.

1) Ἑλένη, Tochter des Zeus und der Leda, Gemahlin des Menelaos

εὐπατέρεια Tochter eines edlen Vaters

καλλιπάρῃος schönwangig

καλλιπλόκαμος mit schön geflochtenem Haar

ἠΰκομος mit schönem Haupthaar

λευκώλενος weißarmig

εὐειδής schöngestaltet

τανύπεπλος im Schleppgewande

δῖα γυναικῶν die edle Frau

Ἀρτέμιδι χρυσηλακάτῳ εἰκυῖα

κύων κακομήχανος, ὀκρυόεσσα, στυγερή, κυνῶπις unheilstiftende, entsetzliche Hündin, abscheulich und hundsäugig (d. i. frech), nennt sie sich selbst;

ῥιγεδανή verabscheuenswerth, schilt sie Achill

2) *Χρυσηίς*, Tochter des Priesters Chryses, Geliebte des Agamemnon; nch. d. Schol. hieß sie Asthnome

καλλιπάρῃος s. ob.

ἑλικῶπις κούρη heiter blickend

3) *Βρισηίς*, Tochter des Briseus, aus Pedasos oder Lyrnessos, nach d. Schol. Hippodameia, Geliebte des Achill

ἐΰζωνος schön gegürtet

περικαλλής wunderschön

ἠΰκομος- καλλιπάρῃος-

ἰκέλη χρυσέῃ Ἀφροδίτῃ

γυνὴ εἰκυῖα θεῇσιν

4) *Κλυταιμνήστρη*, Tochter des Tyndareos, Gemahlin des Agamemnon

δολόμητις ränkesinnend

οὐλομένη unheilvoll, unselig

στυγερή- κυνῶπις

Χρυσόθεμις
Λαοδίκη
Ἰφιάνασσα } die Töchter Agamemnons

5) *Ἑκάβη*, Tochter des phrygischen Königs Dymas, Gemahlin des Priamos

ἠπιόδωρος gütig

αἰδοίη ehrbar

πότνια würdig

μήτηρ δυσάμμορος Ἕκτορος

6) *Κασσάνδρη*, Πριάμοιο θυγατρῶν εἶδος ἀρίστη, ἰκέλη χρυσέῃ Ἀφροδίτῃ (von ihrer Sehergabe spricht Homer nicht)

7) *Λαοδίκη*, Πριάμοιο θυγατρῶν εἶδος ἀρίστη (! cf. supra)

8) *Λαοθόη*, Nebenfrau des Priamos, Mutter des Lykaon und Polydoros

9) *Ἀνδρομάχη*, die Tochter des Eetion, Königs in der kilikischen Thebe

ἄλοχος πολύδωρος (reichbegabte) Ἕκτορος

ἄμμορος unglücklich

ἀμύμων- λευκώλενος

10) *Θεανώ*, Priesterin der Athene, Gemahlin des Antenor

καλλιπάρῃος

2. Die Frauen der Odyssee.

1) *Πηνελόπεια*, Tochter des Ikarios, Gem. des Odysseus

περίφρων sinnig

ἐχέφρων verständig

αἰδοίη βασίλεια züchtig

πολυμνήστη „ viel umfreit

ἀγακλειτή βασίλεια hoch gepriesen

κεδνὴ ἄλοχος sorgsam

μνηστὴ ἄλοχος die eheliche Gattin

πολύδωρος ἄλ. reich ausgestattet

θυμαρής herzlieb, theuer

ἰφθίμη stark

ἀμύμων untadelig
δῖα γυναικῶν die edle Frau
δέσποινα die Herrin
Ἀρτέμιδι ἰκέλη ἠδὲ χρυσέῃ Ἀφροδίτῃ

2) Ἀντίκλεια, Tochter des Autolykos, die Mutter des Odysseus
δαΐφρων- πότνια μήτηρ Ὀδ.
κουριδίη | ἄλοχος Λαερτ.
κεδνή |

3) Κτιμένη, Schwester des Odysseus
τανύπεπλος- ἰφθίμη

4) Ἰφθίμη, Schwester der Penelope, Tochter des Ikarios

5) Εὐρύκλεια, Tochter des Ὤψ
φίλη τροφός die liebe Wärterin
γραῖα πυκιμηδής die verständige Alte
γρηῦς παλαιγενής die hochbejahrte Greisin
περίφρων achtsam
κέδν' εἰδυῖα sorgsam
δῖα γυναικῶν die treffliche Frau

6) Εὐρυνόμη, die zweite Schaffnerin im Hause des Odysseus
θαλαμηπόλος

7) Μελανθώ, eine der ungetreuen Mägde, die es mit den Freiern hielten

8) Ἀρήτη, Schwester und Gemahlin des Phäakenkönigs Alkinoos
λευκώλενος- ἰφθίμη- αἰδοίη- βασίλεια περίφρων- δέσποινα

9) Ναυσικάα, ihre Tochter
εὐῶπις κούρη holdblickend
εὔπεπλος in schönem Gewande
παρθένος ἀδμής die unvermählte Jungfrau
ἀθανάτῃσι φυὴν καὶ εἶδος ὁμοίη
θεῶν ἄπο κάλλος ἔχουσα
λευκώλενος- ἀμύμων- βασίλεια

10) Εὐρυδίκη, Gemahlin des Nestor
δέσποινα-

11) Ἑλένη, s. ob.

12) Ἑρμιόνη, Tochter des Menelaos
παῖς ἐρατεινή liebreizend
— τηλυγέτη spätgeboren
ἀμύμων

IV. Die vortroischen Heroen und Heroinen.

1. Aus der Sage von Argos.

1) Δανάη, Tochter des Akrisios, Königs von Argos, Mutter des Perseus von Zeus, *Il.* 14. 319
Ἀκρισιώνη
καλλίσφυρος mit zierlichem Knöchel (Voß: leicht hinwandelnd)

Περσεύς, Sohn des Zeus u. der Danae *Il.* 14. 319
πάντων ἀριδείκετος (hochberühmt, ausgezeichnet) ἀνδρῶν
(Von seiner Aufnahme auf Seriphos bei Diktys u. Polydektes, von seinem Zuge gegen die Gorgone Me-

dusa, von der Befreiung Andromeda's, der Tochter des Kepheus und der Kassiopeia, von der Verwandlung des Phineus in Stein und der unabsichtlichen Tödtung des Akrisios berichtet Homer nichts).

Σθένελος, Sohn des Perseus (u. der Andromeda nach der späteren Sage*), König in Argos u. Mykene *Il.* 19. 116

Περσηιάδης

Εὐρυσθεύς, s. Sohn u. Nachfolger *Il.* 19. 103; 15. 639; 8. 363. Od. 11. 620

ἀνὴρ ἐσθλός- ἄναξ

Προῖτος (nch d. sp. S. Bruder des Akrisios), König zu Tirynth *Il.* 6. 157

Ἄντεια, Gem. desselben (b. d. Tragikern Stheneböa (*Il.* 6. 160), die Potiphar der Ilias (Preller)

Μαῖρα (nch d. sp. S. Tochter des Proitos und der Anteia, Mutter des Lokros von Zeus) O. 11. 326

(Nicht erwähnt werden in Hom. Aegyptos, Danaos und die Danaïden (Lynkeus und Hypermnestra, Amymone, Nauplios u. Palamedes), ebenso wenig Inachos, Io, Argos (*Ἀργειφόντης?*), Epaphos)

2. Aus der korinthischen Sage.

Σίσυφος, S. des Aeolos (Gem. der Merope, Erbauer von Ephyra oder Korinth), *Il.* 6. 153. O. 11. 593

κέρδιστος ἀνδρῶν

Γλαῦκος, sein Sohn *Il.* 6. 154; Vater des

Βελλεροφόντης

θεοῦ γόνος ἠΰς.

Homer erzählt *Il.* 6. 155—205 von seiner Sendung nach Lykien (zu Jobates) auf Veranstalten der Antea, von der Erlegung der Chimära, von seinem Kampfe mit den Solymern und Amazonen, so wie mit dem ihm gelegten Hinterhalte und von seiner Melancholie. — (Den Pegasos nennt er nicht). — Seine Enkel sind Sarpedon u. Glaukos (s. die troischen Heroen)

Σαλμωνεύς, (Bruder des Sisyphos, König in Elis, Vater der

Τυρώ, der Mutter des Pelias und Neleus von Poseidon Od. 11. 235. Od. 2. 120

εὐπατέρεια- βασίλεια γυναικῶν

Die Sage von des Salmoneus Uebermuth und seiner Bestrafung berührt Homer nicht.

3. Aus der älteren böotischen Sage.

1) *Κάδμος* wird O. 5. 333 erw. als Vater der *Ἰνώ*, (Gem. des Athamas), die als Meergöttin Leukothea heißt

*) Die in Klammern beigefügten Bemerkungen enthalten Angaben der nachhomerischen Sage.

καλλίσφυρος.

Homer nennt:

Σεμέλη als Mutter des Dionysos von Zeus *Il.* 14. 323, ohne ihrer Abstammung zu erwähnen

(Die übr. Töchter des Kadmos: Autonoë, die Mutter des Aktäon, u. Agaue, die M. des Pentheus, sein Sohn Polydoros, der Vater des Labdakos, seine Gattin Harmonia, T. des Ares u. der Aphrodite, s. phönizische Abstammung von Agenor, dem Vater der Europa, gehören der späteren Sage an)

2) *Ἀμφίων* u. *Ζῆθος* } werden O. 11. 262 als Söhne des Zeus u. der *Ἀντιόπη*, T. des Asopos, und als Gründer u. Befestiger von Theben erwähnt. Von

Νιόβη (nach der späteren Sage Tochter des Tantalos und Gemahlin des Amphion) von der Erlegung ihrer 6 Söhne und 6 Töchter durch Apollon und Artemis und ihrer Verwandlung in Stein spricht der Dichter *Il.* 24. 602—617. S. heißt *ἠΰκομος.*

Homer kennt die Sage von *Ἀηδών*, Tochter des Pandareos (Gemahlin des Zethos), Mutter des *Ἴτυλος*, den sie aus Irrthum statt des Sohnes der Niobe tödtete, und die von Zeus in eine Nachtigall verwandelt wurde Od. 19. 518 ff.

(Von der Ummauerung Thebens mit Hülfe von Amphions Saitenspiel weiß H. nichts)

3) *Κρείων* (*ὑπέρθυμος*) wird als Vater der

Μεγάρη, der Gattin des Herakles, erwähnt O. 11. 269

4. Aus den Heraklessagen.

1) *Ἀλκμήνη* (nach der späteren Sage Tochter des Persiden Elektryon) Mutter des Herakles von Zeus *Il.* 19. 99; 14. 323. Od. 11. 266

2) *Ἀμφιτρύων* (S. des Persiden Alkäos), ihr Gemahl Od. 11. 266. *Il.* 5. 392

Nicht erw. werden: sein Sohn Iphikles, der Halbbruder des Herakles u. dessen S. Iolaos, der treue Waffengefährte des Herakles; ebenso wenig der Krieg des Amphitryon gegen die Teleboer; die Sage von dem teumessischen Fuchs und dem Wunderhunde Lailaps

3) *Ἡρακλέης, υἱὸς Διὸς αἰγιόχοιο, κρατερὸς παῖς Ἀμφιτρύωνος*

θρασυμέμνων kühn ausdauernd

θυμολέων löwenmuthig

ὀβριμοεργός gewaltige Thaten verübend

μένος αἰὲν ἀτειρής unermüdlich

σχέτλιος verwegen

καρτερόθυμος· καρτερόφρων

Homer spricht von der Verzögerung seiner Geburt *Il.* 19. 99 ff.; von seiner Dienstbarkeit unter Eurystheus (s. oben) Od. 11. 620; *Il.* 15. 638; nicht aber von der Veranlassung zu derselben, dem Morde seiner Kinder von der Megara, die als seine Gattin erw. wird O. 11. 269; von den 12 ἆθλοι erwähnt Homer nur die Heraufholung des Höllenhundes *Il.* 8. 367, und daß Athene ihm bei allen Beistand geleistet habe ib. 362; Er nennt ihn und Eurytos O. 8. 224 als die besten Bogenschützen und erwähnt die Verwundnng der Here und des Hades durch ihn *Il.* 5. 392 ff.

Von seinen Feldzügen kennt er:

1) Den Krieg mit Laomedon, König von Ilios *Il.* 5. 642, in welchem er mit sechs Schiffen gegen Troja zog und es eroberte; die Veranlassung zu demselben deutet er *Il.* 20. 145 an, ohne Hesione's zu erwähnen.

2) Den Zug gegen Neleus, König von Pylos *Il.* 11. 689 ff.

Er kennt die Aktiorionen oder Molionen *Εὔρυτος* u. *Κτέατος*, die Zwillingssöhne des *Ἄκτωρ*, eines Bruders des *Αὐγείας*, K. in Elis (*Il.* 11. 709) und der Molione; von ihrem Kampfe mit Herakles, in welchem der letztere anfangs unterlag, berichtet erst Pindar.

Homer erwähnt den *Εὔρυτος* (nch d. sp. S. König v. Oichalia in Thessalien u. Vater der Jole) als tefflichen Bogenschützen O. 8. 224; nicht aber den von Herakles gegen ihn geführten Krieg. Sein Sohn *Ἴφιτος* und die hinterlistige Ermordung desselben durch Herakles werden O. 21. 14 ff. erwähnt; nicht dagegen die Abbüßung derselben durch den Dienst bei der Lyderin Omphale.

Unerwähnt bleibt auch der Kampf des Herakles mit Kyknos, dem Sohne des Ares; so wie der mit Acheloos und dem Kentauren Nessos um Deïanira.

Il. 18. 117 sagt Achill, daß selbst des Herakles Kraft dem Tode erlegen sei; nach Od. 11. 601 ff. weilt nur sein Schatten in der Unterwelt, während er selbst, als Gemahl der Hebe, im Olymp weiter lebt.

Von seiner Verbrennung auf dem Oeta und der Ueberlieferung seines Bogens an Poias, den Vater des Philoktetes, weiß Hom. nichts; auch erwähnt er den Sohn des Herakles, Hyllos, und dessen Kampf mit Atreus nicht.

Dagegen werden in der Ilias zwei andere Söhne desselben erwähnt:

Τληπόλεμος, S. des Herakles u. der Astyocheia, Führer der Rhodier, der von Sarpedon getödtet wird *Il.* 2. 653; 5. 639 und Θεσσαλός, Ἡρακλείδης ἄναξ, nch d. sp. S. Sohn des Herakles und der Chalkiope *Il.* 2. 679

5. Aus der attischen Sage.

Ἐρεχθεύς heißt *Il.* 2. 548 ein S. der Erde (τέκε δὲ ζείδωρος ἄρουρα), aufgezogen v. Athene. — Sein πυκινὸς δόμος in Athen wird erw. Od. 7. 81. — vgl. *Il.* 2. 546—51

Θησεύς heißt *Il.* 1. 265 (v. spur.) Αἰγείδης, ἐπιείκελος ἀθανάτοισιν

Ἀριάδνη, die Tochter des Minos, erw. der Dichter O. 11. 322 als von Theseus aus Kreta nach Athen geführt, unterwegs auf Dia durch Artemis getödtet

Αἴθρη, die T. des Pittheus (nach der sp. S. Mutter des Theseus), wird *Il.* 3. 144 als Dienerin Helena's in Troja erwähnt

Φαίδρη, T. des Minos (nch der sp. S. Gemahlin des Theseus), O. 11. 321

Endlich erscheint Theseus selbst noch O. 11. 631 (v. sp.) mit Peirithoos als Bewohner der Unterwelt.

Von s. Erziehung durch Aethra, seinen Abenteuern auf der Wanderung nach Athen mit Sinis πιτυοκάμπτης, Periphetes κορυνήτης, Damastes προκρούστης u. Kerkyon, von der Erlegung der krommyonischen Sau, von dem Kampfe mit den Pallantiden, der Bezwingung des marathonischen Stiers u. des Minotauros, von der Amazonenschlacht (Antiope), von dem Zuge mit Peirithoos nach Sparta, um Helena zu rauben, von seiner Theilnahme an der Lapithenschlacht, von seinem Kampfe mit Eurystheus zum Schutze der Herakliden, von dem Gange nach der Unterwelt mit Peirithoos, um für diesen Persephone zu entführen, so wie von seinem Tode durch Lykomedes, König von Skyros, findet sich bei Homer außer den Andeutungen an den Zug nach Kreta, nach Sparta u. in den Hades (an den oben angef. unächten St.) nichts.

Πρόκρις (nch d. sp. S. T. des Erechtheus u. Gemahlin des Kephalos) wird erw. O. 11. 321

Unhomerisch sind die übrigen Personen d. attischen Sage: Kekrops, Erichthonios, Pandion, Butes; die Töchter des Kekrops: Pandrosos, Herse u. Aglauros u. deren Kinder Keryx, Kephalos und Alkippe;

die Töchter des Pandion: Philomele u. Prokne u. ihr Gatte Tereus; die Töchter des Erechtheus: Oreithyia, M. des Zetes u. Kalaïs (v. Boreas), der Kleopatra u. Chione (M. des Eumolpus), u. Kreüsa, Gemahlin des Xuthos u. Mutter des Ion.

6. Aus der Sage von Kreta.

1) Die Mutter des Minos nennt Homer *Il.* 14. 321 *κούρη Φοίνικος τηλεκλειτοῖο*; in d. sp. S. heißt sie ***Εὐρώπη***, T. des phönizischen Königs Agenor, Schwester des Kadmos, Phönix, Kilix, Thasos, und wird von Zeus in der Gestalt eines Stiers aus Sidon nach Gortyn in Kreta entführt

2) ***Μίνως***, S. des Zeus u. der Europa, König von Kreta *Il.* 13. 450; 14. 322. Od. 11. 321. 568; 19. 178

Διὸς μεγάλου ὀαριστής Gesellschafter, Vertrauter

Κρήτῃ ἐπίουρος Hüter über Kreta

ὀλοόφρων Unheil ersinnend

ἐννέωρος ausgezeichnet (?)

Als Gesetzgeber, der seine irdische Thätigkeit auch im Hades noch fortsetzt, erscheint er O. 11. 568. — Seine T. Ariadne erw. Homer (s. ob.), ferner einen Sohn, *Δευκαλίων* (*ἀμύμων*) *Il.* 13. 451 als Vater des Idomeneus; nicht dagegen seine Söhne Glaukos, Androgeos u. Katreus, ebenso wenig seine Gemahlin Pasiphaë, den Minotauros und das Labyrinth; auch von seiner Seeherrschaft und den Seezügen gegen Nisos von Megara und Aegeus von Athen geschieht keine Erwähnung.

3) ***Ῥαδάμανθυς***, Bruder des Minos, *Il.* 14. 321. 322; O. 7. 323 wird von einer Seereise gesprochen, die er auf einem Phäakenschiffe gemacht *ἐποψόμενος* ***Τιτυὸν, Γαιήιον υἱόν***; nach O. 4. 564 lebt er, dem Tode entrückt, in dem elysischen Gefilde. Er heißt *ἀντίθεος* und *ξανθός*

Als Todtenrichter im späteren Sinne erscheint er bei Hom. ebenso wenig wie Minos u. Aeakos. — Talos, der eherne Wächter des Minos, gehört der späteren Sage an (cf. Apollon. Rhod. 4. 1638)

7. Aus der thessalischen Sage.

Unbekannt ist Homer die Sage von Deukalion (dem Sohne des Prometheus) u. Pyrrha und der nach D. genannten Fluth.

Der Name des *Ἰξίων* kommt nur in dem adj. *Ἰξιόνιος* vor *Il.* 14. 317; von seinem Frevel u. seiner Strafe i. d. Unterwelt weiß H. nichts.

Seine Gemahlin Ἰξιονίη ἄλοχος wird *Il.* 14. 317 unter den Geliebten des Zeus aufgeführt; in d. sp. Sage heißt sie Δῖα; ihr und des Zeus Sohn Πειρίθοος wird erw. *Il.* 1. 263; 14. 318; O. 21. 296. — Er heißt μεγάθυμος- θεόφιν μήστωρ ἀτάλαντος- Er und Theseus: θεῶν ἐρικυδέα τέκνα

Andere Lapithen werden *Il.* 1. 263 u. 64 erw.: Δρύας, Καινεύς, Ἐξάδιος, Πολύφημος und *Il.* 2. 746. Κόρωνος, der Sohn des Käneus; die Lapithenschlacht gegen die Kentauren *Il.* 1. 267 ff. 2. 742 und O. 21. 295, wo der Kentaur Εὐρυτίων als Urheber des Kampfes bezeichnet wird.

Ἱπποδάμεια, die berühmte (κλυτός) Gemahlin des Peirithoos, erw. Hom. *Il.* 2. 742; ihren und des Peirithoos S. Πολυποίτης (μενεπτόλεμος) *Il.* 2. 740; 12. 129 (κρατερός) als einen der beiden Hüter am Thore des griechischen Lagers; der andere Wächter ist Λεοντεύς, der Sohn des Lapithenkönigs Koronos, Enkel des Käneus (ὄζος Ἄρηος).

Von den Kentauren nennt der Dichter außer dem oben erw. Eurytion nur noch:

Χείρων (δικαιότατος Κενταύρων) *Il.* 4. 219; 11. 831, 16. 143, 19. 390 als Lehrer des Asklepios und Achill in der Heilkunde und Freund des Peleus, dem er die Pelias schenkte. (In d. sp. S. ist er S. des Kronos u. der Philyra und Erzieher noch anderer Königssöhne, wie des Jason, Amphiaraos, der Dioskuren u. A.)

Aus der Argonautensage.

Homer erw. Tyro, Tochter des Salmoneus (s. ob.), als Geliebte des Poseidon und Mutter des:

Πελίης, Königs v. Jolkos O. 11. 254. *Il.* 2. 715 (πολύρρηνος reich an Schafheerden) u. des

Νηλεύς, des Gründers von Pylos *Il.* 7. 133; 11. 691. O. 3. 4. 409. ἀμύμων- ἀντίθεος- μεγάθυμος- ἀγανότατος ζωόντων- θεόφιν μήστωρ ἀτάλαντος. Beide heißen κρατερὼ θεράποντε Διὸς μεγάλοιο.

Die Gemahlin des Neleus:

Χλῶρις wird O. 11. 281; ihre T. Πηρώ O. 11. 287 u. ihre Söhne Νέστωρ, Χρόμιος u. Περικλύμενος ib. 286 erw. (Sage von Melampus u. Bias O. 15. 225 ff. *Il.* 2. 705; 23. 636; 11. 289).

Αἴσων, Φέρης u. Ἀμυθάων — als Söhne der Tyro und des Kretheus O. 11. 259

Ἰήσων (in der sp. S. Sohn des Aeson), Anführer der Argonauten *Il.* 7. 469 als Vater des *Εὔνηος*, K. in Lemnos, und dessen Mutter *Ὑψιπύλη*, Tochter des Königs Thoas, der *Il.* 14. 230. 23. 745 erw. wird; endlich die

Ἀργὼ πᾶσι μέλουσα, die allbekannte (eig. Alle interessirende) *παρ' Αἰήταο πλέουσα*, O. 12. 70, als das einzige Schiff, welches zwischen den Irrfelsen hindurch gefahren sei, mit Hülfe der Here, „*ἐπεὶ φίλος ἦεν Ἰήσων*.“

Alle übrigen Einzelnheiten der Sage: Athamas u. Nephele, ihre Kinder Prixos u. Helle, Ino als Stiefmutter derselben, die Abenteuer der Hin- und Rückfahrt, wie die Sage von Kyzikos, von dem Raube des Hylas, von dem Faustkampfe des Pollux mit Amykos, von der Befreiung des Phineus von den Harpyien durch die Boreassöhne, von der Entwendung des Vließes und dem Kampfe mit der Drachensaat mit Hülfe Medea's, von der Schlachtung des Absyrtos, von dem Tode des Pelias, u. Medea's Kindermord bleiben unerwähnt.

Von den von Apollonius Rhodius I. 23—227 aufgezählten Argonauten werden in Homer folgende erwähnt, ohne daß ihrer Theilnahme an dem Zuge gedacht wird:

1) *Πολύφημος*, ein Lapith (s. o.)
2) *Ἴφικλος* in Phylake, Vater des Protesilaos, Besitzer trefflicher Rinderheerden (Sage v. Melampus u. Bias s. oben) S. Mutter *Κλυμένη* O. 11. 326
3) *Ἄδμητος* (S. des Pheres), K. von Pherä in Thessalien *Il.* 2. 713. 714; Gemahl der *Ἄλκηστις, Πελίαο θυγατρῶν ἀρίστη* *Il.* 2. 715
(Die Sage von ihrer Aufopferung für ihren Gatten erwähnt H. nicht)
Ihr Sohn *Εὔμηλος*, Führer der Pheräer *Il.* 2. 714. 23. 288 ff.
4) *Κόρωνος*, Sohn des Käneus, Lapithenkönig in Gortyn in Thessalien *Il.* 2. 746
5) *Μενοίτιος*, S. des Aktor, Vater des Patroklos *Il.* 11. 765 ff. 16, 14; 23, 85
6) *Ὀιλεύς*, König in Lokris, Vater des lokrischen Aias u. des Medon *Il.* 2. 527. 727; 13. 694
πτολίπορθος-
7) *Ἴφιτος*, der Sohn des Eurytos (s. ob. b. Herakles)
8) *Τελαμών*, S. des Aeakos, König in Aegina, Vater des Telamonier Aias u. des Teukros *Il.* 17. 293; O. 11. 553
ἀγαυός, ἀμύμων
9) *Πηλεύς*, s. Bruder, König der Myrmidonen, Gemahl der Thetis, Vater des Achill *Il.* 21. 188. 189. *Il.* 16. 33; 20. 206. Von seiner Hochzeit spricht der Dichter *Il.* 24. 59 ff. 16. 143; 380 (ohne den Apfel der Eris zu erwähnen)

Er heißt ἐσθλὸς Μυρμιδόνων βουληφόρος ἠδ᾽ ἀγορητής· γέρων ἱππηλάτα.

Der Vater des Telamon u. Peleus Αἰακός heißt *Il.* 21. 189 ein S. des Zeus; s. Mutter, die Nymphe Aegina, erw. Homer nicht

10) Ἡρακλῆς s. ob.

11) Πολυδεύκης } s. unten

12) Κάστωρ } s. unten

13) Ἴδης (S. des Aphareus) als Vater der Kleopatra *Il.* 9. 558

14) Περικλύμενος, der Sohn des Neleus s. ob.

15) Ἀγκαῖος (Sohn des Lykurgos), Vater des Arkaderfürsten Agapenor *Il.* 2. 60

16) Αὐγείης, König in Elis *Il.* 11. 701 ff.

17) Μελέαγρος s. unt.

18) Ἴφιτος aus Phokis, Vater des Schedios u. Epistrophos *Il.* 2. 518. 17. 306

Nicht erw. werden: Orpheus (nch d. sp. S. Sohn des Oiagros und der Muse Kalliope, Gemahl der Eurydike), der Steuermann Tiphys, der Apharetiade Lynkeus (Bruder des Ides), die Boreassöhne Zetes u. Kalaïs, Akastos, der Sohn des Pelias, und Argos, der Erbauer der Argo.

8. Aus der ätolischen Sage.

1) Οἰνεύς, König in Kalydon, Vater des Tydeus u. Meleagros *Il.* 6. 216. 219; 14. 117; 9. 529 ff. Gastfreund des Bellerophontes

2) Ἀλθαία, seine Gem. *Il.* 9. 555 (in d. sp. S. T. des Thestios, Schwester der Leda u. Mutter der Deïanira)

3) Μελέαγρος, ihr Sohn, der Hauptheld der kalydonischen Jagd *Il.* 2. 642. 9. 527 ff.

4) Κλεοπάτρη od. Ἀλκυόνη, T. der Μάρπησσα u. des Ἴδης, Gemahlin des Meleager *Il.* 9. 556 ff.

Homer berichtet an der eben citirten Stelle 9. 529 ff. über die Veranlassung der Jagd durch den Zorn der Artemis, die Erlegung des Ebers durch Meleager und den über den Kopf und die Haut des Thieres zwischen den Kureten u. Aetolern ausgebrochenen Krieg, in welchem die letzteren den Kürzeren zogen, so lange Meleager, grollend wegen des Fluches der Mutter, sich von dem Kampfe zurückgezogen hielt, sowie über den endlichen Sieg der Aetoler, nachdem Meleager, auf Bitten seiner Gattin Kleopatra, sich wieder an dem Kampfe betheiligt hatte.

Die spätere Sage läßt an dem Kampfe eine Menge der berühmtesten Helden, wie Ides u. Lynkeus von Messene, Kastor und Pollux, Theseus, Admetos, Jason, Iphikles u. Jolaos, Peirithoos, Peleus u. Telamon, Ankäos und außer diesen die berühmte Jägerin Atalante Theil nehmen, die Veranlassung zu dem Streite zwischen Meleagros u. den Brüdern seiner Mutter, den Söhnen des Thestios, wird, deren Ermordung durch Meleagros von der Mutter desselben, Althäa, gerächt wird, indem sie das für M's. Leben verhängnißvolle Holzscheit in das Feuer wirft.

9. Aus der späteren thebaischen Sage.

1) *Οἰδίπους* erwähnt Hom. Od. 11. 271 als Sohn u. Gatten der Epikaste u. Mörder seines Vaters, der nach Entdeckung seines Frevels in Theben weiter regierte, viele Leiden erduldend durch den Fluch seiner Mutter. Diese heißt b. Hom. *Ἐπικάστη* (b. den Trag. *Ἰοκάστη*), u. er erzählt von ihr, daß sie durch Erhängen ihrem Leben ein Ende gemacht habe. — Außerdem werden *Il.* 23. 680 die Leichenspiele *δεδουπότος Οἰδιπόδαο* erwähnt.

Von ihren Kindern nennt er nur:

Ἐτεοκλέης und

Πολυνείκης *Il.* 4. 377 u. 386

Von den Fürsten, die an dem Zuge der Sieben Theil nehmen, erwähnt er:

Ἄδρηστος, König von Argos (nch d. sp. S. Schwiegervater des Tydeus u. Polyneikes)

Ἀμφιάραος, Urenkel des Melampus, Seher u. König in Argos O. 15. 244 (*λαοσσόος* volkantreibend); seine Gem. *Ἐριφύλη* O. 11. 326, *στυγερή*, „welche kostbares Gold annahm zum Preise für den lieben Gatten"

Καπανεύς, den Vater des Sthenelos *Il.* 2. 564

ἀγακλειτός.

Τυδεύς, den S. des Oeneus, Vater des Diomedes *Il.* 2. 406. 4. 372, 5. 801. 10. 285

*μικρὸς δέμας ἀλλὰ μαχητής, *σακέσπαλος, ἱππότα, ἱππηλάτα*

Hom. erzählt ausführlicher die Sendung des Tydeus nach Theben als Unterhändler *Il.* 4. 382; 5. 800 ff. 10. 285 — er erwähnt Od. 11. 326 die Bestechung Eriphyle's (durch das verhängnißvolle Halsband der Harmonia) u. *Il.* 23. 346 das schnelle Roß des Adrestos, den *δῖος Ἀρείων*, welcher nach der späteren Sage diesen durch seine Schnelligkeit vom Tode rettete. Alle übrigen Details der Sage fehlen. So die Namen der übrigen Heerführer Hippomedon, Eteoklos u. Parthenopäus (Sophokles Oed. Col. v. 1313 ff.), die Einsetzung der nemeischen Spiele bei dem Tode des Opheltes, die Aufopferung des Menoikeus, des Sohnes des Kreon, der Tod des Kapaneus u. der feindlichen Brüder, der Untergang des von der Erde verschlungenen Amphiaraos.

Der Epigonenkrieg wird *Il.* 4. 408 erwähnt, wo Sthenelos, der Sohn des Kapaneus, rühmend erzählt, daß sie das siebenthorige Theben zerstört, *πειθόμενοι τεράεσσι θεῶν καὶ Ζηνὸς ἀρωγῇ*, während ihre Väter *σφετέρῃσιν ἀτασθαλίῃσιν ὄλοντο*. Theben scheint während des troischen Krieges zerstört, wenigstens wird es in dem Katalog nicht erwähnt (cf. *Ὑποθῆβαι*).

Von den Führern werden erwähnt, aber nicht als solche:

Alkmaion Od. 15. 248 als Sohn des Amphiaraos

Amphilochos, S. des Amphiaraos *Il.* 2. 565

Sthenelos, S. d. Kapaneus s. o.

Diomedes, S. des Tydeus

Euryalos, S. des Mekisteus

Die anderen: Aegialeus, S. des Adrast; Promachos, S. des Parthenopäos; Thersandros, S. des Polyneikes, kommen ebenso wenig vor, wie Laodamas, S. des Eteokles, der Anführer der Thebaner. Auch ist die Ermordung Eriphyle's durch ihren Sohn Alkmäon Hom. fremd.

10. Aus der lakonischen Sage.

1) *Τυνδάρεος* wird O. 11. 298 als Gemahl der Leda u. Vater des Kastor u. Polydeukes erwähnt,

Λήδη an ders. Stelle; ihre Tochter

Κλυταιμνήστρη als Gattin des Agamemnon *Il.* 1. 113. O. 3. 264

Κάστωρ *Il.* 3. 237. O. 11. 299 ἱππόδαμος.

Πολυδεύκης ebendas. *πὺξ ἀγαθός*.

Beide zusammen heißen *κρατερόφρονε* u. *κοσμήτορε λαῶν*

Ἑλένη heißt b. Hom. Tochter des Zeus, ohne daß ihrer Mutter gedacht wird

Nach Homer *Il.* 3. 243 sind die Dioskuren (w. Ausdr. b. ihm noch nicht vorkommt) zur Zeit der Kämpfe vor Troja schon todt; nach O. 11. 299 wechseln sie einen Tag um den anderen ab, *ἄλλοτε μὲν ζώουσ' ἑτερήμεροι, ἄλλοτε δ' αὖτε τεθνᾶσι*.

Alles Uebrige ist nachhomerisch: die Sage von der Verwandlung des Zeus in einen Schwan, von der Unsterblichkeit des Polydeukes, von dem Kampfe der Dioskuren mit Lynkeus u. Idas, in welchem Kastor getödtet wird, von der Entführung der Helena durch Theseus u. ihrer Befreiung durch ihre Brüder (vgl.

jedoch oben *Αἴθρη*), von der Verehrung der Dioskuren und Helena's, als den Schiffern helfender Götter.

11. Die Pelopiden.

Τάνταλος erwähnt Hom. O. 11. 582 als Büßenden in der Unterwelt, ohne seiner Abstammung zu gedenken. Nch der sp. S. ist er Sohn des Zeus u. der Pluto, Vater des Pelops u. der Niobe.

Πέλοψ wird *Il.* 2. 104 mit dem Epith. *πλήξιππος* als Besitzer des von Hephästos für Zeus gearbeiteten u. von Hermes an Pelops geschenkten Skepters genannt; als sein Nachfolger

Ατρεύς Il. 2. 106; u. als Vater des Agamemnon *Il.* 2. 23, wo er *δαΐφρων, ἱππόδαμος* genannt wird; als dessen Nachfolger

Θυέστης Il. 2. 106 mit d. Epith. *πολύαρνος*; dessen Wohnung Od. 4. 517; in deren Nähe Agamemnon auf der Heimkehr von Troja verschlagen wurde.

Oefter wird dessen Sohn

Αἴγισθος erwähnt O. 4. 518 und die Ermordung des Agamemnon durch ihn Od. 4. 525 ff. Od. 11. 409 ff. Er heißt *δολόμητις, ἄναλκις, ἀμύμων, ποιμὴν λαῶν* (*πατροφονεύς*) — Seiner Ermordung durch Orestes geschieht Od. 1. 35; 3. 196 Erwähnung.

Alle übrigen Züge der Sage: der Frevel des Tantalos gegen die Götter, der Sieg des Pelops im Wagenrennen über Oenomaos, König von Elis, und seine Vermählung mit dessen Tochter Hippodameia, die Bestechung u. spätere Ermordung des Myrtilos, des Wagenlenkers des Oenomaos, die Ermordung des Chrysippos durch Atreus u. Thyestes als Ursache des über dem Pelopidenhause waltenden Unheils, die Vermählung des Atreus mit Aërope, der Tochter des Minos, das entsetzliche Gastmahl, welches Atreus dem Thyestes vorsetzt, sind nachhomerisch.

12. Aus der troischen Sage.

1) *Δάρδανος* wird *Il.* 20. 215 als Sohn des Zeus (u. der Electra nach der sp. S.) und Gründer von Dardania erwähnt; auch vs. 304 als Lieblingssohn des Zeus; ihm folgt

2) *Ἐριχθόνιος*, s. Sohn, der der reichste *ἀφνειότατος* der Menschen war u. 3000 Stuten besaß und 12 von Boreas gezeugte Wunderrosse *Il.* 20. 219 ff.

3) *Τρώς*, s. Sohn (giebt dem Lande seinen Namen) *Il.* 20. 230

4) *Ἶλος*, s. Sohn (der Erbauer von Ilios) *Il.* 20. 232. Sein Grabmal *Il.* 10. 415; 11. 166, 371

θεῖος· παλαιὸς δημογέρων

5) *Γανυμήδης*, sein Bruder, wird von den Göttern entführt, um dem Zeus als Mundschenk zu dienen nch *Il.* 20. 234 cf. 5. 266

ἀμύμων· ἀντίθεος· κάλλιστος θνητῶν ἀνθρώπων.

6) *Λαομέδων*, Sohn des Ilos, Vater des Priamos *Il.* 20. 237, Besitzer trefflicher Rosse, die Zeus, als Ersatz für Ganymedes gegeben *Il.* 5. 265 cf. 23. 348. Die Sage von der Dienstbarkeit des Poseidon u. Apollo bei ihm wird erw. *Il.* 21. 443 cf. 7. 452. Von seinen Beziehungen zu Herakles spricht Hom. *Il.* 5. 638 ff. 20. 145

7) *Ἀγχίσης*, Geliebter der Aphrodite *Il.* 2. 819—21.

Ein alter troischer Heros ist auch *Αἰσυήτης*, dessen Grab *Il.* 2. 793 erwähnt wird.

Die Sage von dem Urtheil des Paris ist unhomerisch.

Cap. XXIV.

Die Götterwelt.

Ὁ ἡ θεός der Gott, die Göttin

ἡ θεά, ἡ θέαινα } die Göttin

ὁ ἡ δαίμων die Gottheit, besonders insofern sie in den Lauf der menschlichen Schicksale eingreift; namentlich die zürnende, unheilstiftende Gottheit; daher die Epitheta:

κακός· στυγερός· χαλεπός

Epitheta der θεοί sind:

οὐράνιοι, ἐπουράνιοι, οὐρανίωνες } die himmlischen

Ὀλύμπιοι, Ὀλύμπια δώματ' ἔχοντες } die Bewohner des Olympos

μάκαρες die seligen

ῥεῖα ζώοντες die leicht (mühelos) hinlebenden

ἀθάνατοι die unsterblichen

αἰειγενέται, αἰὲν ἐόντες } die ewigen

ἄνακτες die gebietenden

*δωτῆρες ἐάων die Geber der Güter

ὁ ἰχώρ, ῶρος das Götterblut

ἡ ἀμβροσίη die Götterspeise und Göttersalbe

ἐρατεινή lieblich

ἡδὺ μάλα πνείουσα sehr süß duftend
τὸ νέκταρ, αρος der Göttertrank
ἐρυθρόν roth
γλυκύ süß
Ὄλυμπος u. Οὔλ. der Götterberg Olympos (ὅθι φασὶ θεῶν ἕδος ἀσφαλὲς αἰεὶ ἔμμεναι)
αἰπύς steil
μακρός hoch
ἀγάννιφος, νιφόεις schneebedeckt
πολυδειράς, άδος vielgipfelig
πολύπτυχος schluchtenreich
αἰγλήεις glänzend

Die nach *Il.* 14. 338 von Hephästos erbauten Götterwohnungen auf dem Olympos werden erwähnt O. 3. 377; 6. 24; *Il.* 18. 186; 1. 607; das Haus des Hephästos wird ausführlicher beschr. *Il.* 18. 369ff. Eine andere Vorstellung von einer großen gemeinschaftlichen Wohnung der oberen Götter erscheint *Il.* 5. 504; 11, 76. Od. 3, 2; 4. 72ff.

I. Die Urgötter.

Οὐρανός. Es ist zweifelhaft, ob Homer ihn als Person gedacht hat cf. *Il.* 15. 36. Od. 5. 184; jedoch heißen die Titanen *Il.* 5. 898 *Οὐρανίωνες* wol als Söhne des Uranos, nicht als Himmlische.

Γῆ, die Göttin der Erde, Gem. des Uranos *Il.* 3. 104; 19. 259

Νύξ, die Göttin der Nacht (nch. Hesiod Tochter des Chaos) *Il.* 14. 258—61.

Ihre Söhne sind:

Ὕπνος, der Gott des Schlafes, *Il.* 14. 242. 270. 286. 231. 233; 16. 454. 672. 682
νήδυμος.
ἄναξ πάντων τε θεῶν, πάντων τ' ἀνθρώπων. (D. übr. Epith. S. 24.)

Θάνατος, der Gott des Todes, sein Zwillingsbruder (διδυμάονες) *Il.* 14. 231; 16. 454 u. 672

(D. Epith. s. C. XXII.)

Ὄνειρος, der Traumgott, personificirt *Il.* 2. 6; 16. 22. Od. 24. 12
οὖλος verderblich (A.: handgreiflich, leibhaftig)
θεῖος göttlich

Die Sage von den beiden Traumthoren, aus Horn für die wahren, aus Elfenbein für die täuschenden Träume steht Od. 19. 562ff. cf. Od. 24. 12.

Κήρ, die Göttin des gewaltsamen Todes heißt b. Hesiod ebenfalls eine Tochter der Nacht. Hom. spricht öfters von mehreren *Κῆρες*
μέλαινα- βαρεῖα- στυγερή- ὀλοή- κακή

Nicht erw. werden bei Hom. die Hesperiden, nch. der spät. Sage Töchter der Nacht, ebenso wenig der bei ihnen Wache haltende Drache Ladon.

Fraglich ist es, ob *Βριάρεως* oder *Αἰγαίων*, obgleich er *ἑκατόγχειρος* genannt wird, von Hom. zu den 3 theogonischen Hekatoncheiren gezählt wird. Bei Hesiod heißen sie Söhne des Uranos und der Gäa, ihre Namen sind bei ihm *Κόττος*, *Βριάρεως* und *Γύης* s. unten b. Poseidon.)

Φόρκυς (nch. Hes. ein Sohn des Pontos und der Gäa) heißt bei Homer

ἅλιος γέρων der Meergreis

ἁλὸς ἀτρυγέτοιο μέδων der Herrscher des wogenden Meeres

Seine Tochter, die Nymphe *Θόωσα*, ist die Mutter des Kyklopen *Πολύφημος*, des Sohnes des Poseidon.

Σκύλλη oder *Σκύλλα* ist in der späteren Sage eine Tochter des Phorkys und der Hekate, bei Hom. heißt sie Tochter der *Κραταιΐς* O. 12. 124. Er nennt sie

ἄπρηκτος ἀνίη die unabwehrbare Plage

πετραίη im Felsen hausend

δεινὸν λελακυῖα furchtbar bellend

Kinder des Phorkys und der Keto sind nach Hes. die 3 Gorgonen *Σθενώ*, *Εὐρυάλη* und die allein unter ihnen sterbliche *Μέδουσα*. Homer erwähnt nur die *Γοργὼ* **βλοσυρῶπις* (furchtbar blickend), *δεινὸν δερκομένη* auf dem Schilde des Agamemnon *Il.* 11. 36, die *Γοργοῦς ὄμματα* des Hektor *Il.* 8. 349 und die *Γοργείη κεφαλή* als Schreckbild im Hades Od. 11. 634.

Die Kinder der Medusa: Chrysaor, das Flügelroß Pegasos und die Echidna erwähnt Hom. nicht.

Ebenso wenig kennt er die *Γραῖαι* (nch. Hes. Töchter des Phorkys und der Keto: *Πεφρηδώ* und *Ἐνυώ*).

Τυφωεύς (nch. der sp. Sage Sohn der Gäa und des Tartaros), nennt Hom. *Il.* 2. 782. 783, ohne seiner Abstammung zu gedenken.

Von den Kindern des Typhon und der Echidna (nach Hes.) werden erwähnt:

1) Die *Χίμαιρα Il.* 6. 179; 16. 328, ohne daß ihre Abkunft angegeben wird.

2) *κύων Ἀίδαο Il.* 8. 368. O. 11. 623, dessen Name *Κέρβερος* bei Hom. noch nicht vorkommt.

Unerwähnt bleibt der Hund *Ὄρθρος*, der Wächter der Rinderheerden des Geryoneus auf der Insel Erytheia; so wie die *Σφίγξ*, nch. der sp. S. ebenfalls Kinder des Typhon und der Echidna.

Die übrigen Gottheiten der ersten Generation werden bei Hom. nicht erwähnt; so namentlich nicht die theogonischen *Κύκλωπες* (bei Hes. *Βρόντης*, *Στερόπης* und *Ἄργης*) *Χάος*, *Τάρταρα*, der nur als Titanenkerker erscheint, ferner

Πόντος, *Ἔρος*, *Ἔρεβος*, *Αἰθήρ*, *Ἡμέρη*, obwohl diese als Appellativa vorkommen. — Die Giganten, nach Hes. Söhne der Gaia, aus dem Blute des verwundeten Uranos entsprossen: Alkyoneus, Porphyrion, Pallas, Enkelados ꝛc. und die Gigantomachie auf den phlegräischen Feldern gehören ebenfalls der nachhomerischen Sage an.

II. Die Titanen.

Τιτῆνες. *Il.* 14.274 heißen sie *οἱ ἔνερθε θεοί*, *Κρόνον ἀμφὶς ἐόντες* und 279 *θεοὶ Ὑποταρτάριοι*, *Il.* 5.898 *Οὐρανίωνες* d. i. Uranossöhne.

Hesiod zählt theog. 133ff. 12 Titanen auf:

1) *Ὠκεανός*, 2) *Τηθύς*, 3) *Κρόνος*, 4) *Ῥεῖα*, 5) *Κοῖος*, 6) *Φοίβη*, 7) *Ὑπερίων*, 8) *Θείη*, 9) *Κρῖος*, 10) *Ἰαπετός*, 11) *Μνημοσύνη*, 12) *Θέμις*.

Von diesen werden bei Hom. erwähnt:

1) *Ὠκεανός*, der Gott des Weltstroms Okeanos, ohne Angabe seiner Eltern, personifizirt *Il.* 20. 7; 14. 201. 246; 21. 195ff.

Er heißt:

βαθυρρείταο μέγα σθένος Ὠκεανοῖο
θεῶν γένεσις
γένεσις πάντεσσι

Die anderen Epitheta beziehen sich auf den Fluß:

ἀκαλαρρείτης sanftströmend
βαθύρροος tief strömend
βαθυδίνης tief strudelnd
ἀψόρροος zurückströmend

2) *Τηθύς*, *ύος*, f. Gemahlin *Il.* 14. 201. 302. Here nennt sie *μήτηρ*.

Beide sind nach Hesiod die Eltern der 3000 Stromgötter und der 3000 *Ὠκεανῖναι* oder Wassernymphen.

Von den Flußgöttern erscheinen bei Homer folgende:

Ἀχελώιος κρείων *Il.* 21. 194

Ἀλφειός *Il.* 5. 545. Od. 3. 489.

Ἀσωπός Od. 11. 260.

Ἐνιπεύς Od. 11. 238. 240. *θεῖος*.

Ξάνθος, der Gott des *Σκάμανδρος* *Il.* 21. 136ff.

Σπερχειός *Il.* 16. 174.

Von den Töchtern des Okeanos werden namentlich erwähnt:

Πέρση, die Gemahlin des Helios O. 10. 139.

Εὐρυνόμη, nebst Thetis Pflegerin des aus dem Himmel geworfenen Hephästos *Il.* 18. 398.

Διώνη, die Mutter der Aphrodite (v. Zeus) *Il.* 5. 370 (nach

Hesiod ebenfalls Tochter des Okeanos).

3) *Κρόνος Il.* 8. 479; 15. 187 ff. cf. *Il.* 2. 205. 319. — 12. 450. Od. 21. 415.

μέγας- ἀγκυλομήτης verschlagen, unerforschlich

4) *Ῥείη* (att. *Ῥέα*), seine Gemahlin *Il.* 14. 203; 15. 187.

5) *Ἰαπετός Il.* 8. 479 neben Kronos als Bewohner des Tartaros.

6) *Θέμις Il.* 20. 4; 15. 87; als Götterherold, indem sie die Götter zur Versammlung beruft und in derselben, wie beim Mahle, über Sitte und Ordnung wacht.

καλλιπάρῃος schönwangig

ἥτ' ἀνδρῶν ἀγορὰς ἠμὲν λύει ἠδὲ καθίζει O. 2. 68

7) *Ὑπερίων*. Sein Name erscheint nur in dem Patronymikon *Ὑπεριονίδης*, Beiname des Helios.

Die übrigen fehlen; *μνημοσύνη* findet sich nur als Appellativum = Erinnerung.

Von den Kindern der Titanen werden außer den oben angeführten Oceaniden und den unten folgenden Kroniden erwähnt:

1) *Λητώ* (nch. Hes. Tochter des Koios und der Phoibe), die Mutter des Apollo und der Artemis *Il.* 1. 9. Od. 11. 318. *Il.* 5. 447. Od. 11. 580. Sie heißt:

Διὸς κυδρὴ παράκοιτις ἠύκομος- καλλιπάρῃος- ἐρικυδής

(Nicht erwähnt wird ihre Schwester Asteria, die Mutter der Hekate.)

2) *Ἠέλιος* (att. *Ἥλ.*) nach Hes. Sohn des Hyperion und der Theie.

Ὑπεριονίδης Sohn des Hyperion

Ὑπερίων entweder = dem vor. oder in der Höhe wandelnd

φαέθων strahlend

φαεσίμβροτος den Sterblichen leuchtend

τερψίμβροτος die Sterblichen erfreuend

παμφανόων hell strahlend

δεινὸς θεὸς ὃς πάντ' ἐφορᾷ καὶ πάντ' ἐπακούει

Von seinen Kindern werden erwähnt:

a) *Κίρκη*, Tochter des Helios und der Oceanide Perse Od. X. 138.

Αἰαίη als Bewohnerin der gleichnamigen Insel

δῖα θεάων

καλλιπλόκαμος- ἐυπλόκαμος δεινὴ θεός, αὐδήεσσα (mit menschlicher Stimme redend)

δολόεσσα ränkevoll

πολυφάρμακος reich an Zaubermitteln — *πότνια*.

b) *Αἰήτης*, ihr Bruder O. X. 137 (nch. d. sp. Sage König von Aea und Vater der Medea) cf. O. 12. 70.

ὀλοόφρων unheilsinnend

c) *Λαμπετίη* u.
d) *Φαέθουσα* } Töchter der Nymphe *Νέαιρα* O. 12. 133

Nicht erwähnt sind die Schwester der Kirke: Pasiphaë, ferner die 7 Heliaden und Phaëthon (nach der spät. Sage Kinder des Helios und der Klymene).

3) Ἠώς, die Göttin der Morgenröthe (nach Hes. Tochter des Hyperion und der Theie).

ῥοδοδάκτυλος rosenfingerig
κροκόπεπλος mit safranfarbigem Gewande
χρυσόθρονος goldthronend
εὔθρονος schönthronend
ἐυπλόκαμος.
φαεσίμβροτος den Sterblichen leuchtend
ἠριγένεια in der Frühe geboren
φαεινή strahlend
δῖα- καλή- θεά.

Homer nennt:

Τιθωνός, den Sohn des Laomedon, als ihren Gatten (ἀγαυός) Od. 5. 1. cf. *Il.* 20. 137.

Ὠρίων als von Eos entführt Od. 5. 121, von Artemis in Ortygia getödtet ib. 123; als ausgezeichnet durch seine Stärke Od. 11. 310 und als Jäger im Hades ib. 572.

(κλυτός- πελώριος)

Κλεῖτος, den Enkel des Melampus Od. 15, 249. 50 als von Eos wegen seiner Schönheit geraubt.

Μέμνων, den edlen Aethioperkönig, der nach der späteren Sage von Achill erlegt wurde, als Sohn der Eos (v. Tithonos) O. 4. 187. 188; 11. 522.

Ἠοῦς φαεινῆς ἀγλαὸς υἱός- δῖος.

Βορέης erscheint *Il.* 20. 223 ff. und *Ζέφυρος Il.* 23. 200 personifizirt, ohne daß der Dichter ihrer Abstammung gedenkt. Nach Hes. sind sie nebst *Νότος* u. Ἑωςφόρος (b. Hom. Appell.) und Ἀργέστης (b. Hom. adj. ἀργεστής) Kinder der Eos und des Asträos.

Σελήνη, nach Hes. ebenfalls Tochter des Hyperion u. der Theie, kommt bei Homer nicht als Person vor.

4) *Ἄτλας,αντος*. Hom. nennt seine Eltern nicht; nach Hes. ist er ein Sohn des Japetos u. der Oceanide Klymene.

Er heißt ὀλοόφρων O. 1. 52 und erscheint schon bei ihm als Träger der Himmelssäulen, ὅςτε θαλάσσης πάσης βένθεα οἶδεν.

Seine Töchter sind:

Καλυψώ, die Nymphe auf Ogygia.

νύμφη ἐυπλόκαμος- ἠΰκομος- πότνια νύμφη- δῖα- δῖα θεάων- αὐδήεσσα- δολόεσσα- δεινὴ θεός O. 1. 50. 52. O. 7. 244 ff.

Μαιάς (άδος) in der sp. S. *Μαῖα*, Tochter des Atlas und der Pleïone wird bei Hom. als Mutter des Hermes erw. O. 14. 435.

Die *Πληιάδες* (nach der sp. Sage Töchter des Atlas und der Pleïone) erscheinen bei Hom. nur als Sternbild Od. 5. 272. *Il.* 18 486.

5) *Τάνταλος* (nach der sp. Sage Sohn des Prometheus, Enkel des Japetos s. oben).

Nicht erwähnt werden die Japetiden *Προμηθεύς*, *Ἐπιμηθεύς* und *Μενοίτιος*.

Ebenso fehlen **Kreios** u. seine Söhne **Asträos**, **Pallas** und **Perses**, der Vater der Hekate.

Die **Titanomachie** erwähnt Homer nicht. Doch spricht er von dem Titanenkerker im Tartaros *Il.* 8. 479. 5. 898 cf. 14. 278 und von der Theilung der Weltherrschaft unter Zeus, Poseidon und Hades *Il.* 15. 187. — Der Mythus von der *Κρόνου βασιλεία* und den verschiedenen Zeitaltern findet sich erst bei Hesiod.

III. Die Kroniden.

Als Kinder des Kronos u. der Rhea zählt Hesiod auf:

1) *Ἱστίη*, 2) *Δημήτηρ*, 3) *Ἥρη*, 4) *Ἀίδης*, 5) *Ἐννοσίγαιος* (d. i. *Ποσειδάων*), 6) *Ζεύς*.

Von diesen findet sich die Erste bei Homer noch nicht personifizirt, *ἱστίη* ist bei ihm der Hausheerd.

1. *Δημήτηρ*,

erwähnt Hom. nur *Il.* 13. 322; 21. 76. Od. 2. 696. 14. 326; 5. 125; *Il.* 5. 500.

ξανθή- εὐπλόκαμος
καλλιπλόκαμος ἄνασσα

Ihr Geliebter *Ἰασίων* (nch. d. spät. Sage Vater des *Πλοῦτος*) wird erw. O. 5. 125; ihre Tochter von Zeus *Περσεφόνεια* s. unt.

Bei Homer ist Demeter die Göttin der fruchtbringenden Erde und die Geberin der Feldfrucht (*Δημήτερος ἀκτή*). Die Entführung ihrer Tochter durch Hades, ihre Wanderung, um die Tochter zu suchen, ihr Aufenthalt bei Keleos und Metaneira in Eleusis (Jambe) u. die Stiftung der Mysterien (Triptolemos, Eumolpos) gehören der sp. Sage an. (Zuerst ausführlich in d. h. h. in Cer.)

2. *Ἥρη* (att. *Ἥρα*).

Διὸς αἰδοίη, κυδρὴ παράκοιτις, βοῶπις farrenäugig, (hoheitblickend)
θεὰ λευκώλενος lilienarmig
ἠύκομος mit schönem Haupthaar
χρυσοπέδιλος mit goldenen Sandalen
χρυσόθρονος goldthronend
Ἀργείη die Argivische, als Schutzgöttin von Argos
ὀβριμοπάτρη die Tochter eines mächtigen Vaters
πότνια die erhabene, hehre
πρέσβα θεά die ehrwürdige Göttin
**ἀπτοεπής* ohne Scheu im Reden nennt sie Poseidon

Ueber ihre Erziehung vgl. *Il.* 14. 201, über ihr Verhältniß zu Zeus *Il.* 14. 153; 1. 568; 15.

13—21, ihre Betheiligung am troischen Kriege *Il.* 4. 26; 8. 205; 5. 767; 20. 133; 21. 377; ihren Haß gegen Herakles *Il.* 19. 97; 14. 250; 5. 392.

Ihre Lieblingsstädte sind nach *Il.* 4. 51. 52 Argos, Sparta u. Mykene.

Ihre Kinder sind: Ares, Hephästos, Hebe u. Eileithyia (s. unt.)

3. Ἀίδης od. Ἀιδωνεύς, (auch Ἆις, Ἄιδος)

der Beherrscher der Unterwelt *Il.* 15. 187); b. Hom. stets Person (außer *Il.* 23. 244). Der Name Πλούτων ist Homer unbekannt. Er heißt:

ἄναξ ἐνέρων / ἐνέροισιν ἀνάσσων	der Herrscher der Unterwelt

Ζεὺς καταχθόνιος der unterirdische Zeus
πυλάρτης κρατερός der mächtige Hüter des Thores, Thorschließer
κλυτόπωλος berühmt durch seine Rosse
ἀμείλιχος unerbittlich
ἀδάμαστος unbezwinglich
στυγερός verhaßt

Ueber seine Verwundung durch Herakles cf. *Il.* 5. 395 ff. Sonst erscheint er in Homer nie auf der Oberwelt cf. *Il.* 20. 61—65. 9. 158. — Die unsichtbar machende Ἄιδος κυνέη wird erwähnt *Il.* 5. 845. Von der Sage von der Entführung Persephone's, die erst in der h. h. auf Dem. ausführlich erzählt wird, wollten einige alte Erklärer eine Andeutung finden in dem Epith. κλυτόπωλος *Il.* 5. 654.

Seine Gattin ist:

Περσεφόνεια, Tochter des Zeus und der Demeter.

ἐπαινή sehr furchtbar
ἁγνή ehrwürdig, heilig
ἀγαυή bewunderungswerth, erlaucht

cf. *Il.* 14. 326. O. 10. 509; 11. 217.

Unbekannt ist Hom. die Todtengöttin Ἑκάτη, nach der sp. S. Tochter des Perses und der Asteria.

4. Ποσειδάων (att. ῶν),

der Gott des Meeres.

Ἑλικώνιος ἄναξ heißt er nach d. St. Helike in Achaja
ἄναξ Herrscher
κυανοχαίτης schwarz umlockt
γαιήοχος der wagenfrohe

ἐννοσίγαιος / ἐνοσίχθων	der Erderschütterer

εὐρυσθενής weithin mächtig
εὐρὺ κρείων weithin herrschend
κρείων der Herrscher
κλυτός glorreich, ruhmvoll
μέγας θεός.

Poseidon ist bei Homer der jüngere Bruder des Zeus, Beherrscher des Mittelmeeres (πόντος), nach Zeus der mächtigste Gott, der in seinem Palaste in der Meerestiefe bei Aegä auf Euböa wohnt O. 5. 381; *Il.* 13. 21. Die Sage von seiner Dienstbarkeit bei Laomedon berührt der Dichter *Il.* 7. 452; 21. 441—57. Von diesem um den Lohn betrogen, grollt er den Troern, mit Ausnahme des Aeneas *Il.* 13. 44 f. 209. 351. 677; 14. 136. 510. Er zerstört mit Apollo die Befestigungen des griechischen Lagers nach dem Abzuge der Achäer *Il.* 12. 1—33. — Als Gott des Wagenlenkens erscheint er *Il.* 23. 307. 584. Als Orte seiner Verehrung werden Aegä, Helike in Achaja, Onchestos und das Land der Phäaken genannt, wo ein *Ποσιδήιον* erwähnt wird.

Seine Waffe ist die dreizackige Harpune *τρίαινα*.

Seine Kinder sind (außer den oben angeführten: Pelias u. Neleus, Eurytos u. Kteatos u. Nausithoos, Vater des Phäakenkönigs Alkinoos):

1) Der Kyklop *Πολύφημος* (s. unten).

2) Die Aloaden *Ὦτος* und *Ἐφιάλτης*; ihre M. ist *Ἰφιμέδεια* nach O. 11. 305ff., nach der Ilias 5. 386 sind sie Söhne des *Ἀλωεύς*, der selbst in d. sp. Sage für einen Sohn des Poseidon galt. Der Dichter erw. an der angeführten St. die 13 Monate dauernde Einsperrung des Ares durch dieselben, so wie ihre Erlegung durch Apollo bei ihrem Versuche, den Olymp zu erstürmen.

3) *Αἰγαίων* od. *Βριάρεως*, ein hundertarmiger Riese. Homer läßt seine Abstammung ungewiß. Er nennt ihn nur *βίῃ οὗ πατρὸς ἀμείνων* *Il.* 1. 404. Nach der sp. Sage ist er ein Sohn des Poseidon u. Meergott, nch. A.: S. des Uranos u. der Gäa oder des Pontós und der Thalassa.

4) *Χάρυβδις* (nch. d. sp. S. Tochter des Poseidon und d. Gäa) O. 12. 118.

ἀθάνατον κακόν, δεινόν τ' ἀργαλέον τε καὶ ἄγριον, οὐδὲ μαχητόν.
δῖα- δεινή- ὀλοή.

Die übrigen Meergottheiten sind:

a. *Ἀμφιτρίτη* (nch. d. sp. S. Gemahlin des Poseidon u. Mutter des Triton).

κυανῶπις die schwarzäugige
καλὴ ἁλοσύδνη die schöne Meerestochter
κλυτός die gepriesene

Bisweilen bezeichnet ihr Name das Meer, darauf bezieht sich ihr Epith. *ἀγάστονος* die schmerzenreiche (cf. O. 12. 60; 5. 422; 12. 97).

b) *Πρωτεύς*. Er heißt b. Hom.:

γέρων ἅλιος νημερτής (untrüglich), *ἀθάνατος, Αἰγύπτιος, ὅστε θαλάσσης πάσης βένθεα οἶδε- Ποσειδάωνος ὑποδμώς* (Diener), *ἴφθιμος* stark — *θεῖος*.
ὀλοφώια εἰδώς voll verderblicher Ränke

cf. O. 4. 349ff.

Seine Tochter: *Εἰδοθέη* heißt *δῖα θεάων* O. 4. 382 cf. 366.

c. *Νηρεύς* (nach Hes. Sohn des Pontos und der Gäa u. Gemahl der Oceanide *Δωρίς*) erscheint bei Hom. nur als Vater der

Νηρηίδες, deren Namen zum Theil angegeben sind *Il.* 18. 37ff.

Sie heißen:

ἅλιαι θεαί

ἀθάναται θεαί

ἅλιαι κασίγνηται

κοῦραι ἁλίοιο γέροντος

Die berühmteste unter ihnen ist:

Θέτις, die Gemahlin des Peleus und Mutter des Achill.

θυγάτηρ ἁλίοιο γέροντος

καλλιπλόκαμος ἁλοσύδνη

ἀργυρόπεζα silberfüßig

δῖα θεάων- ἠύκομος

τανύπεπλος mit schleppendem Gewande

cf. *Il.* 18. 431 ff. 24. 62. *Il.* 1. 502 ff. 1. 397. *Il.* 24. 73, 753; 18. 35.

d. Λευκοθέη, die in eine Meergöttin verwandelte Ino, Tochter des Kadmos O. V. 334.

Nicht erwähnt werden von den Meergottheiten: Pontos (nach Hes. Sohn der Gäa), seine Kinder Thaumas (Vater der Iris und der Harpyien s. unt.), Keto und Eurybie; ferner Triton (nach d. sp. S. Sohn des Poseidon und der Amphitrite), Palämon oder Melikertes (der Sohn der Leukothea), Glaukos, die Dioskuren und Helena.

5. Ζεύς.

Κρόνου παῖς ἀγκυλομήτεω, θεῶν ὕπατος καὶ ἄριστος, πατὴρ ἀνδρῶν τε θεῶν τε.

Κρονίδης, Κρονίων heißt er κατ' ἐξοχήν.

μέγας der große

ὕπατος κρειόντων der höchste der Herrscher

ὕπατος μήστωρ der höchste Berather, Ordner der Welt

ὑψίζυγος in der Höhe waltend

ὑψιβρεμέτης in der Höhe donnernd

ἐριβρεμέτης, ἐρίγδουπος (πόσις Ἥρης) laut donnernd

τερπικέραυνος donnerfroh

ἀργικέραυνος hellblitzend

ἀστεροπητής, στεροπηγερέτα der Blitzeschleuderer

νεφεληγερέτα der Wolkenversammler

κελαινεφής schwarz umwölkt

εὐρύοπα der weitschauende oder weitdonnernde

ἐρισθενής, ὑπερμενής hochmächtig

μητίετα der planreiche Denker, hochweise

κύδιστος der preiswürdigste

*πανομφαῖος die Quelle aller Offenbarung

ἑρκεῖος der Hüter des Hauses

ἱκετήσιος der Hort der Schutzflehenden

ξείνιος der gastliche

ταμίης πολέμοιο Obwalter des Krieges

αἰγίοχος der Träger der Aegide

Δωδωναῖος- Πελασγικός- Ἰδαῖος- Ἴδηθεν μεδέων.

Anrufung: Ζεῦ τε πάτερ καὶ Ἀθηναίη καὶ Ἄπολλον!

ἡ αἰγίς, der eherne, von Hephästos gearbeitete Schild des Zeus, die Aegide cf. *Il.* 5. 738 vgl. 15. 308; 2. 448; 18. 204; 21. 400; 24. 20; bisweilen auch von Athene und Apollon benutzt cf. O. 22. 297.

ἀριπρεπής stattlich
ἐρεμνή finster, grauenvoll
ἐρίτιμος hochgepriesen
ἀγήραος nicht alternd
ἀθανάτη unsterblich
θοῦρις anstürmend
δεινή furchtbar
θυσσανόεσσα mit Quasten besetzt
μαρμαρέη schimmernd
χρυσείη golden
φθισίμβροτος Menschen vernichtend
**ἀμφιδάσεια* ringsum zottig

Zeus erscheint bei Hom. 1) als der unbeschränkte Gebieter der Götter (*Il.* 8. 12ff. 19. 258); 2) als Lenker der Jahreszeiten und der Witterung (s. d. Epith.); 3) als der Quell aller Offenbarung, *πανομφαῖος* (s. O. 2. 146; *Il.* 24. 290; 2. 324; 12. 209. O. 16. 320; *Il.* 1. 63; O. 20. 102; *Il.* 8. 75; 4. 381. 9. 236); 4) als Lenker der menschlichen Schicksale, insbesondere der Kriege und Schlachten (*Il.* 10. 71; 24. 527—33; O. 6. 188); 5) als Schützer aller geheiligten menschlichen Institute, wie des Königthums, der Gesetze, der Familie, des Eides und des Gastrechts (O. 2. 69; 22. 335; 14. 57. 58; 9. 270; 6. 207; 13. 213. *Il.* 4. 160ff.)

Die Sage von seiner Erziehung in Kreta durch die Daktylen (Amalthea) ist Hom. unbekannt; erwähnt wird die Theilung der Herrschaft (*Il.* 15. 187); sein Orakel in Dodona *Il.* 2. 750; 16. 233.

Als Gattinnen u. Geliebte des Zeus erwähnt Hom.: Dione, Demeter, Leto, Here, Semele, Alkmene, die Gattin des Ixion (Dia), die Phönikerin (Europa), Danae, Laodamia (Mutter d. Sarpedon), Maja, Leda; nicht dagegen als solche: Themis (Mutter der Horen und Moiren), Eurynome (M. d. Chariten), Mnemosyne (Mutter der Musen), Selene (M. d. Pandia), Kallisto (Mutter d. Arkas), Metis (Pallas Athene).

IV. Die Söhne und Töchter des Zeus.

1. *Παλλὰς Ἀθήνη* od. *Ἀθηναίη* (att. *Ἀθηνᾶ*).

Homer nennt sie die Tochter des Zeus *αἰγιόχοιο Διὸς τέκος* (nach der sp. S. sprang sie völlig bewaffnet aus dem Haupte des Zeus, daher nach Einigen *Τριτογένεια*, nachdem dieser die *Μῆτις* verschlungen).

Διὸς ἐκγεγαυῖα
Τριτογένεια am Triton (Bach bei Alalkomene oder See in Libyen) geboren (A.: aus dem Haupte geboren)

Ἀλαλκομενηΐς die Schirmerin von Alalkomenä oder die Helferin
γλαυκῶπις eulenäugig, mit leuchtendem Auge
ἀτρυτώνη (stets in Verbindung mit *Διὸς τέκος*) die unermüdliche
ἀγελείη } die Beutebringerin
ληῖτις }
λαοσσόος Volk anfeuernd
μεγάθυμος hochherzig
πολύβουλος reich an Rath
ὀβριμοπάτρη die Tochter eines mächtigen Vaters
ἐρυσίπτολις Stadt schirmend
δεινὴ θεός- *δῖα θεάων*- *κυδίστη*- *πότνια*.

Als **Vorsteherin einzelner Künste** (namentlich der Weberei), erscheint Athene O. 6. 233; 23. 160; 2. 116; 7. 110; 20. 72; *Il.* 9. 390; 14. 178 cf. *Il.* 5. 61. 15. 412. Weit häufiger ist sie **Kriegsgöttin**, und zwar, im Gegensatze zu Ares, die Göttin des mit Umsicht und Besonnenheit und daher mit Erfolg geführten Krieges. Als solche beschützt sie kühne, kluge Helden, wie Tydeus, Diomedes u. Odysseus. Dagegen straft sie Uebermüthige, wie den Telamonier Aias O. 11. 547 und Aias, den Sohn des Oïleus, O. 4. 502. — Als Hauptorte ihrer Verehrung nennt der Dichter Troja *Il.* 6. 297—310, Athen *Il.* 2. 548—51 u. Scherie O. 6. 291.

2. *Φοῖβος Ἀπόλλων, Λητοῦς καὶ Διὸς υἱός.*

Φοῖβος der Strahlende (A.: Schreckende, noch A.: mit langem Haupthaar)
λυκηγενής der lichtgeborene
Σμινθεύς v. *Σμίνθη* Stadt in Troja
**ἀκερσεκόμης* mit ungeschorenem Haupthaar
ἀργυρότοξος mit silbernem Bogen
κλυτότοξος bogenberühmt
**ἀφήτωρ* } der Absender (der Pfeile)
ἤιος }
ἑκατηβελέτης }
ἑκατηβόλος } der Ferntreffer
ἑκηβόλος }
ἕκατος }
ἑκάεργος weithin wirkend
χρυσάωρ mit goldenem Schwerte
λαοσσόος Volk anfeuernd
Διὶ φίλος- *δεινὸς θεός*.

Apollo ist bei Hom.: 1) **Jagd- und Hirtengott**, daher beständig bewaffnet. (Sage von seinem Hirtendienst bei Laomedon *Il.* 21. 448 und bei Adrastos *Il.* 2. 763). 2) **Gott der Weissagung**, der den Sehern, wie Kalchas, ihre Kunst verleiht *Il.* 1. 72. 86. O. 15. 252. Sein Tempel zu Pytho wird erw. *Il.* 9. 405. O. 8. 79; sein Altar auf Delos O. 6. 162. *Il.* 23. 660; Chryse, Killa und Tenedos stehen unter seinem besonderen Schutze (*Il.* 1. 37; 4. 505). 3) **Todesgott.** Er sendet den sanften Tod (O. 15. 410), wie den gewaltsamen, diesen oft als Strafe (Sage von Niobe *Il.* 24. 604, v. Otos und Ephialtes O. 11. 318, von der Pest im Achäerheere *Il.* 1. 43). 4) **Gott des Citherspiels** (*Il.* 1. 603 cf. O. 8. 488), aber nicht des Gesanges.

3. Ἄρτεμις,

Tochter des Zeus und der Leto.

- *πότνια θηρῶν* die Herrin des Wildes
- *ἀγροτέρη* die Flur liebend [strahlend)
- *χρυσήνιος* mit goldenen Zügeln (A: gold-
- *χρυσόθρονος* goldthronend
- *χρυσηλάκατος* mit goldenem Pfeil, (A.: mit goldener Spindel)
- *ἐυπλόκαμος* mit schön geflochtenem Haar
- *ἰοχέαιρα* die Pfeile entsendende
- *εὔσκοπος* die gut zielende
- *κελαδεινή* die lärmende
- *ἐυστέφανος* mit schöner Kopfbinde (oder schön gegürtet)
- *ἁγνή* ehrwürdig, hehr

Sie ist bei Hom.: 1) Göttin der Jagd, daher stets mit Bogen und Pfeilen bewaffnet, wie ihr Bruder; 2) Todesgöttin, die besonders den Frauen den Tod sendet. (Sage von Niobe *Il.* 24. 604 ff. u. von Orion O. 5. 123. — Sage vom kalydonischen Eber, den sie, zur Strafe für Vernachlässigung ihres Cultus durch Oeneus, in dessen Land sendet *Il.* 9. 529 ff.) Unbekannt ist Hom. die Sage von Aktäon.

4. Ἄρης,

Sohn des Zeus und der Here, der Gott der Schlachten.

- **κορυθάιξ πολεμιστής*, *κορυθαίολος* } der helmschüttelnde Streiter
- *χρυσήνιος* mit goldenem Zügel (A.: goldglänzend)
- *ἐγχέσπαλος* die Lanze schwingend
- *χάλκεος* ehern
- *ταλαύρινος* (*πολεμιστής*) mit dem Lederschilde standhaltend
- *πελώριος* riesig
- *ὄβριμος* gewaltig
- *ἀρτίπος* flink
- *θοός* schnell
- *θοῦρος* anstürmend
- *ὀξύς* heftig, hitzig
- *ἄτος πολέμοιο* unersättlich am Kampfe
- *οὖλος* verderblich
- *ἀίδηλος* vernichtend
- *δήιος* feindselig
- *μιαιφόνος* mordbefleckt, bluttriefend
- *ἐνυάλιος* mörderisch
- *ἀνδρειφόντης*, *ἀνδροφόνος* } Männer mordend
- *βροτολοιγός* Menschenverderber
- *λαοσσόος* Volk anfeuernd
- **βριήπυος* laut schreiend
- **ῥινοτόρος* Schilde durchbohrend
- *τειχεσιπλήτης* Mauerstürmer
- *πτολίπορθος* Städtezerstörer
- *ἀλλοπρόσαλλος* wetterwendisch
- *δεινός* furchtbar
- *στυγερός* verhaßt
- *πολύδακρυς* thränenreich

Ἆρες, Ἄρες βροτολοιγέ, μιαιφόνε, τειχεσιπλῆτα *Il.* 5. 31.

Ueber seinen Lieblingsaufenthalt bei den Thrakern, Phlegyern und Ephyrern cf. *Il.* 13. 301 ff. O. 8. 361. Schilderung seines Aeußern *Il.* 5. 860. O. 8. 331; seine Gefangennehmung durch die Aloaden *Il.* 5. 385; sein Liebeshandel mit Aphrodite O. 8. 267 ff.

Seine Söhne *Ἀσκάλαφος* u. *Ἰάλμενος* kämpfen vor Troja *Il.* 2. 512; 15. 112; 9. 83; ihre Mutter ist *Ἀστυόχη*, Tochter des Aktor *Il.* 2. 513 ff.

Als Begleiter des Ares erscheinen bei Homer folgende Kriegsgottheiten:

a. *Ἔρις.*

Ἄρεος ἀνδροφόνοιο κασιγνήτη ἑτάρη τε Il. 4. 440 (bei Hes. ist sie eine Tochter der Nacht).

ἄμοτον μεμαυῖα unaufhörlich begierig
λαοσσόος- κρατερή- ἀργαλέη
πολέμοιο τέρας μετὰ χερσὶν ἔχουσα d. i. den Regenbogen Il. 11. 4. (cf. 17. 547); nch. Duentzer etwas der Aegis Aehnliches.

Personifizirt erscheint sie nur Il. 4. 440; 5. 518, 20. 48; 11. 3 ff.; 18. 535; erst in den kyprischen Gedichten als Göttin der Zwietracht, in der Sage von dem Erisapfel.

b. *Ἐνυώ,*

bei Hes. Tochter des Phorkys u. der Keto; bei Hom. Il. 5. 333, 593 als Begleiterin des Ares.

πότνια- πτολίπορθος.

c. *Κυδοιμός,*

der Dämon des Schlachtgetümmels, Begleiter der Vorigen Il. 5. 593; 18. 535.

ἀναιδὴς δηιοτῆτος schonungslos in dem Kampfe

d. *Κήρ,*

die Ker, die Göttin des gewaltsamen Todes, als Begleiterin der Eris Il. 18. 535.

ὀλοή verderblich

e. *Δεῖμος,*

der Gott der Furcht, Diener und Wagenlenker des Ares Il. 4. 440, 11. 37, 15. 119.

f. *Φόβος,*

der Gott des Schreckens und der Flucht, Sohn und Wagenlenker des Ares Il. 4. 440, 15. 119, 13. 299.

ἅμα κρατερὸς καὶ ἀταρβής unerschrocken

(Ἐνυάλιος, nch. d. sp. S. Sohn des Ares und der Enyo, ist bei Hom. nur Epitheton des Ares).

5. *Ἥφαιστος,*

Sohn des Zeus und der Here, Gott des Feuers und der Metallarbeiten. Seine Wohnung und Werkstätte ist bei Hom. im Olymp.

πέλωρ αἴητον das schnaubende Ungethüm
ἀμφιγυήεις auf beiden Füßen lahm
κυλλοποδίων krummfüßig
χωλός lahm
χωλεύων hinkend
βραδύς langsam
ἠπεδανός hinfällig (A.: = ἤπιος)
σθένεϊ βλεμεαίνων stolz auf seine Stärke
χαλκεύς in Erz arbeitend
κλυτοεργός berühmt durch seine Werke
κλυτοτέχνης der gepriesene Künstler
πολύμητις erfindungsreich
πολύφρων sinnreich
κλυτός- περικλυτός- ἀγακλεής.

Ueber seine beiden Stürze aus dem Olympos cf. Il. 18. 395 u. 1. 590; die Schilderung seiner Person Il. 18. 410 ff.; Beschreibung seiner Werkstätte Il. 18. 468 ff. Die berühmtesten von ihm verfertigten Kunstwerke sind:

1) die Aegide u. das Scepter des Zeus *Il.* 2. 101; 15. 309;

2) die Wohnungen der Götter und ihre Throne *Il.* 1. 606; 14. 166. 238. 367. *Il.* 20. 12;

3) die Waffen des Achill *Il.* 478 ff.;

4) das Netz, in welchem er Ares u. Aphrodite fing O. 8. 274;

5) die goldenen, mit Geist, Sprache und Kraft begabten Dienerinnen, auf die er beim Gange sich stützt *Il.* 18. 417;

6) die goldenen und silbernen, unsterblichen, nie alternden Hunde, die den Palast des Phäakenkönigs Alkinoos bewachen O. 7. 91:

7) die wandelnden Dreifüße *Il.* 18. 373 ff.;

Seine Gem. ist in der Ilias 18. 382 eine *Χάρις* (bei Hes. heißt sie *Ἀγλαΐη*) *λιπαροκρήδεμνος* mit glänzendem Schleier, *καλή*; in der Odyssee 8. 267 *Ἀφροδίτη*.

Die Kyklopen als Schmiedegesellen des Heph. (b. d. Sp. Arges, Steropes u. Pyrakmon) sind Homer unbekannt.

6. *Ἑρμείας* oder *Ἑρμῆς*, Sohn des Zeus und der *Μαῖα* oder *Μαιάς* (O. 8. 335. 14. 334), der Göttergesandte.

Κυλλήνιος nch. d. Berge Kyllene in Arkadien, seinem Geburtsorte
χρυσόρραπις mit goldenem Stabe
κρατύς stark
Ἀργειφόντης der Erleger des Argos (A.: der Eilbote)
διάκτορος der Botschafter
ἀκάκητα der Heilbringer, Heiland
ἐριούνης / *ἐριούνιος* } der starke Helfer
σῶκος der Retter
δώτωρ ἐάων der Geber der Güter
ἐύσκοπος der treffliche Späher
ἄναξ.

Die Sage von seiner Geburt auf dem Berge Kyllene, von der Erfindung der Lyra und dem Diebstahl der Rinder des Apollo wird erst in den Hom. hymn. erzählt. Bei Hom. erscheint er als Götterbote (neben Iris) bei Aegisthos (O. 1. 37 ff.), bei Kalypso (O. 5. 29. 32), bei Priamos (*Il.* 24. 336); als Geleiter des Herakles in die Unterwelt (O. 11. 626) und des Odysseus bei Kirke (O. 10. 277 ff.); als Erleger des Argos heißt er *Ἀργειφόντης* (s. ob.); als Wagenlenker u. Mundschenk der Götter fungirt er O. 1. 143. *Il.* 24. 178. 440.

Seine Flügelsandalen und sein Wunderstab werden O. 5. 45 ff. erwähnt; als Todtenführer (*ψυχοπομπός* in der sp. Sage) erscheint er O. 24. 1 ff.; als Ertheiler des Schlafes (sp. *ὑπνοδότης*) *Il.* 24. 344; dem am Ende des Mahls gespendet wird (O. 7. 137).

7. *Ἀφροδίτη*,

nach Hom. Tochter des Zeus u. der Dione, nch. d. sp. S. aus dem Schaume des von dem Blute des

Kronos befruchteten Meeres entsprossen. Hes. theog. 188 ff.

καλὴ θυγάτηρ Διός, ἀτὰρ οὐχ *ἐχέθυμος die schöne, aber leichtsinnige Tochter des Zeus

Κύπρις- Κυθέρεια

ἐυστέφανος mit schöner Kopfbinde oder schön gegürtet

φιλομμειδής gern lächelnd

χρυσείη goldstrahlend

Ihr Zaubergürtel wird beschrieben *Il.* 14. 214 ff.; als Anstifterin des Krieges wird sie bezeichnet *Il.* 5. 349. cf. 24. 30.

Ihre Dienerinnen sind die Χάριτες, Grazien (s. unt.); folgende nach der sp. Sage in ihrem Gefolge befindliche Gottheiten kennt Hom. noch nicht:

Ἔρως (Sohn des Ares und der Aphrodite).

Πειθώ, die Göttin der Ueberredung, Suada.

Πόθος, den Gott des Verlangens.

Ἵμερος, den Gott der Sehnsucht.

Ὑμέναιος, den Gott der Hochzeiten (nach der sp. S. Sohn des Apollo und der Kalliope); b. Hom. ist ὑμέν. der Hochzeitsgesang.

Ebenso wenig kennt Hom. die Sage von Adonis u. die von Harmonie (T. der Aphrodite und des Ares, Gem. des Kadmus).

8. Διάνυσος od. Διόνυσος

Sohn des Zeus und der Semele, der Tochter des Kadmos cf. *Il.* 14. 325, 6. 132. O. 11. 325. „Er erscheint bei Homer nie im Olymp oder sonst unter den handelnden Göttern und ist, wie es scheint, bei ihm ein bloßer Felddämon, der vielleicht nur ein Mal genannt wird, da die anderen Stellen, wo er vorkommt, schon von den alten Kritikern als unächt verworfen wurden." (Lobeck). Er heißt:

μαινόμενος *Il.* 6. 132.

χάρμα βροτοῖσιν *Il.* 14. 325.

Seine Flucht vor Lykurgos erzählt Homer *Il.* 6. 130—40.

V. Die übrigen Gottheiten.

1. Die Schicksalsgötter und die Erinyen.

1) Μοῖρα, die Parze. Hom. spricht stets nur von einer, außer *Il.* 24. 46. Sie heißt:

δυσώνυμος mit bösem Namen, verhaßt

κραταιή- ὀλοή- χαλεπή

Gleichbedeutend erscheint an 2 Stellen:

Αἶσα O. 7. 197; und *Il.* 20. 127 personifizirt und im Plur.

Κατακλῶθες oder *Κλῶθες*, die Spinnerinnen O. 7. 197.

βαρεῖαι.

Erst bei Hes. theog. 218 werden drei Parzen als Kinder der Nacht erwähnt: *Κλωθώ*, *Λάχεσις* und *Ἄτροπος*.

Unbekannt sind Homer:

Τύχη (erst bei Alkman und Pindar als T. des Zeus).

Νέμεσις (nach Hes. th. 223 T. der Nacht, die Personifikation des moralischen Gefühls, die auch *Ἀδρήστεια* „die Unentrinnbare" genannt wird, und

Δίκη (T. des Zeus und der Themis nach Hes. th. 902), die Göttin der Gerechtigkeit.

Die Straf- und Rachegöttinnen sind bei ihm die

Ἐρινύες.

Er spricht bald von einer *Ἐρινύς*, bald von mehreren, ohne die Zahl und die Namen derselben anzugeben. Er nennt sie:

θεὰ δασπλῆτις mit der Fackel nahend (A.: schwer nahend)
ἠεροφοῖτις im Dunkel einherschreitend
ἀμείλιχον ἦτορ ἔχουσα unerbittlich
στυγεραί verhaßt

Auch nach dem Tode noch strafen sie den Schuldigen, besonders den Meineidigen *Il.* 19. 259. cf. O. 20. 78.

Nach Hes. th. 185 gebar sie Gäa aus den Blutstropfen des Uranos; erst bei Apollodor finden sich ihre Namen: *Τισιφόνη* (Rächerin des Mordes), *Μέγαιρα* (die Schadenfrohe) und *Ἀληκτώ* (die nie Rastende).

Ueber die *Κῆρες*, die Todesgöttinnen, s. ob. C. XXIV. 1.

Verwandt mit den Schicksalsgöttern ist:

Ἄτη, Tochter des Zeus (*Il.* 19. 91) (nach Hes. Tochter der Eris), die Göttin der Verblendung, die selbst Zeus zu bestricken vermag; personifizirt *Il.* 9. 504 ff. 19. 126. 130. Sie heißt:

*σθεναρή mächtig
ἀρτίπος schnellfüßig
οὐλομένη unselig
(*λιπαροπλόκαμος (mit glänzenden Haarflechten) heißt ihr Haupt)

Ihre Gegnerinnen die

Λιταί, die Göttinnen der Bitten, werden *Il.* 9. 502—12 geschildert. Sie heißen:

Διὸς κοῦραι μεγάλοιο
χωλαί lahm
*ῥυσαί runzlig
*παραβλῶπες ὀφθαλμώ schielend

2. Die Heilgötter.

1) *Παιήων*, der Götterarzt cf. Il. 5. 401. 899. Od. 4. 232.

2) *Εἰλείθυιαι*, die Helferinnen bei der Geburt; nach Il. 11. 270 Töchter des Zeus und der Here; cf. 19. 119. Der Sing. steht *Il.* 19. 103; 16. 187; O. 19. 188.

Sie heißen:

μογοστόκοι Schmerzen erregend
πικρὰς ὠδῖνας (Wehen) *ἔχουσα*

(*Ἀσκληπιός* ist bei Homer ein heilkundiger Sterblicher, König in Thessalien, Vater des Podaleirios und Machaon; nach d. sp. Sage Sohn des Apollon und der Koronis oder Arsinoë, und Gott der Heilkunde.)

3. Die Windgötter.

Personifizirt erscheinen bei Homer:

1) *Βορέης* Il. 20. 223 ff. u.

2) *Ζέφυρος* Il. 23. 200; nicht dagegen *Νότος*, *Ἀργέστης* und *Εὖρος*.

Nach Hesiod sind die ersten 4 Söhne des Asträos und der Eos, Euros dagegen Sohn des Typhoeus; *ἀργεστής* findet sich bei Hom. nur als Epitheton des *νότος* = schnell, reißend; *εὖρος* und *νότος* als Appell. für Ost- und Südwind (cf. oben Cap. I).

Die in der Argonautensage vorkommenden Söhne des Boreas u. der Oreithyia (Tochter des Erechtheus), *Ζήτης* u. *Κάλαϊς*, kennt Homer nicht.

3) *αἱ Ἅρπυιαι*, die Wegraffenden, d. i. die Sturmgöttinnen.

Der Dichter nennt eine derselben *Ποδάργη* Il. 16. 150 als Mutter der von Zephyros gezeugten Rosse des Achill. Hes. erwähnt zwei: *Ἀελλώ* u. *Ὠκυπέτη* als Töchter des Thaumas (s. ob.) und der Oceanide Elektra cf. O. 1. 241; 20. 77.

4) *Ἶρις* (nch. Hes. Schwester der Harpyien), nur in der Ilias als windschnelle Götterbotin; erst bei späteren Dichtern ist sie Göttin des Regenbogens (cf. *Il.* 2. 786; 8. 398; 15. 144. 157. 172; 3. 121; 24. 76; 23. 198). Sie heißt:

Διὸς ἄγγελος.
Ὀλύμπιος ἄγγελος.
ἀελλόπος sturmfüßig
ποδήνεμος windfüßig
χρυσόπτερος mit goldenen Schwingen
ταχεῖα. *ὠκέα*. *πόδας ὠκέα*.

(*Αἴολος* ist bei Homer ein Sterblicher, Sohn des Hippotes, Beherrscher der Aeolischen Insel, der nach O. 10. 1 ff. von Zeus die Gabe empfing, die Winde auszutheilen und zurückzurufen; daher heißt er:

ταμίης ἀνέμων der Schaffner der Winde

Sonst heißt er noch:

μεγαλήτωρ und *φίλος ἀθανάτοισι θεοῖσι*.

Die Beschreibung seines Wohnsitzes giebt Hom. O. X. 1 ff.

4. Die Feld- und Waldgötter.

Homer kennt nur die:

Νύμφαι als Töchter des Zeus, Bewohner der Haine, Quellen, Wiesen (Il. 20. 8. 9.), der Berge und der ländlichen Fluren, und unterscheidet 3 Arten mit besonderen Namen:

ὀρεστιάδες Bergnymphen

ἀγρονόμοι Feldnymphen, als Gespielen der Artemis

νηιάδες, *νηίδες*, *κρηναῖαι* } Wasser- oder Quellnymphen

Epith.: *εὐπλόκαμοι*.

(Später kommen dazu *δρυάδες* oder *ἁμαδρυάδες*, Baumnymphen, *λειμωνιάδες* Wiesennymphen, *ἀντριάδες* Grottennymphen, *ἐπιμηλίδες*, *μηλίδες*, *νόμιαι* als Beschützerinnen der Heerden, *ἀλσηΐδες* Hainnymphen u. a.)

Von ihrer Verehrung spricht Hom. O. 14. 435 ff. — Vgl. über sie O. 10. 350; Il. 6. 420. O. 6. 105. 10. 348.

Unbekannt sind Homer: **Pan** (Sohn des Hermes oder Zeus), **Priapos** (Sohn des Dionysos und der Aphrodite), **Silenos**, **Marsyas** und die **Satyrn** überhaupt.

5. Die Gesangnymphen oder Musen und die Sirenen.

Homer spricht bald von **einer** *Μοῦσα*, bald von mehreren

Μοῦσαι. Die Neunzahl findet sich erst in dem unächten 24sten Buche der Od. v. 60. Nach Hom. sind sie Töchter des Zeus; Hes. nennt auch die Mutter Mnemosyne, eine der Titanen.

Sie heißen: *κοῦραι Διὸς αἰγιόχοιο*- *Ὀλυμπιάδες*- *Ὀλύμπια δώματ᾽ ἔχουσαι*

Ihre Namen giebt Hes. theog. 76 in folgenden Hexametern:

Κλειώ τ᾽ Εὐτέρπη τε, Θάλειά τε Μελπομένη τε,
Τερψιχόρη τ᾽ Ἐρατώ τε Πολύμνιά τ᾽ Οὐρανίη τε
Καλλιόπη θ᾽ ἣ δὲ προφερεστάτη ἐστὶν ἁπασέων.

Nach der späteren Deutung ist:

Klio, die Muse der Geschichte (ihr Emblem die Rolle);

Euterpe die Muse des lyrischen Gesanges (Flöte);

Thalia die Muse der Komödie (komische Maske, Hirtenstab u. Epheukranz);

Melpomene die Muse der Tragödie (tragische Maske und Epheu);

Terpsichore die Muse des Tanzes (Lyra u. Plectrum);

Erato die Muse der erotischen Poesie und der Mimik (Embl. wie b. Terpsichore);

Polymnia die Muse der Hymnen;

Urania die Muse der Sternkunde (Globus und Radius);

Kalliope die Muse des Epos (Wachstafel und Stilus).

Die Musenberge Parnassos, Helikon und Kithäron sind Hom. als solche ebenso unbekannt, wie das Musenroß Pegasos, die Musenquellen Peirene, Hippokrene, Kastalia und Aganippe. Er kennt die Sage von dem durch die Musen geblendeten Sänger *Θάμυρις* *Il.* 2. 595 (S. des Philammon und der Nymphe Antiope); nicht die von Orpheus (S. des Oiagros und der Kalliope, Gem. der Eurydike), von Linos und Musaios; ebenso wenig Pierien als Musensitz und Apollon als Musagetes.

Die homer. Stellen über die Musen sind *Il.* 1. 604; 2. 484. 491. Od. 1. 10; 24. 60.

2) Die *Σειρῆνες* (Sing. *Σειρήν*). Homer erwähnt 2 (*Σειρήνοιιν* O. 12. 52) auf einer wüsten Insel zwischen Aeäa und dem Felsen der Skylla wohnend (O. 12. 39). Gestalt, Namen und Abstammung derselben verschweigt er. Nach der späteren Sage sind sie Töchter des Phorkys, oder der Erde, oder des Acheloos und der Muse Terpsichore; ihre Namen werden verschieden angegeben; gewöhnlich heißen sie: Parthenope, Leucosia und Ligeia, bei Anderen: Aglaopheme, Aglaope und Thelxiepeia (cf. der Schol. zu O. 12. 39).

Ihre Epitheta bei Hom. sind:

θεσπέσιαι göttlich redend
ἀδιναί laut singend

6. Die Chariten, Grazien.

Χάρις, Χάριτες. Hom. scheint mehr als drei anzunehmen; er nennt eine „der jüngeren Grazien *Χαρίτων ὁπλοτεράων*“ mit Namen, *Πασιθέη*, welche von Here dem Hypnos zur Gemahlin versprochen wird *Il.* 14. 269. 275) und eine andere *Χάρις λιπαροκρήδεμνος* als Gattin des Hephästos *Il.* 18. 382. Außerdem erscheinen sie als Dienerinnen Here's und Aphrodite's O. 8. 364; 18. 194; *Il.* 5. 338 und sonst noch *Il.* 17. 51. Od. 6. 18.

Nach Hes. sind sie Töchter des Zeus und der Okeanide Eurynome und heißen:

Ἀγλαΐη, *Εὐφροσύνη* und *Θαλίη*.

7. Die Horen.

Die *Ὧραι* sind bei Homer die Thürhüter des Olympos und Führerinnen der Jahreszeiten und der Witterung (*Il.* 5. 749 ff. 8. 393. Od. 10. 469. *Il.* 21. 430); außerdem erscheinen sie als Dienerinnen der Here *Il.* 8. 433. Ihre Zahl und Namen erwähnt Hom. nicht.

Nach Hes. sind sie Töchter des Zeus und der Themis und heißen:

Εὐνομίη, *Δίκη* und *Εἰρήνη*.

Im alten Athen verehrte man sie unter den Namen *Θαλλώ* und *Καρπώ*.

Epith.: *πολυγηθέες viele Freuden bringend

8. Hebe und Ganymedes.

Ἥβη, Tochter des Zeus und der Here, Gemahlin des vergötterten Herakles (O. 11. 603), ist die Dienerin der Götter ohne einen scharf begränzten Wirkungskreis (Il. 4. 2; 5. 722; 5. 905); erst später wird sie als die Mundschenkin der Götter und als Göttin der Jugend gedacht.

καλλίσφυρος schlankfüßig
πότνια hehr

Γανυμήδης, Sohn des Königs von Troja, Tros; nach *Il.* 20. 232; 5. 266 von den Göttern wegen seiner Schönheit in den Himmel versetzt, um als Mundschenk zu dienen.

Seine Entführung durch den Adler des Zeus ist spätere Sage.

Dritter Abschnitt.

Abriß der homerischen Erdkunde.

Cap. XXV.

I. Meere und Seen.

Von einzelnen Meeren erw. Homer nur:

1) den πόντος Ἰκάριος Il. 2. 145, den südöstlichen, und

2) den πόντος Θρηίκιος Il. 23. 230, das thrakische Meer, den nördlichen Theil des ägäischen Meeres;

3) den Μέλας oder Μείλας πόντος Il. 24. 97, die schwarze Bai, zwischen dem thrakischen Festlande und der thrakischen Chersones;

4) den Ἑλλήσποντος.

Er heißt:

πλατύς breit
ἀπείρων unbegränzt
ἀγάρροος stark strömend
ἰχθυόεις fischreich

Von Seeen werden erwähnt:

1) die λίμνη Κηφισίς, später ἡ Κωπαΐς λίμνη gen. in Böotien;

2) die λ. Βοιβηίς bei Boibe in Thessalien;

3) die λ. Γυγαίη in Lydien, am Berge Tmolos.

II. Flüsse, Bäche und Quellen.

a. In Europa.

Ἀξιός in Makedonien (heute Bistrizza).

μέγας· εὐρὺ ῥέων· εὐρυρέεθρος· βαθυδίνης.

Πηνειός in Thessalien (h. Salambria).

ἀργυροδίνης silberstrudelnd

Ἐνιπεύς desgl., Nebenfluß des vorigen.

θεῖος· δινήεις.

Τιταρήσιος ebenf. Nebenfluß des Pen.

Σπερχειός in Thessalien

διιπετής himmelentströmend
ἀκάμας unermüdlich

Βοάγριος, Waldstrom in Lokris.

Κηφισός in Phokis, in den Kopais-See mündend.

δῖος.

Ἀσωπός in Böotien.

*βαθύσχοινος durch dichte Binsen strömend
λεχεποίης von grasreichen Wiesen umsäumt

Ἀχελώϊος zwischen Aetolien u. Akarnanien (h. Aspro-Potamo).

Ἀλφειός in Arkadien u. Elis.

ὅςτ' εὐρὺ ῥέει Πυλίων διὰ γαίης

Κελάδων in Elis oder Arkadien.

Σελλήεις, *Ἰάρδανος* } in Elis.

Ἰάρδανος in Kreta.

b. In Asien.

Αἴσηπος in Phrygien b. Kyzikos.

Κάρησος, Nebenfluß dess.

Γρήνικος (att. *Γράν.*) in Kleinmysien.

Ῥῆσος, Nebenfluß dess.

Σατνιόεις, Waldbach in Mysien

Σαγγάριος in Bithynien

Παρθένιος, Gränzfluß zwisch. Paphlagonien und Bithynien

Ῥοδίος in Troas

Πράκτιος in Troas bei Abydos

Σκάμανδρος oder *Ξάνθος* in Troas (h. Mendere-Su)

ἠιόεις schlammig (?) δῖος- διοτρεφής- διιπετής- μέγας- δινήεις- ἀργυροδίνης- βαθυδίνης- βαθυδινήεις- εὐρὺ ῥέων- ἐΰρροος- ἐυρεής- δεινός.

Σιμόεις, Nebenfluß des vor. (h. Ghumbre)

Σελλήεις in Troas b. Arisbe

Μαίανδρος in Jonien und Phrygien, bei Milet (berühmt weg. seiner vielen Krümmungen)

Καΰστριος in Lydien und Jonien bei Ephesus (berühmt durch seine Schwäne)

Ἕρμος in Aeolis (bei Smyrna)

δινήεις.

Ὕλλος in Jonien, Nebenfluß des vor.

ἰχθυόεις.

Ξάνθος in Lycien

Außer diesen wird bei Homer noch erw.:

Αἴγυπτος d. i. der Nil

διιπετὴς ποταμός- ἐυρρείτης.

Quellen:

Ἀρέθουσα in Ithaka

Ὑπέρεια in Pherä in Thessalien

Μεσσηΐς bei Hellas in Thessalien oder bei Therapne in Lakonien

Κρουνοί, Quelle und Flecken im südlichen Elis O. 15. 295 (v. sp.)

Ἀρτακίη κρήνη καλλιρέεθρος in dem Lästrygonenlande.

Von den fabelhaften Strömen erwähnt Homer den:

Ὠκεανός, den breiten, die Erdscheibe umfließenden Weltstrom. (Die Epith. s. Cap. XXIV), und die Flüsse der Unterwelt (Cap. XXII).

Dagegen kennt er den *Ἠριδανός* nicht.

III. Berge, Felsen und Hügel.

a. In Europa.

τὸ Νυσήιον Berg in Thrake

ὁ Ὄλυμπος zw. Thessalien und Makedonien (h. Elimbo). Die Epith. s. ob. Cap. XXIV.

ἡ Ὄσσα in Thessalien, Wohnsitz der Kentauren

τὸ Πήλιον in Thessalien

εἰνοσίφυλλον laubschüttelnd

Τίτανος in Thessalien

ὁ Ἀθόως (sp. *Ἄθως*) auf der Halbinsel Chalkidike (h. Monte Santo)

ὁ Παρνησός (att. *Παρνασσός*) in Phokis

αἰπύ- καταειμένον ὕλῃ mit Wald bekleidet

Γεραιστός Vorgebirge in Euböa

Γυραί (*πέτραι μεγάλαι*) oder *Γυραίη πέτρη*, Felsgruppe bei Euböa, an der Ajax, der S. des Oïleus, scheiterte und umkam

Σούνιον Vorgebirge in Attika (j. Cap Colonna)

ἱρὸν ἄκρον Ἀθηνέων.

Ἐρύμανθος } in Arkadien
Κυλλήνη } *ὄρος αἰπύ*

Ὠλενίη πέτρη in Achaja an der Gränze von Elis

Ἀλεισίου κολώνη in Elis (viell. ein Grabhügel *Il.* 11. 757)

Τηΰγετος in Lakonien

περιμήκετος sehr lang, hoch

Μάλεια und *Μαλειαί* Vorgebirge in Lakonien (jetzt Cap San Angelo)

Νήριτον Gebirge auf Ithaka

ἀριπρεπές sehr hervorstechend

εἰνοσίφυλλον.

καταειμένον ὕλῃ.

Νήιον Berg in Ithaka

ὑλῆεν waldig

Κόρακος πέτρη der Rabenfels in Ithaka.

b. In Asien.

Πλάκος Berg in Mysien

ὑλήεσσα.

Τήρεια Berg in Mysien

Ἴδη Gebirge in Phrygien (Troas)

πιδήεσσα } quellenreich
πολυπῖδαξ }

ὑλήεσσα waldig
πολύπτυχος schluchtenreich
ὑψηλή hoch
μήτηρ θηρῶν die Mutter des Wildes

Seine Spitze heißt *Γάργαρον Il.* 14. 292.

Λεκτόν Vorgebirge in Troas, Lesbos gegenüber

Βατίεια (der Dornberg) Hügel bei Troja
αἰπεῖα κολώνη, περίδρομος ἔνθα καὶ ἔνθα.

Καλλικολώνη (Schönbuhl) Hügel in der troischen Ebene

Σίπυλος zwischen Lydien u. Phrygien

Τμῶλος in Lydien
νιφόεις schneebedeckt

Μυκάλη Vorgebirge in Jonien, Samos gegenüber (h. Cap S. Maria)
Μ—ης αἰπεινὰ κάρηνα.

Μίμας Vorgebirge östlich von Chios

Πράμνη, wahrscheinlich Berg auf der Insel Ikaria (nur in dem adj. *Πράμνειος*)

Φθειρῶν ὄρος (Fichtenberg) in Karien.

Fabelhafte Felsen:

1) *αἱ Πλαγκταί*, die Prallfelsen O. 12. 61; nach den Alten vor der nördlichen Oeffnung der sicilischen Meerenge; nch. A. identisch mit den *Συμπληγάδες* am Eingange des Bosporos.

2) *ἡ Λευκὰς πέτρη*, der weiße Fels, am Ufer des Okeanos Od. 24. 11.

IV. Die Inseln.

1. An der Ost- und Südküste Griechenlands:

Σκῦρος, Geburtsort des Neoptolemos

Εὔβοια (h. Egribo)
ἱερή.

Αἴγινα im saronischen Meerbusen

Σαλαμίς im saronischen Meerbusen

Κύθηρα τὰ südwestlich von Malea
ζάθεα hochheilig

Κρανάη, kl. Insel im lakonischen Meerbusen (od. b. Attika)

2. An der Westküste:

Ζάκυνθος (h. Zante) im jonischen Meere
ὑλήεις oder ὑλήεσσα

Σάμη oder *Σάμος*, das sp. *Κεφαλληνία* (h. Cefalonia)
παιπαλόεσσα vielfach gewunden oder klippenreich

Ἰθάκη (h. Theaki od. Tiaki)

τρηχεῖα καὶ οὐχ ἱππήλατος οὐδὲ λίην λυγρή, ἀτὰρ οὐδ' εὐρεῖα, αἰγίβοτος δ' ἀγαθὴ καὶ βούβοτος.

ἀγαθὴ κουροτρόφος die Jugend gut ernährend

ἀμφίαλος meerumströmt

εὐδείελος weithin sichtbar

ἐυκτιμένη wohl angebaut

κραναή felsig

ὑπονήιος am Fuße des Neïon liegend

παιπαλόεσσα.

χθαμαλή (?) O. 9. 26.

Ἰθάκης πίων δῆμος O. 14. 329.

Δουλίχιον, eine der Echinaden südöstlich von Ithaka; nch. A. eine später untergegangene Insel oder ein Theil von Kephallenia.

Ἐχῖναι αἱ d. sp. *Ἐχινάδες*, eine Inselgruppe an der Mündung des Acheloos; nch. A. bei Elis

ἱεραὶ νῆσοι.

Τάφος an der Westküste von Akarnanien

Ἀστερίς, eine kleine (vielleicht von Homer erdichtete) Insel zw. Same und Ithaka

νῆσος πετρήεσσα οὐ μεγάλη.

Αἰγίλιψ, kl. Insel bei Epiros (nach A. Ort in Ithaka od. Akarnanien)

Κροκύλεια, kl. Insel b. Ithaka (nach A. Ort in Akarnanien).

3. An der asiatischen Küste:

Σάμος Θρηικίη sp. *Σαμοθρᾴκη*, auch blos *Σάμος* gen.

Ἴμβρος (h. Imbro)

παιπαλόεσσα.

Λῆμνος (h. Stalimene), dem Hephästos heilig

*ἀμιχθαλόεσσα nebelig, räucherig (durch den Vulkan)

ἠγαθέη hochheilig

ἐυκτιμένη.

Τένεδος an der Küste von Troas

Λέσβος (h. Metelino)

ἠγαθέη- ἐυκτιμένη.

Ψυρίη sp. *Ψύρα*, kleine Insel zwischen Lesbos und Chios

Χίος (h. Scio)

παιπαλόεσσα.

Κόως, Κῶς (h. Stanchio od. Ko) bei Karien

εὐναιομένη.

Νίσυρος, kl. Insel bei Kos, zu den Sporaden gehörig

Καλύδναι sc. *νῆσοι* bei Kos

Ῥόδος (h. Rhodis)

Σύμη zwischen Rhodos und Knidos

Κάρπαθος od. *Κραπ.* zw. Kreta und Rhodos

Κάσος in der Nähe der vorigen.

4. Zwischen Hellas und Asien:

Δίη sp. *Νάξος*, dem Dionysos heilig

ἀμφιρύτη rings umströmt

Δῆλος, eine der Cykladen, dem Apollo u. der Artemis heilig, früher Ortygia genannt.

5. Südlicher gelegene:

Κρήτη, auch *Κρῆται* (h. Candia)

καλὴ καὶ πίειρα, περίρρυτος.
εὐρείη- ἑκατόμπολις mit 100 Städten

Κύπρος an der kilikischen Küste (h. Cipro), der Aphrodite heilig

Σικανίη, der alte Name für *Σικελία* O. 24. 307 (nch. A. ein mythisches Land)

Φάρος, kl. Insel vor der Nilmündung, Sitz des Proteus.

Zweifelhaft ist, ob Homer *Σαρδώ* Sardinien kennt; Einige beziehen darauf das adj. *Σαρδάνιος* O. 20. 302.

6. Fabelhafte Inseln:

Αἰαίη νῆσος, die Insel der Kirke im fernen Nordwesten O. 10. 135; 12. 3.

Αἰολίη νῆσος, die Insel des Aeolus; nach den Alten eine der liparischen Inseln; nch. Voelcker eine der ägatischen; nch. Voss eine schwimmende (*πλωτή*) Insel, die einmal östlich von Trinakia, das andere Mal westlich vom Atlas erscheint O. 10. 1 ff.

Θρινακίη, die nur von den Rindern des Helios bewohnte Insel O. 11. 107; 12. 127 ff. 351. Nach manchen Erklärern: Sicilien.

θεοῦ ἀμύμων νῆσος.

Ὀρτυγίη eig. Wachtelland, ein fabelhaftes Land, wo Artemis den Orion tödtete; nach Einigen Delos oder Rhenaia bei Delos O. 5. 123; 15. 404.

Συρίη, mythische Insel im äußersten Westen, nördlich von Ortygia, Vaterland des Eumäos; nch. Ein. Syros, eine der Kykladen od. an der Ostküste Siciliens O. 15. 403.

ἀγαθή, εὔβοτος, εὔμηλος, οἰνοπληθής, πολύπυρος.

Ὠγυγίη, der Wohnsitz der Kalypso O. 1. 85; 6. 172; 7. 244, nach den Alten die Insel Gaudos bei Malta; nach den neueren Erklärern im nordwestlichen, nach A. im südwestlichen Meere gedacht. Sie heißt:

νῆσος ἀμφιρύτη ὅθι τ' ὀμφαλός ἐστι θαλάσσης
νῆσος δενδρήεσσα baumreich

Die Ziegeninsel in der Nähe des Kyklopenlandes O. IX. 116.

V. Länder und Völker.

1. Griechenland nebst Thrakien und Epirus.

Eine Bezeichnung für ganz Griechenland mit einem Namen findet sich bei Homer noch nicht. Er sagt dafür *Ἑλλὰς καὶ μέσον Ἄργος* (Od. 1. 344; 4. 726) oder *Ἄργος καὶ Ἀχαιίς*

(*Il.* 3. 75) d. i. der Peloponnes und das übrige Griechenland.

Die Einwohner heißen an 4 St. *Παναχαιοί* (*Il.* 2. 404; 23. 236. O. 1. 239; 14. 369); an einer *Πανέλληνες καὶ Ἀχαιοί Il.* 2. 530. Sonst heißen sie bei Hom. gewöhnlich:

1) *Ἀχαιοί* nach dem mächtigsten Volksstamm. Epith. derselben sind:

ἑλίκωπες freudig oder muthig blickend (A.: mit gewölbten, schön geschnittenen Augen)
χαλκοχίτωνες erzgewappnet
ἐυκνήμιδες wohl umschient
παρηκομόωντες mit reichem, wallendem Haupthaar
χαλκοκνήμιδες mit ehernen Beinschienen
ἀρήιοι, *ἀρηίφιλοι*, *φιλοπτόλεμοι* } streitbar
μένεα πνείοντες muthbeseelt
μένος ἄσχετοι unbezwinglich
μεγάθυμοι hochherzig
ὑπερκύδαντες hochberühmt

Das Fem. *Ἀχαιίς* ist bald Bezeichnung des übrigen Achäerlandes im Gegensatze zu Argos (siehe ob.) und heißt dann:

καλλιγύναιξ mit schönen Frauen gesegnet
πουλυβότειρα Viel ernährend

bald = Achäerin, mit den Nebenformen

Ἀχαιιάς, άδος und
Ἀχαιά. Der Dichter nennt sie:

ἐύπεπλοι Il. 5. 424 mit schönem Gewande
ἐυπλοκαμῖδες O. 2. 119

2) *Ἀργεῖοι* nach den Bewohnern des mächtigsten Reiches.

αἰχμηταί Lanzenschwinger
θωρηκταί gewappnet
φιλοπτόλεμοι- *χαλκοχίτωνες*

das Fem. ist *Ἀργείη*.

So heißen speziell *Ἥρη* und *Ἑλένη*.

3) *Δαναοί* nach dem Stammvater der Argiver.

αἰχμηταί
ἀσπισταί
ταχύπωλοι
φιλοπτόλεμοι
θεράποντες Ἄρηος
ἴφθιμοι

Θρήκη (att. *Θρᾴκη*) Thrakien, bei Homer alle über Thessalien hinaus liegenden Länder

ἐριβῶλαξ starkschollig
μήτηρ μήλων.

Θρήικες oder *Θρῆκες*, die Einwohner.

**ἀκρόκομοι* auf dem Scheitel behaart, weil sie die Haare auf dem Scheitel in einen Knoten zusammenbanden
δολίχ᾽ ἔγχεα χερσὶν ἔχοντες
ἱπποπόλοι Rosse tummelnd

Als Landschaften und Völker in Thrakien werden erwähnt:

Κίκονες an der südl. Küste von Thrakien.

αἰχμηταί- *ἤπειρον ναίοντες, ἐπιστάμενοι μὲν ἀφ᾽ ἵππων ἀνδράσι μάρνασθαι καὶ ὅθι χρὴ πεζὸν ἐόντα*.

Μυσοί, ein Volksstamm an der Donau *Il.* 13. 5.

Παιονίη.

ἐριβῶλαξ- ἐρίβωλος

Παίονες.

ἀγκυλότοξοι

ἄνδρες δολιχεγχέες

ἱπποκορυσταί mit Rossen gerüstet

Ἠμαθίη (ἐρατεινή), der ältere Name von Makedonien.

Πιερίη an der Gränze von Makedonien und Thessalien.

In Thessalien, das Hom. unter diesem Namen nicht erwähnt, (die thessalische Ebene am Peneios bezeichnet er mit dem Namen *Ἄργος Πελασγικόν*) liegen:

Φθίη am Spercheios.

μήτηρ μήλων- βωτιάνειρα- ἐριβῶλαξ- ἐρίβωλος.

Die Einwohner: *Φθῖοι.*

Ἑλλάς, άδος zwischen Asopos und Enipeus.

εὐρύχορος- καλλιγύναιξ

Beide zusammen bildeten das Reich der Myrmidonen unter Peleus und Achill.

Πηρείη, Landschaft b. Pherä *Il.* 2. 766 (al. *Πιερίη*).

Es wohnen in Thessalien folgende Völker:

Περαιβοί, Pelasger am Titaresios.

μενεπτόλεμοι

Δόλοπες am Enipeus, später am Pindos.

Φλεγύαι oder *Φλέγυες* bei Gyrtone, sp. in Böotien

μεγαλήτορες.

Αἴθικες am Pindos *Il.* 2. 744.

Λαπίθαι um Olympos und Pelion

αἰχμηταί.

Μυρμιδόνες, achäisches Volk in Phthiotis.

μεγαλήτορες- φιλοπτόλεμοι- ταχύπωλοι- ἐγχεσίμωροι- λύκοι ὥς ὠμοφάγοι.

Ἕλληνες, die Bewohner von Hellas *Il.* 2. 684.

Μάγνητες, die pelasgischen Bewohner der Landschaft Magnesia.

Ἐνιῆνες (sp. *Αἰνιᾶνες*) am Ossa, später in Epirus.

Ἔφυροι, die Bewohner von Krannon, das früher Ephyre hieß.

Ἄπειρος Epirus Od. 7. 89.

Θεσπρωτοί, Pelasgisches Volk bei Dodona.

Südlich von Epirus und Thessalien:

Τάφιοι, ein lelegischer Volksstamm auf der Westküste von Akarnanien und den Inseln an derselben, auch Teleboer genannt.

ληιστῆρες- ληίστορες ἄνδρες (Seeräuber) φιλήρετμοι ruderliebend

Αἰτωλοί.

μεγάθυμοι- μενεχάρμαι kampfmuthig

Κουρῆτες, ein alter ätolischer Volksstamm, um Pleuron wohnend.

Λοκροί, und zwar nur die epiknemidischen oder opuntischen *Il.* 2. 527; 13. 686. 712.

Δωριέες am Fuße des Oeta.

Φωκεῖς die Bewohner von Phokis.

Βοιωτοί die Böoter.

μάλα πίονα δῆμον ἔχοντες.
χαλκοχίτωνες.

Μινύαι, die alten Bewohner von Orchomenos (nur in dem adj. *Μινυήιος*).

Ἰάονες die Joner, nach den Schol. die Bewohner von Attika.

**ἑλκεχίτωνες* mit schleppenden Gewändern

In der Peloponnes:

Αἰγιαλός, das spätere Achaja

Καύκωνες, pelasgisches Volk in Triphylien und um Dyme in Achaja O. 3. 366.

Ἦλις bei Homer nur Landschaft, nicht Stadt; die spätere Eintheilung in *Κοίλη*, *Πισᾶτις* und *Τριφυλία* kennt er nicht.

δῖα ὅθι κρατέουσιν Ἐπειοί- εὐρύχορος- ἱππόβοτος.

Ἠλεῖοι die Einwohner *Il.* 11. 671.

Ἐπειοί, die ältesten Bewohner von Nord-Elis.

**φαιδιμόεντες* mit glänzender Rüstung bekleidet

μεγάθυμοι- χαλκοχίτωνες.

Πύλος, das pylische Reich, das mittlere und südliche Elis und ein Theil Messeniens.

ἠγαθέη hochheilig

ἠμαθόεις sandig

ἱρή- μήτηρ μήλων-

Πύλιοι die Einwohner.

Μεσσήνη, kleiner Landstrich um Pherä im sp. Messenien O. 21. 15.

Λακεδαίμων Lakonien

κοίλη im Thale liegend (zw. Taygetos und Parnon)

κητώεσσα schluchtenreich

δῖα- ἐρατεινή- εὐρύχορος.

Γερηνία, Landschaft in Lakonien (nch. A. Stadt), nur in d. adj. *Γερήνιος*.

Ἀρκαδίη Arkadien, die Einw.

Ἀρκάδες ἐγχεσίμωροι- ἐπιστάμενοι πολεμίζειν

Ἄργος, d. sp. Argolis. 1) so weit es zu dem Gebiete des Agamemnon, K. v. Mykenä, gehörte *Il.* 1. 30; 2. 108; 2) Stadt Argos und Gebiet derselben unter Diomedes.

Außerdem ist *Ἄ.* Bezeichnung für die Peloponnesos, die Hom. unter diesem Namen noch nicht kennt.

Ἀχαιικόν das Land der Achäer

οὖθαρ ἀρούρης das Euter der Flur d. i. das Land des Segens, das gesegnete Land

Ἴασον (nach Jasos, einem Sohne oder Enkel des Argos, V. d. Jo; nach dem Schol.)

πολυδίψιον viel dürstend (A.: heiß ersehnt)

πολύπυρον weizenreich

ἱππόβοτον Rosse weidend

κλυτόν gepriesen *Il.* 24. 437.

Auf den Inseln:

Σίντιες (d. h. Räuber), die

ältesten, wahrscheinlich thrakischen Bewohner von Lemnos

ἀγριόφωνοι mit wilder (barbarischer) Sprache

Ἄβαντες, die ältesten, thrakischen Bewohner von Euböa

ὄπιθεν κομόωντες die am Hinterkopfe lang behaarten d. i. vorne geschorenen

θοαί rüstig — *μένεα πνείοντες- μεγάθυμοι- αἰχμηταί.*

Κεφαλλῆνες die Bewohner des von Odysseus beherrschten Kephallenischen Reiches (aus Same, Ithaka, Zakynthos, Dulichion und einem Theile des Festlandes bestehend).

μεγάθυμοι.

Κρῆτες χαλκοχίτωνες nach Od. 19. 175 in 5 Stämmen:

Ἐτεόκρητες (*μεγαλήτορες*) die Ureinwohner.

Δωριέες (*τριχάικες* d. i. helmbuschschüttelnd von *θρίξ* und *ἀίσσω*)

Ἀχαιοί

Κύδωνες und

Πελασγοί (*δῖοι*)

Ῥόδιοι (*ἀγέρωχοι* reichbegabt; oder stolz, glanzvoll; A.: Wagenversammler; Goebel: sehr ungestüm v. *ἐρωή*).

Σικελοί als Sklavenhändler erwähnt O. 20. 383; 24. 211. 366. 389.

2. Länder und Völker außerhalb Griechenlands.

Τροίη Troja, das troische Land in Kleinasien, der Küstenstrich vom Flusse Aesepus bis zum Kaïkos. (An 90 Stellen, fast immer Bezeichnung des Landes, selten der Stadt, die an 120 St. *Ἴλιος* heißt, mit welchem letzteren Namen das Land nie bezeichnet wird. Gladstone).

ἐριβώλαξ- ἐρίβωλος- εὐρεῖα.

Die Einwohner *Τρῶες* heißen

χαλκοχίτωνες- αἰχμηταί- ἀγέρωχοι s. bb. bei *Ῥόδιοι*

ἱππόδαμοι Rossebändiger

κέντορες ἵππων Tummler der Rosse

θωρηκταί gepanzert

αὐίαχοι zusammenschreiend

**ἄβρομοι* lärmend

εὐηγενέες edelgeboren

ἀγαυοί bewunderungswerth, trefflich

ἀγήνορες sehr mannhaft

ἄλκιμοι stark

ὑπέρθυμοι, *μεγάθυμοι*, *μεγαλήτορες* } hochherzig

ὑπερφίαλοι, *ὑπερηνορέοντες* } übermüthig

μαχηταί, *φιλοπτόλεμοι* } streitbar

ἀκόρητοι ἀυτῆς

μάχης ἀκόρητοι

ἄμοτον μεμαῶτες.

Fem.: *Τρῳάς, άδος* die Troerin

ἑλκεσίπεπλοι mit schleppenden Gewändern

und *Τρῳή*, *Τρῳαί* (*εὐπλόκαμοι*)

Δαρδανοί die Einwohner

der kleinen Landschaft *Δαρδανίη* oberh. Troja's am Hellespont, von Aeneas beherrscht.

Fem.: *Δαρδανίδες* Dardauerinnen

βαθύκολποι tief gegürtet (eig. mit tief bauschigem Gewande)

Θύμβρη, Gegend in Troas

Ἁλιζῶνες, Volk am Pontos in Bithynien

Παφλαγόνες am Pontos zwischen dem Halys und Phrygien

μεγάθυμοι- ἀσπισταί- μεγαλήτορες

Ἐνετοί, Volk in Paphlagonien, ὅθεν ἡμιόνων γένος ἀγροτεράων.

Καύκωνες, ein wahrscheinlich pelasgischer Volksstamm in Bithynien

μεγάθυμοι.

Ἀσκανίη, Landschaft in Bithynien

ἐριβῶλαξ *Il.* 13. 793

Μυσοί aus Thrakien eingewandert, vom Aesepos bis zum Olympos

ἀγχέμαχοι aus der Nähe kämpfend — ἀγέρωχοι- καρτερόθυμοι.

Κήτειοι in Mysien O. 11. 521.

Λέλεγες, pelasgisches Volk auf der Südküste von Troas, Lesbos gegenüber

φιλοπτόλεμοι.

Φρυγίη, theils am Hellespont, theils am Sangarios

ἀμπελόεσσα rebenreich

Φρύγες

ἀνέρες αἰολόπωλοι Rosse tummelnd ἱππόδαμοι.

Ἀσκανίη, kleine Landschaft in Phrygien *Il.* 2. 863.

Μῃονίη, alter Name von Lydien.

ἐρατεινή.

Ἀσίῳ λειμῶν die Aue des Asias (nach einem alten lydischen Könige)an den Ufern des Kaystros

Μῄονες Lyder

ἱπποκορυσταί.

Πελασγοί, Volk in Klein-Asien bei *Κύμη*.

δῖοι- ἐγχεσίμωροι

Κᾶρες im südwestlichen Klein-Asien

βαρβαρόφωνοι barbarisch redend

Λυκίη Landschaft im Süden Klein-Asiens zwischen Karien und Pamphylien *Il.* 2. 877 verschieden von

Λυκίη, Landschaft am Fuße des Ida am Aesepus

ἐριβῶλαξ- εὐρεῖα- πίων δῆμος.

Λύκιοι

*ἀμιτροχίτωνες die keine Mitra unter dem Waffenrocke tragen

πύκα θωρηκταί- ἀσπιδιῶται- ἀντίθεοι- ἴφθιμοι.

Σόλυμοι, Volk in Lykien

κυδάλιμοι.

Κίλικες, zu Homer's Zeit in Großphrygien in zwei Reichen mit den Hauptstädten Thebe am Plakos und Lyrnessos.

Ἀλήιον πεδίον (das Irrfeld?) in Kilikien *Il.* 6. 201.

Φοινίκη Phönizien Od. 4. 83. 14. 291.

Φοίνικες die Phönizier

πολυπαίπαλοι abgefeimt (gerieben)

ναυσικλυτοὶ ἄνδρες- ἀγανοί- τρῶκται Gauner

Φοίνισσα die Phönizierin

Σιδονίη, Landschaft in Phönike

εὐναιομένη.

Σιδόνες πολυδαίδαλοι kunstfertig

Αἴγυπτος Aegypten

πικρή bitter, verhaßt O. 17. 448.

Λιβύη, das Land westlich von Aegypten bis zum Okeanos, *ἵνα τ' ἄρνες ἄφαρ κεραοὶ τελέθουσιν*.

3. Fabelhafte Länder und Völker.

Ἄβιοι d. i. die Friedlichen (im Skythenlande) *Il.* 13. 6

δικαιότατοι ἀνθρώπων

Αἰθίοπες (d. i. mit sonngebräuntem Antlitz) zwiefach getheilt; ein Theil im äußersten Osten, ein Theil im äußersten Westen der Erdscheibe (O. 1. 22—25. 4. 84; 5. 282. *Il.* 1. 423; 23. 206)

τηλόθ' ἐόντες die fernen

ἔσχατοι ἀνδρῶν, *ἀμύμονες*.

Ἀμαζόνες (d. i. die Unnahbaren od. die Niedermähenden) ein kriegerisches Frauenvolk am Thermodon im Pontos *Il.* 6. 186; 3. 189.

ἀντιάνειραι männergleich

Eine derselben wird namentlich erw. *Il.* 2. 814 die *πολύσκαρθμος* (d. i. weit springend, behend) *Μυρίνη*, deren Grabmal sich bei Troja befand.

Dagegen erw. Hom. nicht die in der sp. Mythe vorkommenden: Hippolyte oder Antiope und Melanippe.

Ἄριμοι Il. 2. 783, ein Volk in Kilikien, nach A. in Mysien, Lydien oder Syrien; (nach A. *Ἄριμα* ein Gebirge)

ὅθι φασὶ Τυφωέος ἔμμεναι εὐνάς.

Γίγαντες (d. i. die Erdgeborenen) ein riesiges, den Göttern feindliches, von Zeus vertilgtes Volk bei Hypereia; nach Od. 7. 206 von Poseidon abstammend u. mit den Phäaken verwandt cf. O. 7. 59; 10. 120.

ἄγρια φῦλα γιγάντων

ὑπέρθυμοι.

Ἔρεμβοι vielleicht die Aramäer d. h. die Bewohner von Syrien; nach den Alten Troglodyten in Arabien (*ἔρα- ἐμβαίνειν*) O. 4. 84.

Κένταυροι, ein alter, wilder Volksstamm in Thessalien zwischen Pelion und Ossa, von den Lapithen vertrieben. Sie heißen bei Homer:

φῆρες ὀρεσκῷοι im Gebirge lagernde

(A.: Berghöhlen bewohnende) Ungethüme, Unholde *Il.* 1. 268

φῆρες λαχνήεντες zottige Ungethüme.

Er erwähnt unter ihnen namentlich den *Χείρων* cf. ob. Cap. XXIII. 7.

Von der Doppelgestalt der Kentauren spricht Homer nirgends.

Κιμμέριοι, Volk am Westrande der Erde, am Okeanos, nördlich von dem Eingange in die Unterwelt, in ewigem Dunkel lebend O. 11. 14.

ἠέρι καὶ νεφέλῃ κεκαλυμμένοι.

Κύκλωπες (d. i. Rolläugige oder Rundäugige) ein riesiges, (nch. der sp. S. einäugiges), zerstreut in Höhlen lebendes Hirtenvolk; nch. den Alten in Sicilien in der Gegend des Aetna; wahrscheinlich nur ein Phantasiegebilde des Dichters cf. O. 9. 106 ff. O. 2. 19.

ἄνδρες ὑπερηνορέοντες übermüthige Männer

ἀθέμιστοι ohne Gesetze lebend

ὑπερφίαλοι übermüthig

Hom. nennt nur Einen von ihnen:

Πολύφημος, den Sohn des Poseidon u. der Nymphe Thoosa, der Tochter des Phorkys (O. 1. 71. 72), der oft *κατ᾽ ἐξοχὴν ὁ Κύκλωψ* heißt.

ἄγριος ἀνήρ, ἀντίθεος ὅου κράτος ἔσκε μέγιστον πᾶσιν Κυκλώπεσσιν

ἀνὴρ πελώριος riesig

πέλωρ ἀθεμίστια εἰδώς das Ungethüm, gesetzlosen Sinnes

σχέτλιος grausam — [illegible]

ἄσχετος- ἀνδροφόνος, aber auch μεγαλήτωρ- φέριστος- ἄναξ.

Λαιστρυγόνες, ein mythisches von Viehzucht lebendes Riesenvolk im hohen Norden (cf. O. 10. 82, wo der kurzen Sommernächte Erwähnung geschieht); nach den Alten an der Ostküste Siciliens bei Leontini oder bei Formiä im südlichen Latium (cf. Od. 10. 106. 119 ff.)

ἴφθιμοι, μύριοι, οὐκ ἄνδρεσσιν ἐοικότες, ἀλλὰ γίγασιν.

Ihre Hauptstadt heißt:

Τηλέπυλος Λαιστρυγονίη d. i. Weitthor oder nach Nitzsch weithin mündend d. i. sich schmal und lang hinziehend; nach A. ist *τηλέπυλος* adj. und *Λαιστρυγονίη* der Namen der Stadt. (Nach den Alten Formiä).

Λωτοφάγοι die Lotosesser, ein friedliches, gastfreies Volk im Westen, das sich Homer wahrscheinlich an der libyschen Küste dachte O. 9. 84 ff.

οἵτ᾽ ἄνθινον εἶδαρ ἔδουσιν.

Πυγμαῖοι (d. i. Fäustlinge, eine Faust hoch), ein fabelhaftes Zwergenvolk am Südrande der Erdscheibe *Il.* 3. 6, wo von ihrem Kampfe mit den Kranichen gesprochen wird.

Σχερίη, das fabelhafte Land der Phäaken; nach den Alten eine Insel nördlich von Ithaka, das spätere *Κέρκυρα* (h. Corfu); wahrscheinlicher ein Fabelland, u. zwar als Theil des Festlandes gedacht, weil es beständig *γαῖα*, nicht *νῆσος* genannt wird.

ἐρατεινή lieblich, anmuthig
ἐρίβωλος starkschollig

(cf. Od. 5. 34. 280; 6. 204. 279; 7. 129).

Die Einwohner desselben, die göttergeliebten, Schifffahrt treibenden

Φαίηκες heißen bei dem Dichter:

ἀγχίθεοι den Göttern nahe verwandt
ἀντίθεοι göttergleich
δολιχήρετμοι lange Ruder führend
φιλήρετμοι Ruder liebend
ναυσικλυτοί durch ihre Schiffe berühmt
φίλοι ἀθανάτοισιν.
ἀμύμονες. ἀγαυοί. μεγάθυμοι.

O. 8. 246 Characteristik derselben:

οὐ γὰρ πυγμάχοι εἰμὲν ἀμύμονες οὐδὲ παλαισταί,
ἀλλὰ ποσὶ κραιπνῶς θέομεν καὶ νηυσὶν ἄριστοι·
αἰεὶ δ' ἡμῖν δαίς τε φίλη, κίθαρίς τε χοροί τε,
εἵματά τ' ἐξημοιβὰ λοετρά τε θερμὰ καὶ εὐναί.

Ihr früherer Wohnsitz:

Ὑπερείη in der Nähe der Kyklopen wird Od. 6. 4 erwähnt

εὐρύχορος.

Unbekannt sind Homer die Hyperboreer, die erst in dem hom. h. auf Bacch. 29 erwähnt werden.

VI. Städte und Flecken.

1. In Thrakien:

Ἀμυδών in Päonien am Axios

Σηστός am Hellespont

Ἴσμαρος im Kikonenlande, durch ihren Wein berühmt

Αἶνος am Hebros

Αἰσύμη Il. 8. 304

Κάβησος Il. 13. 363 (nach A. in Klein-Asien)

2. In Thessalien:

Φθιή am Spercheios

Μυρμιδόνων ἄστυ περικλυτόν.

Ἑλλάς Stadt in Phthiotis.

Ἴτων St. ebendas.

μήτηρ μήλων.

Ἰαωλκός Jalkos am pagasäischen Meerbusen.

ἐυκτιμένη. εὐρύχορος.

Οἰχαλίη am Peneios

πόλις Εὐρύτου.

Μηθώνη in Magnesia.

Μελίβοια das. am Othrys

Τρηχίς, ῖνος att. *Τραχίς* am malischen Meerbusen

Τρίκη oder *Τρίκκη* am Peneios

ἱππόβοτος.

Ἰθώμη Kastell in Hestiäotis

κλωμακόεσσα felsig.

Ὀλιζών in Magnesia (τρηχεῖα)

Ὀλοοσσών in Perrhäbia

πόλις λευκή von den weißen Felsen

Πτελεός (Ulm) in Phthiotis

λεχεποίη von grasreichen Wiesen umgeben

Πύρασος (Weizenstadt) in Phthiotis mit einem Haine der Demeter

ἀνθεμόεις blumenreich

Δήμητρος τέμενος.

Ἀντρών am Fuße des Oeta

ἀγχίαλος nahe am Meere

Ἄλος, Ἀλόπη } in Achill's Reich

Φυλάκη am Othrys

Φεραί in Pelasgiotis, Residenz des Admetos, mit dem Hafen Pagasä

Βοίβη ebendas.

Γλαφύραι (sonst unbekannt)

Θαυμακίη, Ὀρμένιον, Ἀστέριον } in Magnesia

Ἄργισσα sp. Argura am Peneios

Γυρτώνη am Fuße des Olympos

Ὄρθη, Ἠλώνη, Κύφος } in Perrhäbien

Βούδειον in Magnesia oder Phthiotis

3. In Phokis:

Κυπάρισσος auf dem Parnaß bei Delphi, sp. Apollonias

Πυθώ u. Πυθών, der ältere N. für Delphi, eig. nur die Gegend mit dem Tempel u. Orakel des Apollo

πετρήεσσα felsig

ἠγαθέη hochheilig

der λαϊνός οὐδός des Tempels wird erwähnt *Il.* 9. 404. O. 8. 80

Δαυλίς bei Delphi

Ἀνεμώρεια b. Delphi sp. Anemoleia

Κρῖσα, alte Stadt südwestl. von Delphi

ζαθέη hochheilig

Πανοπεύς an der böotischen Gränze

καλλίχορος- κλειτός.

Ὑάμπολις (d. i. St. der Hyanten) am Kephisos

Λίλαια an den Quellen des Kephissos.

4. In Lokris:

Κῦνος, St. der opuntischen Lokrer

Ὀπόεις (sp. —οῦς) Hauptstadt der Lokrer, Vaterstadt des Patroklos

Καλλίαρος sp. zerstört

Βῆσα.

Σκάρφη unweit der Termopylen

Αὐγειαί (ein anderes lag in Lakonien)

ἐρατειναί.

Τάρφη westlich vom Oeta, das sp. Pharygä

Θρόνιον Hauptstadt d. epiknemidischen Lokrer am Boagrios

5. **In Böotien:**

Θήβη und *Θῆβαι* Theben

ἑπτάπυλος siebenthorig
εὐρύχορος geräumig
ἐυστέφανος gut ummauert
πολυήρατος vielgeliebt
ἱερὰ τείχεα Θήβης.

Die Einwohner heißen O, 10. 492 *Θηβαῖοι* (Teiresias); sonst *Καδμεῖοι* oder *Καδμείωνες*

κέντορες ἵππων die Tummler der Rosse

Zur Zeit des troischen Krieges war die Kadmea d. i. die Burg und die Oberstadt zerstört; daher wird in dem Schiffskatalog nur

Ὑποθῆβαι erw., die Unterstadt von Theben; nach Strabo aber ist es das sp. *Ποτνιαί*

ἐυκτίμενον πτολίεθρον

Σχοῖνος (d. i. Binsenstadt) bei Theben

Σκῶλος, Flecken bei Theben

Γλίσας, alte Stadt b. Theben

Ὑρίη, kl. Stadt am Euripos bei Tanagra

Αὐλίς, Flecken am Euripos, Chalkis gegenüber (h. Bathi); Versammlungsort der griechischen Flotte vor der Abfahrt nach Troja

πετρήεσσα.

Ἐτεωνός, Stadt am Asopos

πολύκνημος reich an Waldschluchten

Θέσπια oder *Θέσπεια* sp. *Θεσπιαί*, alte Stadt am Helikon

Γραῖα, uralter Ort bei Oropus, nach Pausanias d. sp. Tanagra

Μυκαλησσός, Stadt bei Tanagra

εὐρύχορος.

Ἅρμα, Ort bei Tanagra, wo nach d. sp. Sage Amphiaraos von der Erde verschlungen wurde.

Εἰλέσιον bei Tanagra

Ἐρύθραι am Kithäron im Gebiete von Platää

Ἐλεών Flecken bei Tanagra

Ὕλη kleine Stadt am Kopaïs-See, sp. zerst.

Πετεών, *Ὠκαλέη* } Flecken bei Haliartos

Μεδέων am Berge Phönikios

ἐυκτίμενον πτολίεθρον.

Κῶπαι am Kopaïs-See (h. Topolia)

Εὔτρησις Flecken bei Thespiä

Θίσβη alte St. am Helikon

πολυτρήρων taubenreich

Κορώνεια westlich vom Kopaïs-See

Ἁλίαρτος am Kopaïs-See

ποιήεις grasreich

Πλάταια am Asopos (h. Paläo-Castro)

Ὀγχηστός am Kopaïs-See (h. Kloster Mazaraki)

ἱερός, Ποσιδήιον ἀγλαὸν ἄλσος.

Ἄρνη, nach Pausanias d. sp. Chäroneia, nach A. vom Kopaïs-See verschlungen

πολυστάφυλος rebenreich

(Nach Thucydides erst 60 J. nach Troja's Eroberung von den Böotern erbaut).

Μίδεια am Kopaïs-See; nch. Einigen von diesem verschlungen

Νῖσα Flecken am Helikon

ζαθέη hochheilig

Ἀνθηδών Hafenstadt

ἐσχατόωσα an der äußersten Gränze liegend.

In dem Reiche der Minyer:

Ὀρχομενός Μινύήιος uralte Stadt in Böotien am Einflusse des Kephissos in den Kopaïs-See, Hauptstadt des Minyerreiches. (Schatzhaus des Minyas). Ein anderes *O.* lag in Arkadien.

Ἀσπληδών Stadt am Flusse Melas

**Ἀλαλκομεναί* alte Stadt; nach der Sage Geburtsort Athene's (nur in dem adj. *Ἀλαλκομενηΐς* *Il.* 4. 8).

6. In Attika:

Ἀθῆναι und O. 7. 80 *Ἀθήνη*

ἐυκτίμενον πτολίεθρον, δῆμος Ἐρεχθῆος μεγαλήτορος, εὐρυάγυια O. 7. 80.

ἱεραί O. 11. 323.

Die Einwohner *Ἀθηναῖοι* (μήστωρες ἀυτῆς)

Μαραθών, Demos an der Ostküste von Attika O. 7. 80.

7. In Aetolien:

Πλευρών am Euenos, Sitz der Kureten (sp. mit einem Tempel der Athene)

Ὤλενος am Arakynthos, früh zerstört

Πυλήνη sp. Proschion

Χαλκίς an der Mündung des Euenos (h. Galata)

ἀγχίαλος.

Καλυδών, uralte Stadt am Euenos, Residenz des Oeneus u. Meleagros

πετρήεσσα· αἰπεινή steil

ἐραννή lieblich

Νήρικος alte Stadt auf der früheren Halbinsel, späteren Insel Leukas

ἐυκτίμενον πτολίεθρον.

8. In Akarnanien:

Αἰγίλιψ nach Strabo Ort in Akarnanien, nach A. kl. Insel bei Epirus

Κροκύλεια nach Str. in Akarnanien, nach A. kl. Insel bei Ithaka.

9. In Epirus:

Δωδώνη, uralte Stadt am Fuße des Tomaros in Epeiros, Sitz der *Σελλοί*, *Διός ὑποφῆται ἀνιπτόποδες* (mit ungewaschenen Füßen), *χαμαιεῦναι* (auf der Erde lagernd) *Il.* 16. 233 ff. 2. 750.

δυσχείμερος sehr winterlich

10. In der Peloponnes:

a. In Achaja (bei Homer Aegialos).

Αἰγαί, kl. Stadt bei Helike (e. and. Aeg. auf Euböa).

Αἴγιον, spät. Residenz des achäischen Bundes

Ὑπερησίη sp. *Αἴγειρα*

Γονόεσσα an der sikyonischen Gränze

αἰπεῖα.

Πελλήνη zwischen Sikyon u. Aegira

Ἑλίκη, bedeutende Küstenstadt mit einem berühmten Tempel des Poseidon (373 a. Chr. vom Meere verschlungen)

εὐρεῖα.

Die genannten Städte gehörten zu dem Reiche des Agamemnon; ebenso:

Κόρινθος, das *Il.* 6. 152 auch unter dem älteren Namen *Ἐφύρη* erwähnt wird.

ἀφνειός gesegnet

Σικυών *Il.* 2. 572 und 23. 299.

εὐρύχορος und

Ἀραιθυρέη, das spätere Phlius zwischen Sikyon u. Argos

ἐρατεινή.

b. In Argolis:

Zu dem mykenischen Reiche des Agamemnon gehörten:

Μυκήνη oder *Μυκῆναι* Residenz Agamemnon's (Schatzkammer des Atreus und kyklopische Mauern)

πολύχρυσος goldreich

εὐρυάγυια- ἐυκτίμενον πτολίεθρον

Κλεωναί südwestlich von Korinth

ἐυκτίμεναι.

Ὀρνειαί sp. —εαί

Zu dem Reiche des Diomedes gehörten folgende Städte in Argolis:

Ἄργος am Inachos (Kyklopenmauern der Burg [Larissa]) (*Ἀχαιικόν- Ἴασον- ἱππόβοτον* cf. supra! p. 134)

Τίρυνς, θος uralte Stadt (Sitz des Perseus)

τειχιόεσσα wohl ummauert

Ἑρμιόνη mit einem Hafen

Ἀσίνη westl. v. d. vor., beide heißen: *βαθὺν κατὰ κόλπον ἔχουσαι* d. h. an einem tiefen Meerbusen liegend

Τροιζήν in der Nähe des saronischen Meerbusens

Ἠιόνες (Stade), Flecken an der Küste; sp. Hafen von Mykene

Ἐπίδαυρος am saronischen Meerbusen; sp. berühmt durch seinen Asklepiostempel

ἀμπελόεις.

Μάσης, sp. Hafen von Hermione.

(Auch Aegina gehörte zu dem Reiche des Diomedes).

c. In Lakonien:

Φῆρις, alte Stadt südlich von Amyklä.

Σπάρτη am Eurotas, Residenz des Menelaos

εὐρεῖα- καλλιγύναιξ

Μέσση, Hafenstadt bei Tänaros

πολυτρήρων taubenreich

Βρυσειαί, alte Stadt südwestl. von Sparta; sp. verschollen

Αὐγειαί bei Gythion (ein anderes in Lokris)

ἐρατειναί.

Ἀμύκλαι, uralte Stadt in der Nähe des Eurotas, $\frac{1}{2}$ Meile unterhalb Sparta's (der Thron von Amyklä); später ein offener Flecken

Ἕλος, Küstenstadt oberhalb Gythion; sp. von den Spartanern zerstört (Heloten)

ἔφαλον πτολίεθρον Hafenstadt

Λάας alte Stadt nahe dem Meere; nach der spät. Sage von den Dioskuren zerstört, die daher *Λαπέρσαι* hießen

Οἴτυλος Küstenstadt

Καρδαμύλη am messenischen Meerbusen.

d. In Messenien:

Αἴπεια Seestadt *Il.* 9. 152

καλή.

Αἶπυ in Nestor's Gebiet

ἐύκτιτον.

Δώριον von unbest. Lage, der Ort, wo die Musen den thrakischen Sänger Thamyris blendeten und des Gesanges beraubten

Φηραί am Flusse Nedon, in Homer's Zeit zu Lakonien gehörig.

Πύλος am Berge Aegaleos, der Insel Sphakteria gegenüber, von Neleus gegründet, Residenz des Nestor.

αἰπὺ πτολίεθρον- ἐυκτίμενον πτολίεθρον- ἠγαθέη- ἱρή- Νηλήιος- Πυλίων ἄστυ.

Ἱρή (al. *Ἰρή*) eine der Städte, welche Agamemnon dem Achill zur Mitgift versprach; nach Strabo das spätere *Ἀβία* am messenischen Meerbusen

Πήδασος nach Einigen das spätere Methone *Il.* 9. 152

Ἄθεια nach Einigen das sp. Thuria

Ἐνόπη *Il.* 9. 150. 292.

e. In Elis:

Ἀρήνη am Flusse Minyeios, vielleicht das sp. Samikon

Θρύον od. *Θρυόεσσα* an einer Furth des Alpheios, an der Gränze zwischen den Eleern und Pyliern

Ἀλφειοῖο πόρος (Furth)

Κυπαρισσήεις in Triphylien an der messenischen Gränze

Ἀμφιγένεια vielleicht das sp. Ampheia

Πτελεός sp. verödet

Ἕλος am Alpheios, später unbekannt.

Die genannten Städte gehörten zu dem pylischen Achäerreiche des

Nestor; die folgenden zu dem Epeerreiche:

Βουπράσιον, alte Königsstadt an der Gränze von Achaja

Φειά u. *Φειαί* in Nord-Elis

Ὑρμίνη, Hafenstadt in Nord-Elis.

Μύρσινος, Flecken bei Dyme

Ἀλείσιον, zu Strabo's Zeit nicht mehr vorhanden.

Ἐφύρη am Flusse Selleïs; Wohnort des Augeias, berühmt durch seine Giftpflanzen *Il.* 11. 741.

Die Stadt Elis kennt Hom. noch nicht.

f. In Arkadien:

Φένεος an dem gleichnamigen See.

Ὀρχομενός (noch jetzt in Ruinen vorhanden)

πολύμηλος.

Ῥίπη bei Stratos

Στρατίη sp. verödet

Ἐνίσπη sp. verschollen

ἠνεμόεσσα windig

Τεγέη

Μαντινέη am Fl. Ophis

ἐρατεινή.

Στύμφηλος (sp. *-αλος*) am stymphalischen See

Παρρασίη.

11. Auf den Inseln.

a. Auf Euböa:

Χαλκίς, Hauptstadt (heute Egribos)

Εἰρέτρια (att. *Ἐρ.*) heute Paläo-Castro

Ἱστίαια (att. *Ἑστ.*) an der Nordküste, sp. *Ὠρεός*.

πολυστάφυλος traubenreich

Κήρινθος nordöstl. v. Chalkis

ἔφαλος.

Δῖον am Vorgebirge Kenäon

αἰπὺ πτολίεθρον.

Κάρυστος auf der Südküste (h. Caristo) durch ihren Marmor berühmt

Στύρα.

Αἰγαί auf der Westküste, in dessen Nähe Poseidon's Palast s. ob. *Il.* 13. 21; Od. 5. 381, nach A. eine Insel.

b. Auf Ithaka:

Ἰθάκη, Stadt am Fuße des Neïon, daher *ὑπονήιος* — auch *ἐυκτιμένη* Od. 2. 154; 3. 81.

Es hatte drei Häfen:

Ῥεῖθρον nördlich von der Stadt O. 1. 186

Φόρκυνος λιμήν an der nordöstlichen Küste Od. 13. 96, einen dritten bei der Stadt selbst Od. 16. 322

c. Auf Kreta:

Κνωσός, Hauptstadt; bei Hom. Residenz des Minos

Γόρτυς oder *Γόρτυν*, eine der größten Städte

τειχιόεσσα.

Λύκτος östlich von Knosos

Μίλητος, Mutterstadt des jonischen Milet

Λύκαστος im Süden

ἀργινόεις kreidig (A.: weißschimmernd) nach den Kreidebergen

Φαιστός, Stadt bei Gortyne,

Ῥύτιον vielleicht d. sp. Rhithymnia; beide heißen *πόλεις εὐναιετάωσαι*

Ἀμνισός, Hafen oder Ankerplatz Od. 19. 188.

d. Auf Rhodos:

Λίνδος sp. mit einem berühmten Athenetempel (h. Lindo)

Ἰηλυσός (*Ἰάλ.*) h. Jaliso

Κάμειρος an der Westküste

ἀργινόεις s. ob.

e. Andere Inselstädte:

Κόως (*Κῶς*) auf Kos

πόλις Μερόπων (al. *μερόπων*) *ἀνθρώπων*. — *εὐναιομένη*.

Πάφος auf Kypros mit einem Haine und Altar der Aphrodite O. 8. 363.

Τεμέση ebendas., berühmt durch ihr Kupfer Od. 1. 184; das sp. Tamasos (nach A. in Unteritalien).

Σκάνδεια, Hafen auf Kythera

Städte außerhalb Europa's.

1. In Troas.

Ἴλιος ἡ (*τὸ Ἴλιον* nur *Il.* 15. 71) selten *Τροίη*, Hauptstadt des Troerreiches, eine Meile vom Meere, zwischen den Flüssen Simoïs und Skamandros, mit der Burg *Πέργαμος* (sp. *τὸ Πέργαμον* und *τὰ Πέργαμα*)

*ἱρή- αἰπεινή- ἐρατεινή- εὔπωλος- εὐτείχεος- ἠνεμόεσσα- *ὀφρυόεσσα* hügelig. — *πόλις μερόπων ἀνθρώπων- εὐναιομένη- ἐυκτίμενον πτολίεθρον- εὐναιόμενον πτολ.*

Τροίη

εὔπυργος - εὐρυάγυια - εὐτείχεος- ὑψίπυλος- αἰπεινὸν πτολίεθρον- Πριάμοιο πόλις — *πολύχρυσος, πολύχαλκος- εὐναιομένη*

Πέργαμος

ἄκρη- ἱρή.

Ἰλίου πόλις ἄκρη Il. 7. 345.

Oft erw. werden die:

Σκαιαὶ πύλαι, das Westthor, auch *Δαρδάνιαι πύλαι* genannt.

Andere öfters genannte Lokalitäten in der Nähe der Stadt sind:

1) Die dem Zeus heilige Eiche *φηγός*, nahe dem skäischen Thore.

2) Der Feigenhügel *ἐρινεός Il.* 6. 433; 22. 145, da wo die Stadtmauer am meisten zugänglich war.

ἠνεμόεις windig.

3) Die *Καλλικολώνη* (Schönbuhl), nicht weit von Ilios, an dem rechten Ufer des Simoïs *Il.* 20. 53. 151.

4) Der Grabhügel des

Aesyetes, von wo man das griechische Lager übersah.

5) ἡ σκοπιή, die Warte am Grabe des Aesyetes *Il.* 22. 145.

6) ἀμαξιτός, eine Landstraße, die neben der Warte und dem Feigenhügel sich hinzog *Il.* 22. 146.

7) Die beiden Quellen des Skamandros mit den steinernen Waschgruben (πλυνοί) der Troerinnen *Il.* 22. 146 ff.

8) Der Dornberg Βατίεια, nach der Sage der Grabhügel der Amazone Myrine *Il.* 2. 813.

9) Das Grabmal (σῆμα) des Ilos, etwa in der Mitte zwischen dem Thore und dem achäischen Lager *Il.* 10. 415; 11. 166. 371.

10) Das Τρωικὸν πεδίον oder Σκαμάνδριον πεδίον oder auch πεδίον allein, „das Blachfeld", die gewöhnlich als Kampfplatz dienende Ebene zwischen den beiden Flüssen.

11) Der θρωσμὸς πεδίοιο, die Hochebene, die vom Skamandros bis zu dem griechischen Lager sich ausdehnte *Il.* 10. 160; 11. 56; 20. 3.

12) Das τεῖχος Ἡρακλῆος, die Herakleschanze in der Nähe des Meeres *Il.* 20. 145.

Δαρδανίη, alte Residenz des Dardanos am Hellespont, am Fuße des Ida *Il.* 20. 216.

Ζέλεια am Fuße des Ida

ἱερή.

Ἀδρήστεια an der Propontis

Ἀπαισός in Klein-Mysien, auch Παισός.

Πιτύεια d. i. Fichtenstadt

Περκώτη am Hellespont zwischen Abydos und Lampsakos

Ἄβυδος desgl., Sestos gegenüber (heute Dardanellenschloß Avido)

Ἀρίσβη in der Nähe des vor.

δῖα- ἐυκτιμένη.

Κίλλα mit einem Apollotempel, ζαθέη — nach A.: in Aeolis.

Χρύση an der Küste mit einem Tempel des Apollon Smintheus.

Θήβη an der Gränze von Mysien am Berge Plakos, daher Ὑποπλακίη, Sitz des Eetion, des Vaters der Andromache, von Achill zerstört

ἱερὴ πόλις Ἠετίωνος.

Πήδαιον wahrscheinlich am Fuße des Ida

Λυρνησσός, Sitz des Königs Mynes

Πήδασος Stadt der Leleger am Satnioeis, von Achill zerstört.

2. Andere den Troern verbündete Städte in Asien.

Λάρισα (d. i. Burg) St. der Pelasger in Aeolien b. Kyme, sp. Phrikonis.

ἐριβῶλαξ.

Κύτωρος, Σήσαμος, Κρῶμνα, Αἰγίαλος — in Paphlagonien.

Ἐρυθῖνοι dto.; nach A.: zwei rothe Felsen.

ὑψηλοί.

Ἀλύβη St. am Pontos (ὅθεν ἀργύρου ἐστὶ γενέθλη); nach Strabo älterer Namen des Landes der Chalyber.

Μίλητος, Stadt der Jonier in Karien *Il.* 2. 868.

3. Außerdem werden folgende asiatische Städte erwähnt:

Τάρνη in Lydien am Tmolos, sp. Sardes *Il.* 5. 44.

ἐριβῶλαξ.

Ὕδη desgl., nach dem Schol. ist dieses das sp. Sardes *Il.* 20. 385 Ὕδης πίονι δήμῳ.

Σιδών, Hauptstadt von Phönike, Od. 15. 425.

πολύχαλκος reich an Erz

Die Einw. Σιδόνες heißen πολυδαίδαλοι.

4. In Afrika.

Θῆβαι, Hauptstadt v. Oberägypten am Nil sp. Διὸς πόλις *Il.* 9. 381. Od. 4. 126. 127.

ἑκατόμπυλοι hundertthorig

ὅθι πλεῖστα δόμοις ἐν κτήματα κεῖται.

(Zweifelhaft ist die Lage von Ἀλύβας O. 24. 304; nach Einigen ist es d. sp. Metapontum in Unteritalien; nach A.: = Ἀλύβη im Pontos, s. oben.)

Anhang.

I. Inhaltsangabe der Ilias und Odyssee nach den Ueberschriften der einzelnen Bücher.

I. Ilias.

Buch I. *Λοιμός — Μῆνις.*
II. *Ὄνειρος. Βοιωτία ἢ κατάλογος τῶν νεῶν.*
III. *Ὅρκοι. Τειχοσκοπία. Πάριδος καὶ Μενελάου μονομαχία.*
IV. *Ὁρκίων σύγχυσις. Ἀγαμέμνονος ἐπιπώλησις.*
V. *Διομήδους ἀριστεία.*
VI. *Ἕκτορος καὶ Ἀνδρομάχης ὁμιλία.*
VII. *Ἕκτορος καὶ Αἴαντος μονομαχία. — Νεκρῶν ἀναίρεσις.*
VIII. *Κόλος μάχη.*
IX. *Πρεσβεία πρὸς Ἀχιλλέα. Λιταί.*
X. *Δολώνεια.*
XI. *Ἀγαμέμνονος ἀριστεία.*
XII. *Τειχομαχία.*
XIII. *Μάχη ἐπὶ ταῖς ναυσίν.*
XIV. *Διὸς ἀπάτη.*
XV. *Παλίωξις παρὰ τῶν νεῶν.*
XVI. *Πατρόκλεια.*
XVII. *Μενελάου ἀριστεία.*
XVIII. *Ὁπλοποιία.*
XIX. *Μήνιδος ἀπόρρησις.*
XX. *Θεομαχία.*
XXI. *Μάχη παραποτάμιος.*
XXII. *Ἕκτορος ἀναίρεσις.*
XXIII. *Ἆθλα ἐπὶ Πατρόκλῳ.*
XXIV. *Ἕκτορος λύτρα.*

II. Odyssee.

Buch I. *Θεῶν ἀγορά. Ἀθηνᾶς παραίνεσις πρὸς Τηλέμαχον.*
II. *Ἰθακησίων ἀγορά. Τηλεμάχου ἀποδημία.*
III. *Τὰ ἐν Πύλῳ.*

IV. Τὰ ἐν Λακεδαίμονι.
V. Ὀδυσσέως σχεδία.
VI. Ὀδυσσέως ἄφιξις εἰς Φαίακας.
VII. Ὀδυσσέως εἴςοδος πρὸς Ἀλκίνουν.
VIII. Ὀδυσσέως σύστασις πρὸς Φαίακας.
IX. Ἀλκίνου ἀπόλογοι. Κυκλωπεία.
X. Τὰ περὶ Αἰόλου καὶ Λαιστρυγόνων καὶ Κίρκης.
XI. Νέκυια.
XII. Σειρῆνες, Σκύλλα, Χάρυβδις, βόες Ἡλίου.
XIII. Ὀδυσσέως ἀπόπλους παρὰ Φαιάκων καὶ ἄφιξις εἰς Ἰθάκην.
XIV. Ὀδυσσέως πρὸς Εὔμαιον ὁμιλία.
XV. Τηλεμάχου πρὸς Εὔμαιον ἄφιξις.
XVI. Τηλεμάχου ἀναγνωρισμός Ὀδυσσέως.
XVII. Τηλεμάχου ἐπάνοδος εἰς Ἰθάκην.
XVIII. Ὀδυσσέως καὶ Ἴρου πυγμή.
XIX. Ὀδυσσέως καὶ Πηνελόπης ὁμιλία. Ἀναγνωρισμός ὑπὸ Εὐρυκλείας.
XX. Τὰ πρὸ τῆς μνηστηροφονίας.
XXI. Τόξου θέσις.
XXII. Μνηστηροφονία.
XXIII. Ὀδυσσέως ὑπὸ Πηνελόπης ἀναγνωρισμός.
XXIV. Σπονδαί.

Den Inhalt der Ilias geben die Scholien zur Ilias in folgenden Hexametern:

1. Ἄλφα λιτὰς Χρύσου, λοιμὸν στρατοῦ, ἔχθος ἀνάκτων,
2. Βῆτα δ' ὄνειρον ἔχει, ἀγορὴν καὶ νῆας ἀριθμεῖ.
3. Γάμμα δ' ἄρ' ἀμφ' Ἑλένης οἴοις μόθος ἐστὶν ἀκοίταις.
4. Δέλτα· θεῶν ἀγορή, ὅρκων χύσις, Ἄρεος ἀρχή.
5. Εἶ· βάλλει Κυθέρειαν Ἀρηά τε Τυδέος υἱός.
6. Ζῆτα δ' ἄρ' Ἀνδρομάχης καὶ Ἕκτορός ἐστ' ὀαριστύς.
7. Ἦτα δ' Αἴας πολέμιζε μόνῳ μόνος Ἕκτορι δίῳ.
8. Θῆτα· θεῶν ἀγορή, Τρώων κράτος, Ἕκτορος εὖχος.
9. Ἐξεσίη δ' Ἀχιλῆος ἀπειθέος ἐστὶν Ἰῶτα.
10. Κάππα δὲ Ῥήσου τὴν κεφαλὴν ἕλε Τυδέος υἱός.

11. Λάμβδα δ' ἀριστῆας Δαναῶν βάλον Ἕκτορος ἄνδρες.
12. Μῦ Τρώων παλάμῃσι κατήριπε τεῖχος Ἀχαιῶν.
13. Νῦ δὲ Ποσειδάων Δαναοῖς κράτος ὤπασε λάθρῃ.
14. Ξῖ· Κρονίδην λεχέεσσι καὶ ὕπνῳ ἤπαφεν Ἥρη.
15. Οὖ· Κρονίδης κεχόλωτο Ποσειδάωνι καὶ Ἥρῃ.
16. Πῖ· Πάτροκλον ἔπεφνεν Ἀρήιον Ἕκτορος αἰχμή.
17. Ῥῶ· Δαναοὶ Τρῶές τε νέκυν πέρι χεῖρας ἔμισγον.
18. Σίγμα· Θέτις Ἀχιλῆι παρ' Ἡφαίστου φέρεν ὅπλα.
19. Ταῦ δ' ἀπέληγε χόλοιο καὶ ἔκθορε δῖος Ἀχιλλεύς.
20. Ὗ· μακάρων ἔρις ὦρτο, φέρει δ' ἐπὶ κάρτος Ἀχαιοῖς.
21. Φῖ· μόγος Αἰακίδαο παρ' ἠιόνας ποταμοῖο.
22. Χῖ δ' ἄρα τρὶς περὶ τεῖχος ἄγων κτάνεν Ἕκτορ' Ἀχιλλεύς.
23. Ψῖ· Δαναοῖσιν ἀγῶνα διδοὺς ἐτέλεσσεν Ἀχιλλεύς.
24. Ὦ· Πρίαμος νέκυν υἷα λαβὼν γέρα δῶκεν Ἀχιλλεῖ.

II. Haupttheile der Ilias und der Odyssee.

A. der Ilias.

(Großentheils nach **Faesi**.)

Die Ilias zerfällt in vier Haupttheile nebst einer Einleitung und einem Schlusse oder Anhange.

Einleitung. Buch I.: Veranlassung zum Zorne des Achill — (Neuntägige Pest; am 10. Tage beruft Achill die Versammlung, in welcher Agamemnon und Achill sich entzweien; am 21. Tage erhält Thetis von Zeus Gewährung ihrer Bitte um Genugthuung für Achill).

I. **Haupttheil** (Buch II—VII. 312). Erste Hauptschlacht (22. Tag) und darin eingereihte Zweikämpfe; die Troer gewinnen schließlich durch Zeus die Oberhand.

II. **Haupttheil** (Buch VII. 312—X). Nach Bestattung der Todten umgeben die Achäer ihr Lager mit Graben und Mauer (23. und 24. Tag) und senden nach einer zweiten Schlacht (am 25. Tage) vergeblich eine Gesandtschaft an Achill. Nächtliche Expedition des Odysseus und Diomedes in das troische Lager.

III. **Haupttheil** (B. XI—XVIII). Dritte Schlacht (am 26. T.). Die Troer dringen siegreich bis zur Mauer und den Schiffen. Achill entsendet Patroklos zu Hülfe, der von Hektor erschlagen wird. Achill entsagt seinem Grolle. Hephästos schmiedet neue Waffen für ihn.

IV. **Haupttheil** (B. XIX—XXII). Vierte Schlacht (am 27. T.). Achill's Kämpfe gegen Götter und Menschen. Hektor's Tod.

Schluß (B. XXIII. u. XXIV). Am 28. Tage holen die Achäer das Holz für den Scheiterhaufen des Patroklos, an dessen Bestattung (am 29. Tage) sich die Leichenspiele anreihen. Bis zum 38. Tage (vom 27—38 = 12 T.) dauert die Mißhandlung von Hektor's Leiche; am 39. führt Priamos dieselbe nach Troja; 9 Tage (incl. des 39. T.) dauert die Todtenklage um Hektor, 2 Tage die Bestattung desselben.

Die ganze im 10. Jahre des troischen Krieges spielende Handlung der Ilias umfaßt demnach einen Zeitraum von 49 Tagen.

B. der Odyssee.

Die Odyssee läßt sich ebenfalls in vier Hauptpartieen zerlegen:

Proömium B. I. v. 1—10.

I. **Haupttheil** (Buch I. v. 11ff.—IV). Vorbereitungen zur Heimkehr des Odysseus. Nachdem in der Götterversammlung auf Athene's Veranlassung der Beschluß gefaßt ist, der Nymphe Kalypso den Befehl zu ertheilen, den bereits sieben Jahre bei ihr auf Ogygia weilenden Odysseus in die Heimath zu entlassen, begiebt sich Athene nach Ithaka und bestimmt Telemach zu einer Reise nach Pylos und Sparta, über die ausführlich berichtet wird (1. bis 6. Tag).

II. **Haupttheil** (B. V—XIII. v. 125). Heimfahrt des Odysseus. Neue Götterversammlung, nach welcher der schon in der ersten gefaßte Beschluß zur Ausführung kommt (7. Tag). Schiffsbau des Odysseus (8—11. Tag). Ungestörte Seefahrt des Odysseus (12—28. Tag). Sein Schiffbruch und seine Rettung durch Leukothea (29—31. Tag). Seine Aufnahme bei den Phäaken. Erzählung der von ihm in den drei ersten Jahren seiner Irrfahrten erlebten Abenteuer. — Heimsendung nach Ithaka (32—34. Tag).

III. Haupttheil (B. XIII. v. 125—XIX). Odysseus in Ithaka, zuerst bei Eumäos (3 Tage, 35—37. Tag), dann in seinem eigenen Hause. Vorbereitungen zur Rache (38. Tag).

IV. Haupttheil (B. XX—XXIII). Vollziehung der Rache. Wiedererkennungs-Scene zwischen Odysseus und Penelope (39. Tag).

Anhang. (B. XXIV). Besuch bei Laërtes. Aussöhnung mit dem Volke (40. Tag).

Die im zehnten Jahre nach Beendigung des troischen Krieges spielende Handlung der Odyssee umfaßt also einen Zeitraum von 40 Tagen.

III. Uebersicht der Streitkräfte der Achäer und Troer.

In dem Schiffskataloge (*Il.* B. 2) werden als Contingente des griechischen Heeres aufgezählt:

1. Böoter unter 5 Anführern mit 50 Schiffen.
2. Minyer unter den Söhnen des Ares Askalaphos und Jalmenos mit 30 Schiffen.
3. Phocenser unter 2 Anführern mit 40 Schiffen.
4. Lokrer unter Ajax, dem S. des Oïleus, mit 40 Sch.
5. Abanter aus Euböa unter Elephenor mit 40 Sch.
6. Athener unter Menestheus. (Die Zahl der Schiffe wird nicht angegeben).
7. Salaminier unter dem Telamonier Ajax mit 12 Sch.
8. Argiver unter Diomedes mit 80 Sch.
9. Mykenäer unter Agamemnon mit 100 Sch.
10. Lakonier unter Menelaos mit 60 Sch.

11. Pylier unter Nestor mit 90 Schiffen.
12. Arkader unter Agapenor mit 60 von Agamemnon gelieferten Schiffen.
13. Epeer unter 4 Führern mit 40 Sch.
14. Die Bewohner von Dulichion und den echinischen Inseln unter Meges mit 40 Sch.
15. Kephallener unter Odysseus mit 12 Sch.
16. Aetoler unter Thoas mit 40 Sch.
17. Kreter unter Idomeneus mit 80 Sch.
18. Rhodier unter dem Herakliden Tlepolemos mit 9 Sch.
19. Symer unter Nireus mit 3 Sch.
20. Die Bewohner von Kos und einigen benachbarten Inseln unter zwei Enkeln des Herakles Pheidippos und Antiphos mit 30 Sch.
21. Myrmidonen unter Achill mit 50 Sch.
22. Thessaler unter Protesilaos, und nach dessen Tode unter seinem Bruder Podarkes mit 40 Sch.
23. Pheräer unter Eumelos mit 11 Sch.
24. Thessaler aus Methone und den umliegenden Städten unter Philoktetes und nach dessen Erkrankung unter Medon, einem Bastard des Oïleus, mit 7 Sch.
25. Thessaler aus Oichalia, Ithome und Umgegend unter Podaleirios und Machaon mit 30 Sch.
26. Thessaler aus Ormenos unter Eurypylos mit 40 Sch.
27. Lapithen unter Polypoites, dem S. des Peirithoos, und Leonteus mit 40 Sch.
28. Enienen und Perrhäber unter Guneus mit 22 Sch.
29. Magneter unter Prothoos mit 40 Sch.

Die Zahl der Anführer beträgt demnach 41, die der Schiffe (ohne die der Athener) 1136; die Zahl der Krieger, wenn man durchschnittlich 100 Mann auf das Schiff rechnet (die böotischen hatten je 120 M.), etwa 100,000 M.

Als Bestandtheile des troischen Heeres werden folgende Völkerschaften aufgezählt:

1. Troer aus Ilios unter Hektor.
2. Dardanier unter Anchises und 2 anderen Führern.
3. Die übrigen Bewohner der Landschaft Troas: Zeleer unter

Pandaros; die Bewohner von Adresteia und Umgegend unter 2 Führern; die Bewohner von Abydos, Sestos, Perkote u. a. unter Asios.

4. Pelasger unter 2 Führern.
5. Thracier unter 2 F.
6. Kikonen unter Euphemos.
7. Päoner unter Pyraichmes.
8. Paphlagonen und Eneter unter Pylämenes.
9. Halizonen unter 2 F.
10. Myser unter 2 F.
11. Phryger unter 2 F.
12. Mäoner unter 2 F.
13. Karer unter 2 F.
14. Lykier unter 2 F. (Sarpedon und Glaukos).

Die Zahl der Führer beträgt also 27; bei den meisten Contingenten je 2.

IV. Stammtafel des troischen Königshauses.

(cf. *Il.* 20. 215—240.)

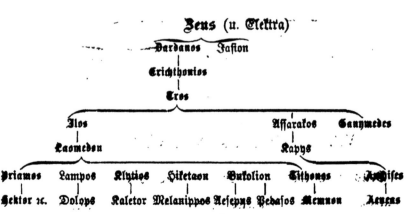

Zeus (u. Elektra)
- Dardanos
  - Erichthonios
    - Tros
      - Ilos
        - Laomedon
          - Priamos
            - Hektor ꝛc.
          - Lampos
            - Dolops
          - Klytios
            - Kaletor
          - Hiketaon
            - Melanippos
          - Bukolion
            - Aesepus
            - Pedasos
          - Tithonos
            - Memnon
      - Assarakos
        - Kapys
          - Anchises
            - Aeneas
      - Ganymedes
- Jasion

Die Kinder des Priamos und der Hekabe sind: 19 Söhne, darunter: 1) Hektor (dessen Sohn Astyanax oder Skamandrios), 2) Paris, 3) Troilos, 4) Helenos, 5) Polites, 6) Deiphobos, 7) Pammon, 8) Antiphos, und 2 Töchter Kassandra und Laodike.

Außer diesen hat Priamos von anderen Frauen noch 31 Söhne, unter denen die bekanntesten Lykaon und Polydoros sind, beide Söhne der Laothoë, der letztere der jüngste aller Priamiden, und noch eine Tochter Medesikaste.

V. Stammtafel der Pelopiden.

Zeus (u. Pluto)

- **Tantalos**
  - **Pelops** (u. Hippodameia)
    - **Atreus**
      - **Agamemnon** (u. Klytämnestra)
        - Iphianassa (Iphigenia)
        - Laodike (Elektra)
        - Chrysothemis
        - Orestes
      - **Menelaos** (u. Helena)
        - Hermione
    - **Thyestes**
      - **Aegisthos**
  - Niobe (Gem. des Amphion

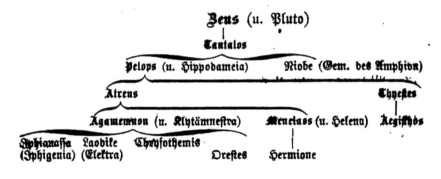

VI. Stammtafel des Achilleus.

Zeus (u. Aegina)

- **Aeakos**
  - **Peleus** (u. Thetis)
    - **Achilleus**
      - Neoptolemos
  - Telamon
    - Aias
    - Teukros

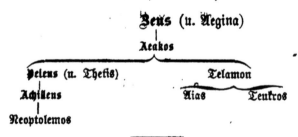

VII. Stammtafel des Odysseus und der Penelope.

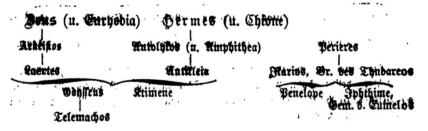

Zeus (u. Euryodia) — **Hermes** (u. Chione)

- Zeus (u. Euryodia)
  - **Arkeisios**
    - **Laertes** (u. Antikleia)
      - Odysseus
        - Telemachos
      - Ktimene
- Hermes (u. Chione)
  - **Autolykos** (u. Amphithea)
    - **Antikleia**
- Perieres
  - Ikarios, Br. des Tyndareos
    - Penelope
    - Iphthime, Gem. d. Eumelos

VIII. Stammtafel des Oedipus.

- **Poseidon** (u. Libya)
  - **Agenor**, König von Phönikien
    - **Kadmos** u. Harmonia (T. des Ares u. d. Aphrodite)
      - **Polydoros**
        - **Labdakos**
          - **Laios** und Epikaste od. Jokaste
            - **Oedipus**
              - **Polyneikes**
                - **Thersandros**
              - **Eteokles**
                - **Laodamas**
              - **Antigone**
              - **Ismene**
      - **Autonoë**
        - **Aktäon**
      - **Ino** (Gem. des Athamas)
        - **Melikertes** od. Palämon
      - **Semele**
        - **Dionysos**
      - **Agaue**
        - **Pentheus**
    - **Phönix**
    - **Kilix**
    - **Thasos**
    - **Europe**
      - **Minos**
        - **Deukalion**
          - **Idomeneus**

IX. Stammtafel, Die Nachkommen der Tyro.

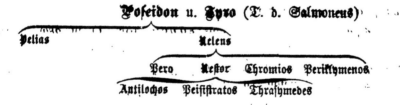

- **Poseidon u. Tyro** (T. d. Salmoneus)
  - **Pelias**
  - **Neleus**
    - **Pero**
    - **Nestor**
      - **Antilochos**
      - **Peisistratos**
      - **Thrasymedes**
    - **Chromios**
    - **Periklymenos**

- **Kretheus u. Tyro**
  - **Aeson**
    - **Jason**
  - **Amythaon**
    - **Bias**
    - **Melampus**
  - **Pheres**
    - **Admetos**
      - **Eumelos**

X. Stammtafel der Melampodiden.

(Od. 15. 225 ff.)

Melampus (S. d. Amythaon)

- Antiphates
  - Oikles
    - Amphiaraos
      - Alkmäon
      - Amphilochos
- Mantios
  - Polypheides
    - Theoklymenos
  - Kleitos (Geliebter d. Eos)

XI. Verzeichniß

der bei Homer vorkommenden Homonyma (d. h. der bei gleicher Form Verschiedenes bedeutenden Wörter).

ἄγεν 1) er führte, 2) = ἐάγησαν sie wurden zerbrochen

ἀκήριος heißt 1) unverletzt (v. κήρ), 2) entseelt, todt oder ohne Herz, feig (v. κῆρ)

ἀκήρατος 1) unversehrt (v. κήρ, κηραίνω), 2) ungemischt, lauter (v. κεράννυμι)

ἀκτή 1) die Küste (v. ἄγνυμι), 2) die Feldfrucht (v. ἀκή, ἄκρος, acus. Aehre)

ἄκων 1) der Wurfspieß, 2) invitus (nur ἄκοντε, sonst ἀέκων)

ἀλέη 1) die Sonnenwärme (verwandt mit εἵλη, ἥλιος), 2) die Vermeidung = ἀλεωρή (von ἀλέασθαι). In beiden Bedeutungen nur je 1 mal vorkommend.

ἅλς ὁ das Salz, ἡ das Meer

ἄριστον 1) das Frühmahl, prandium, 2) optimum

αὔω 1) ich zünde an, 2) ich rufe

γουνός 1) der Hügel, 2) gen. v. γόνυ das Knie

ἔδησα aor. 1) zu δέω binde, 2) zu δέω entbehre

δέδμημαι perf. pass. 1) von δαμάω bezwinge, 2) von δέμω baue

δαίομαι pass. 1) v. δαίω zünde an, 2) v. δαίω zertheile

ἡ δαΐς die Fackel

(**ἡ δαίς** das Mahl)

ἡ δαΐς das Blutbad (nur im D. δαΐ)

δύη 1) das Unglück, 2) Opt. aor. von δύω

εὖρος τὸ die Breite, ὁ der Südostwind

ἕρμα 1) die Stütze (v. ἐρείδω), 2) das Ohrgehänge (von εἴρω)

εἰσάμην aor. 1) v. εἴδομαι, videor, 2) von εἶμι, eo

τὰ ἤια 1) die Wegekost (von ἰέναι), 2) die Spreu (von ἄημι?), 3) ἤια = ἤειν ich ging

ἦ 1) sprach's (von ἠμί) = ἔφη, 2) er war = ἦν, 3) wahrlich

ἤχθετο impf. 1) v. ἄχθομαι bin betrübt, 2) v. ἔχθομαι bin verhaßt

θύω 1) stürme einher, wüthe, 2) verbrenne als Rauchopfer

θεῖον 1) der Schwefel, 2) göttlich, divinum

ἴδιον 1) ich schwitzte von ἰδίω = ἱδρόω, 2) proprium von ἴδιος

ἰῷ 1) Dat. v. ἰός der Pfeil, 2) von ἴος = εἷς

ἴσκεν 1) aequabat, 2) dixit(?)

κάρ 1) = κατά vor ῥ, 2) „Kopf" in ἐπὶ κάρ

καρπός 1) die Frucht, 2) die Handwurzel

κείω 1) ich will liegen, 2) ich spalte = κεάζω

κλείω 1) ich rühme, 2) ich schließe

κορώνη 1) der Thürring, 2) die Seekrähe

κρεῖον 1) die Fleischbank, 2) Voc. von κρείων Herrscher

λίς 1) der Löwe, 2) fem. zu λισσός glatt (λὶς πέτρη)

λέγειν 1) legen, 2) zählen, herzählen, reden

λάων 1) gen. pl. v. λᾶας der Stein, 2) partic. von λάω = λαμβάνω

μήδεα 1) consilia, 2) pudenda = αἰδοῖα

μῆλον 1) das Schaf, 2) der Apfel

μήτι 1) Dat. v. μῆτις Einsicht, 2) Neutr. v. μήτις Niemand

μνᾶσθαι 1) gedenken, 2) freien

νηός 1) der Tempel = νεώς, 2) gen. von νηῦς Schiff

ὁ οὖρος 1) der Fahrwind (verwandt mit ὄρνυμι od. αὔρη), 2) die Gränze = ὁ ὅρος, 3) der Aufseher, Wächter (v. ὁράω)

τὸ οὖρος der Berg = ὄρος

ἡ οὐλή die Narbe

αἱ οὐλαί = οὐλόχυται Opfergerste

ὄχος τὸ das Fuhrwerk, ὁ der Behälter, Bewahrer Od. 5. 404

ὀρώρει 1) plusqupf. von ὄρνυμι, surrexit, 2) von ὄρομαι *Il.* 23. 113 führe die Aufsicht

ὁ ὅρμος 1) die Halsschnur (von εἴρω), 2) der Ankerplatz (verwandt mit ὁρμάω)

ἡ οὐδός der Weg = ὁδός

ὁ οὐδός die Thürschwelle

οὖλος 1) ganz, voll = ὅλος,

2) dicht, fest, kraus (v. εἰλέω), 3) verderblich = ὀλοός (οὖλε imperat. = salve O. 24. 402)

ὀπός 1) ὁ der Saft, 2) gen. von ὄψ, vox

ὀφέλλειν 1) augere, 2) debere = ὀφείλειν

πάσσων 1) part. von πάσσω streue, 2) Comparat. von παχύς

πεφήσομαι fut. III. v. φαίνω u. ΦΕΝΩ

πέφανται 3. Sing. pf. pass. v. φαίνω, 3. plur. pf. pass. v. ΦΕΝΩ

πόσις ὁ der Gatte, ἡ π. der Trank

πειραίνειν 1) anbinden, 2) vollenden

πεῖραρ 1) der Strick, 2) das Ende = πέρας

πρήθειν 1) blasen, anblasen, 2) verbrennen

πλῆτο, πλῆντο 1) appropinquavit von πελάω, 2) impletus est von πίμπλημι

ῥυτήρ 1) der Spanner (des Bogens), 2) der Zügel, die Leine

σκοπός 1) der Spähe, 2) das Ziel

στείρη 1) Subst. der Kiel, 2) adj. fem. von στερεός unfruchtbar

ὁ ταρσός 1) die Darre, 2) die Fußsohle

τάφος ὁ die Bestattung, τὸ τ. das Staunen

χράω 1) bedränge (nur imperf.) 2) ertheile Orakel, weissage

Durch den Accent werden unterschieden:

ἄγων führend

ἀγών die Versammlung

ἀκρίς, ίδος ἡ die Heuschrecke

ἄκρις, ιος ἡ die Bergspitze

ἄκμηνος, ον nüchtern = ἄγευστος

ἀκμηνός ungeschwächt

αἶνος ὁ die Lobrede

αἰνός, ή, όν = δεινός furchtbar

αὐλή der Hof

αὔλη das Flötenspiel

ὁ βίος das Leben

ὁ βιός der Bogen

ὁ βρότος das Blut (cruor)

ὁ βροτός der Sterbliche

ὁ δῆμος das Volk

ὁ δημός die Fetthaut

ὁ ἔλεος das Mitleid

ὁ ἐλεός der Anrichttisch

εἰῶ = ἐάω Il. 4. 55

εἴω Conj. v. εἰμί = ὦ

ἤ (ἠέ) oder

ἦ s. oben

ἴδε = εἶδε, vidit

ἰδέ = ἠδέ „und"

κάλος ὁ das Tau

καλός schön

κεινός ep. st. κενός leer

κεῖνος ep. st. ἐκεῖνος jener
κίων ὁ ἡ die Säule
κιών = ἰών, iens
κῆρ τό das Herz
κήρ ἡ das Todesloos
λάρος ὁ die Möve
λαρός lecker, labend
λαός das Volk
λᾶος gen. v. λᾶας Stein
λαῶν gen. pl. v. λαός
λάων (s. oben)
νέος jung
νεός gen. v. νηῦς Schiff
οὐρός ὁ der Graben (verwandt mit ὀρύσσω)
οὖρος ὁ u. τό (s. oben)
οἶος allein = μόνος
οἰός gen. v. οἶς, ovis
οἶκοι, aedes
οἴκοι, domi
ὄρος τό der Berg
ὀρός ὁ die Molken
ὁμῶς zusammen
ὅμως dennoch *Il.* 12. 393
σταφυλή die Weintraube
σταφύλη das Loth in der Bleiwage
πύθεσθαι modern v. πύθω
πυθέσθαι erfahren von πυνθάνομαι
φῆ = ἔφη
φή = ἦ wie
ὦμος ὁ die Schulter
ὠμός roh, unreif
ὦχρος ὁ die Blässe
ὠχρός blaß

Aehnlich klingende, zwar durch die Endung verschiedene, aber nicht selten verwechselte Wörter sind:

ἀπείρητος imperitus
ἀπείριτος gränzenlos = ἀπειρέσιος u. ἀπείρων
ὁ αὐλός die Flöte, die Röhre
ἡ αὐλή u. ἡ αὖλη s. ob.
ὁ θρόνος der Armsessel
τὸ θρόνον die Blume (in der Stickerei)
ὁ ἰός der Pfeil
τὸ ἴον die Viole
ἡ ἱστίη der Heerd
τὸ ἱστίον das Segel
ὁ ἱστός der Mast, der Webstuhl
ὁ κνημός die Waldschlucht
ἡ κνήμη die Wade
ὁ οὖρος, τὸ οὖρος, ὁ οὐρός (s. oben)
ὁ οὐρεύς der Maulesel, der Wächter (*Il.* 10. 84)
τὸ οὖρον die Strecke
ὁ ἐπίουρος der Wächter
τὰ ἐπίουρα das Gewende
ἡ οὐρή der Schwanz
ὁ u. τὸ ὄχος s. oben
ὁ ὀχεύς der Sturmriemen u. der Riegel
ἡ οἴμη die Sage
τὸ οἶμα, impetus
ὁ ὄροφος das Rohr
ἡ ὀροφή das Dach

ἡ ὁπλή der Huf
τὰ ὅπλα die Waffen, das Geräth
οὐδός s. oben
οὖδας τό der Erdboden
πεπτεώς perf. von πίπτω,
πεπτηώς perf. von πτήσσω sich ducken
ἡ ποτής, ῆτος der Trank
ἡ ποτή das Fliegen
τὰ ποτητά das Geflügel
ἡ προχοή die Flußmündung
ἡ πρόχοος die Gießkanne
ὁ πυρός der Weizen
ἡ πυρή der Scheiterhaufen
ὁ σταθμός der Ständer, der Stall
ἡ στάθμη das Richtscheit
ἡ σφῦρα der Hammer
τὸ σφυρόν der Knöchel
ὁ τροπός der Ruderriemen
ἡ τρόπις der Schiffskiel
*ἡ τροπή die Wendung
ἡ ὑπερῴη der Gaumen
τὸ ὑπερῷον der Söller
ὁ φόρτος die Ladung
ἡ φορτίς das Lastschiff
τὸ χάρμα die Freude
ἡ χάρμη der Kampf.

Erklärung der Figuren.

(Fig. 1—16 nach Rheinhard: Griech. und Röm. Kriegsalterthümer. Stuttg. b. A. Liesching.)

Fig. 1. *κόρυς*
- a. *φάλος*
- b. *φάλαρα*
- c. *κύμβαχος*
- d. *λόφος*
- e. *ὀχεύς*

Fig. 2. *τρυφάλεια*
αὐλῶπις

Fig. 3. *κυνέη*
ἀμφίφαλος,
τετραφάληρος

Fig. 4. *καταῖτυξ*
ἄφαλος, *ἄλοφος* mit einer *στεφάνη* (a)

Fig. 5. *θώρηξ*
- a. *γύαλον*
- b. *ζωστήρ*
- c. *ὀχεύς*
- d. *ζῶμα*
- e. *χιτών*

Fig. 6. *κνημίς*
- a. *ἐπισφύριον*

Fig. 7. *ἀσπίς*
- a. *ἄντυξ*
- b. *ὀμφαλός*
- c. *τελαμών*

Fig. 8. *σάκος*

Fig. 9. *λαισήιον*

Fig. 10. *ἔγχος*
- a. *δόρυ*
- b. *ἀκωκή*
  αἰχμή
  στόμα
- c. *αὐλός*
- d. *πόρκης*
- e. *καυλός*
- f. *σαυρωτήρ*,
  οὐρίαχος

Fig. 11. *ξίφος*
- a. *κώπη*
- b. *καυλός*
- c. *ἀκμή*

Fig. 12. *κουλεόν*,
nebst *ἀορτήρ* (a)

Fig. 13. *τόξον*
- a. *πῆχυς*
- b. *κέρατα*
- c. *νευρή*
- d. *κορώνη*

Fig. 14. *ἰός*, oder
ὀιστός
- a. *δόναξ*
- b. *ἀκωκή*
  oder *γλωχίς*
- c. *ὄγκος*
- d. *νεῦρον*
- e. *γλυφίς*
- f. *πτερά*

Fig. 15. *φαρέτρη*
mit *πῶμα*

Fig. 16. *ἀξίνη*
- a. *πέλεκκον*

Fig. 17. *ἅρμα* (nach Rich Illustrirtes Wörterbuch der Röm. Alterth. mit steter Berücks. d. griech. übers. von C. Müller. Paris u. Leipz. Firmin Didot 1862 p. 211).
- a. *τροχός* oder *κύκλος*
- b. *πλήμνη*
- c. *κνήμη*

d. ἴτυς
e. ἐπίσσωτρον
f. δίφρος
g. ἄντυξ
h. ἐπιδιφριάς
i. ῥυμός

Fig. 18. ζυγόν (nach Rich pag. 332)
a. ζεύγλη
b. ὀμφαλός
c. οἴηκες
d. ζυγόδεσμον
e. λέπαδνα
f. ῥυμός
g. πέζα
h. ἕστωρ
i. κρίκος

Fig. 19. Ein Gespann Pferde nach einem Gemälde in Pompeji (Rich p. 332)
a. ἄμπυξ
b. παρήιον
c. ἡνία, εὔληρα, ῥυτήρ
d. ζυγόν
e. λέπαδνα

Fig. 20. Ein πηκτὸν ἄροτρον nach einem auf der Halbinsel Magnesia aufgefundenen Basrelief (nach Rich p. 47).
a. γύης, buris
a' ἱστοβοεύς, temo
b. ἔλυμα, dentale
c. ὕννις, vomer
d. Hölzernes Band zur Befestigung des dentale an der Deichsel (fulcrum?)
e. πτερά, aures
f. ἐχέτλη, stiva
(Sämmtliche Benennungen der Theile sind nachhomerisch.)

Fig. 21. Grundriß des Hauses des Odysseus (zum Theil nach Voß).
A. A' αὐλή und zwar
A der vordere oder Viehhof
A' der hintere, von Wohnungen für das Gesinde und anderen Wirthschaftsgebäuden umgebene Theil des Hofes
B. μέγαρον
C. Arbeitssaal der Königin
D. Seitenhof, λαύρη
E. κῆπος πολυδένδρεος O. 4. 737. hinter der Frauenwohnung (?)
a. ἕρκος
a' ἑρκίον αὐλῆς O. 18. 102 eine niedrigere, den vorderen Hof von dem hinteren trennende Mauer.
b. λίθοι ξεστοί
c. θύραι Hofthor
d. πρόθυρον Thorweg
e. σταθμοί Stallungen
f. Gesindewohnungen und Wirthschaftsgebäude
g. Altar des Ζεὺς ἑρκεῖος
h. θόλος
i. αἴθουσα
k. θάλαμοι zur Aufnahme von Fremden
k' θάλαμος des Telemach
k'' Badezimmer?
l. πρόδομος / πρόθυρον } Vorhaus, Hausflur
m. οὐδός — βηλός
n. Platz für den κρητήρ
o. ὀρσοθύρη (?)
p. ἱστίη, ἐσχάρη
q. κίονες
r. σταθμοί
s. Eingang zum Arbeitssaal der Königin
t. Aufgang zum ὑπερώιον und den über dem μέγαρον liegenden Kammern mit der κλῖμαξ und einem Ausgange nach der λαύρη
u. θάλαμοι Vorrathskammern
v. θάλαμος des Odysseus
w. der als Bettfuß dienende Stumpf des Oelbaums Od. 23. 190—201.
x. Säulen
y. Eingang von der αὐλή in die λαύρη

Fig. 22. Das homerische Schiff (zum gr. Theil nach A. C. Lucht: das Schiff der Odyssee. Progr. Altona 1841).

a. στείρη
b. τοῖχος (ἐπηγκενίδες)
c. πρώρη
d. πρύμνη
e. ἄφλαστον (κόρυμβα)
f. μεσόδμη
g. ζυγά
h. κληΐς mit τροπός
i. ἱστός
k. ἐπίκριον
l. ἱστίον (σπεῖρον)
m. πρότονοι
n. ἐπίτονος
o. ὑπέραι
p. κάλοι
q. πόδες
r. πηδάλιον
s. οἰήιον
t. ἐφόλκαιον
u. ἐρετμόν
v. κώπη
w. πηδόν
x. πρυμνήσια
πείσματα
y. δεσμός Ankertau
z. ἴκρια πρύμνης

Fig. 23. Querdurchschnitt des Schiffes.

a. τρόπις
b. στείρη
c. ἱστοπέδη
d. ἴκρια (Rippen)
e. σταμῖνες
f. ζυγόν
g. μεσόδμη
h. ἱστός
i. θρῆνυς
k. ἴκρια Brettergänge an den Seiten

Verzeichniß der Druckfehler.

S.	2	1.	Col.	Z. 10 v. o. l. furchtbar
—	9	2.	—	Z. 15. v. u. l. εὐεργής
—	11	1.	—	Z. 7 v. o. l. φῦκος
—	18	2.	—	Z. 14 v. o. l. ἡ ἔγχελυς
—	31	2.	—	Z. 16 v. o. l. ἱμάς
—	36	1.	—	Z. 15 v. u. ist al. zu streichen
—	40	2.	—	Z. 6 v. o. l. ἡδύποτος
—	42	2.	—	Z. 11 v. o. l. Grashof
—	ib.	—	—	Z. 21 füge hinter „Halse“ hinzu „und unter dem Bauche“
—	44	1.	—	Z. 3 v. o. l. ἐπήρετμος
—	ib.	—	—	Z. 11 v. o. l. ποντοπόρος
—	70	1.	—	Z. 13 v. o. l. εἴριον
—	87	2.	—	Z. 9 v. o. l. μενεπτόλεμος
—	90	2.	—	Z. 13 v. u. l. Μέντωρ
—	91	1.	—	Z. 5 v. o. l. ἀνάκτεσιν
—	96	1.	—	Z. 5. v. u. l. Aktorionen
—	ib.	2.	—	Z. 7 v. o. l. trefflichen
—	100	1.	—	Z. 16 v. o. l. Phrixos
—	110	2.	—	Z. 12 v. o. l. Ἄτλας
—	120	1.	—	Z. 3 v. o. l. οὐκ
—	149	1.	—	Z. 4 v. o. l. Ὅρκοι
—	150	2.	—	Z. 10 v. u. l. ἀνάκτων
—	158	1.	—	Z. 1 v. u. l. ἅλς

Als Ἅπαξ εἰρημένα sind mit einem Sternchen noch zu bezeichnen:

βύκτης (S. 1. 2. Col.), σπιδές (S. 8. 1.), ἰσόπεδον (ibid.), τανύφλοιος (12. 1), φυζακινή (13. 2), ἴξαλος (ibid.), ἰονθάς (14. 1), ὑπόρρηνος (15. 1), τανα-ύποδα (15. 2), νωθής (ibid.), λυσσητήρ (16. 1), ῥῶγες (35. 1), σκαφίς, γαυλός, πέλλα (37. 1), σκύφος (37. 2), κίστη (38. 1), δείπνηστος (39. 1), φήγινος ὀκτάκνημος (41. 2), ἐξήλατος (48. 1), βλῆτρον (66. 2).